講談社文庫

新装版
殺しの掟《おきて》

池波正太郎

講談社

新装版　殺しの掟――目次

新装版　殺しの掟

おっ母、すまねえ

一

おぬいが、浅草寺《せんそうじ》の境内で〔むかし友だち〕のお米《よね》に出会ったのは、その年も暮れようとする或る日の午後のことであった。

めずらしく風の絶えた、おだやかな冬の陽《ひ》ざしにさそわれたような人出の中で、

「まあ、お前さん、おぬいちゃんじゃあないかえ」

いきなり横合いから駈け寄って来たお米が、おぬいへ抱きつかんばかりにして、

「やっぱりそうだ、やっぱりそうだ」

感動の叫びをあげた。

「十年ぶりだ、ね、十年ぶりだよう」

「ああ……お米さん……」

胸の底に鉛《なまり》を呑んでいるような辛《つら》いおもいをしながら毎日を送っていたおぬいであったが、それだけにまた、思いがけぬときに思いがけぬなつかしい女《ひと》と出会った衝撃

で、おぬいは顔中を泪《なみだ》だらけにしてしまい、

「ねえさん。私、このごろは毎晩のように、ねえさんの夢をみていたんですよ」

「そうかえ、うれしいよ」

「ねえさんも……？」

「ああ。やっとねえ、五年前に足が洗えた。私みたいな女を引取ってくれた物好きな人が出来たのさ」

「よござんしたねえ」

「おぬいちゃん、お前さんいくつに？　……あ、そう、私より四つ下だから三十四。ね、そうだったろう？」

「ええ」

お米、十歳は老《ふ》けて見えた。

色の浅ぐろい、眉のうすい女で、二人が十五年前まで千住《せんじゅ》の岡場所（官許の吉原以外の遊里）でつとめをしていたころは、客がつかないので名高かったお米なのである。

しかし往年の男まさりの気性そのもののようなきりりとした彼女の挙動、口のききようなどはむかしのままで、引っつめ髪に筒袖《つっそで》の半纏《はんてん》を着こみ、大風呂敷を背負いこ

んでいるという世話場《せわば》な風体《ふうてい》にかかわらず、

「ま、おぬいちゃん。こんなところじゃ話もできない。こうおいでな」

お米は元気のいい口調でいい、先に立った。

間もなく、二人は広小路《ひろこうじ》にある茶店へ入り、入れ込みながら時分はずれの客もいない奥へ通って、この店の売り物のとうふ田楽《でんがく》と茶めしをあつらえた。

お米は酒をつけてもらい、

「お前さんは、いけなかったっけね」

といい、手酌《てじゃく》でのんだ。

久闊《きゅうかつ》のことばはつきない。

しかし、するどいお米の眼《め》は、いまのおぬいの苦悩の只事《ただごと》でないことをすぐに看《み》てとってしまったらしく、

「ねえ、おぬいちゃん。こういっちゃあ、なんだけれども……お前さん、身なりがとてもいいし、私ゃ見違えてしまったけれども……それで、いまなにかえ、うまく行ってるの？」

「え……？」

「十五年前に、お前さんが客の、ほれ大工の直《なお》さんにひかされて世帯をもった。それ

から五年の間に、お前さん二度ほど千住へ会いに来てくれたっけが……」

「ごめんなさい。あんなに、お世話になっていながら、ごぶさたばかりで……」

「ご亭主、達者なのかえ？」

「直五郎は、一昨年《おととし》、亡くなってしまったんです」

「そうかえ……で、子どもは？」

「一人。男の子」

「いくつ？」

「十七」

「そりゃお前、勘定が合わない。じゃ、なにかえ、直五郎さんの前の、死んだかみさんの子かえ？」

「そうなんです……ねえさんだけにいいますけど、あの子……市太郎は、ほんとうに私が生んだ子だと思いこんでいるんです」

「それで、けっこうじゃないか」

「私も、子は生まれなかったし……」

「客をとっていた女《もの》はねえ……けど、お前さんなんか、足を洗ったときが、十九だったんだもの。三十をこして堅気《かたぎ》になった私とは、くらべものにならない。私ゃ、お前さん、きっと子を生んでいると思っていたのだけれどねえ」

「ですから私、市太郎が、ほんとの子のように……そりゃあ可愛いがって育てて、あの子もいい子で……父親の後をつぐ気で、外神田の棟梁《とうりよう》のところへ修業に出たばかりのところで、父親が亡くなってしまって……」

「そりゃ仕方がない。でも、その市太郎さんとかいう子が、いい子なら……」

「いい子だったから困るんです」

「え……？」

「いまの私にとっては、憎い子……」

「おぬいちゃん……」

「え……？」

「お前さん、また亭主をもったね、そうなんだろう？」

おぬいは、うなずいた。

前夫・直五郎が死ぬまでは、色白の、ふっくりと肥えたおぬいの顔かたちが、いまは、

「観音さまの境内でお前さんを見たとたん、あやうく私ゃ見落すところだった……だってお前さん、まるで幽霊に見えたよ」

と、後で、お米が語ったように変貌《へんぼう》してしまっている。

それから……。

二人は一刻（二時間）の余も茶店にいたろうか……。

田楽も茶めしも、箸《はし》をつけぬままに冷えきってしまい、独酌でのむお米の酒の徳利のみが増えた。

茶店を出たとき、本願寺の大屋根の向うに血のような夕焼け空があった。

お米は、三日後の同じ時刻に、田楽茶店で再会することを約し、

「それまでは短気をおこすのじゃない。いいね」

つよく念を押した。

本願寺前の大通りを西へ……下谷《したや》・車坂へさしかかるあたりの左側、唯念寺《ゆいねんじ》門前の一角に〔御煙管師《きせるし》・村田屋卯吉《うきち》〕の看板をかかげた小さな店がある。

この煙管師・卯吉が、おぬいの再婚の相手であった。

お米は、ここまでおぬいを送って来てくれ、家へは入らなかったが通りをへだてた向う側から、おぬいを出迎えた五十がらみの、見るからに温和《おとな》しげな村田屋卯吉の姿を見た。

別れぎわに、お米は顔に血をのぼらせ、思いせまった声で、こういった。

「お前さんのはなしだけをきいたのじゃあ、私にもよくのみこめないが……とにかく、私たちのような泥水の中につかりこんでいた女は、つかまえた幸福を逃がしちゃならない。いざとなりゃあ、いのちがけで、自分の身をまもることさ」

それから、お米は我家へ帰った。

金杉下町《かなすぎしもちよう》の通りにある居酒屋〔三河や〕が、いまのお米の家であった。

亭主の伝蔵は四十がらみの大男で、てらてらの坊主あたまの顔が酒光りをしている。前身は只者ではなかったようだが、いまは千住の娼婦だったお米を女房にし、小女ひとりをおいて荒っぽい居酒屋稼業に精を出していた。

「おう、ご苦労だったな」

伝蔵は出迎えて、お米の背中から荷物を下ろしてやった。荷物は、浅草で仕入れて来たわらじや笠などである。

奥州街道の裏道にあたる通りへ面しているだけに、このあたりの居酒屋でも、こうした品物を仕入れておくのが当然のこととされていた。

灯の入った店の、台所で、お米は包丁をふるって魚を切ったり、小女と共に酒をはこんだりしながら、たてこむ客を相手にはたらきはじめる。

ひまをみて、お米が伝蔵に、

「今日、むかしの友だちに出会ってねえ、千住のころの……」

「へへえ、そいつはよかったな」

「明日、ちょいとあそびに行っていいかえ」

「いいともな。たまには気ばらしをしてきねえ」

だが、翌日に、お米はおぬいの家を訪問してはいない。けれども昼前から夕暮れまで、お米は外に出ていた。

三日後……。

浅草・広小路の茶店で、お米とおぬいは再会した。

お米は、また独酌をしながら、低い声を尚《なお》さらに低め、凝《じっ》と膳の上へ眼を落したままで、おぬいに、

「様子がわかったよ」

といった。

「え……？」

「市太郎という子ね、あれじゃあ手のつけようもあるまい。こないだ、お前さんと別れた日の夜、あの煙管屋さんへ来て、鑿《のみ》をふりまわして大あばれにあばれたそうじゃないか」

「ねえさん、それをどうして？」

「近所じゃあ大へんな評判だ」

「…………」

「おぬいちゃん。お前さん、どうした？　どこか痛むのかえ？」

「え、胸が……このごろときどき、急に胸がきゅーっと、しめつけられるようになってきて……え、もう大丈夫……」

「ほんとかえ？」

「ええ……もう、なおりました」

「で、どうする？　お上《かみ》へ訴えて出るかえ？」

「そ、そんなことしたら……そりゃ、たとえ牢へ入れられたとしても……今度、出て来たときに、それこそ、どんな恐ろしいことになるか……」

　おぬいの顔は恐怖に蒼ざめ、こわばっていた。わななと彼女の白くかわいたくちびるがふるえているのを見つめながら、お米はうなずき、

「市太郎に死んでもらうのだねえ。お前さん、自分の手で殺せたら殺したいのだろう？」

「ね、ねえさん……」

「そうだろう、え……?」

「え……」

「だが、死んだ妹そっくりのお前さんの身が私には可愛い。お前さんの手で殺《や》らせたくはないよ。だからといって私が殺ろうというんじゃない。二十両お出し。私も十両出す。その金で市太郎にあの世へ行ってもらおう」

二

おぬいは、中仙道・板橋宿《じゅく》に生まれた。

父親の伊助は、宿場で煮売りやをしていたが、おぬいを生んだ女房のおよしが病死してから、がらりと人が変った。

酒はともかく、博打《ばくち》に狂い出したのが〔いのちとり〕となった。

ちょうどそのころ、おぬいの弟の庄太郎が病みつき、伊助もまた肺を悪くするという始末で、煮売りやの商売もたちゆかなくなり、

「すまねえが……」

父親に因果《いんが》をふくめられて……と、いうより、おぬいはむしろ自分からすすんで父

と弟のためにつとめに出た。

板橋の宿場女郎は有名なものだが、同じ宿で売女になるわけにもゆかず、荒川にかかる千住大橋の橋北、俗に〔大千住〕とよばれる宿場の〔つちや八兵衛〕方へ身を売ったのである。

千住はいわゆる四宿の一つで、江戸から奥州へ、さらに陸前浜街道・日光街道の第一駅としてむかしから繁昌《はんじょう》をきわめている。

宿場であるから、遊女は食売旅籠《しょくばいはたご》の、つまり飯盛女《めしもりおんな》として客をとるわけであった。

むろん、らくなおつとめではない。

それのみか、おぬいが身を売って得た金は生きなかった。

弟も死んでしまうし、そうなるとまた父の伊助も自暴自棄となってしまい、またも博打と酒に病身をいためつけたのだから、たまったものではない。

おぬいが十七の年の暮につとめに出て、その翌年の桜《はな》が咲くころには、すでに父も弟も、この世にいなかったのである。

「おぬいちゃん、お前さんは、私の身の上にそっくりだ」

そのころのおぬいの悲歎をなぐさめてくれ、ちからになってくれたのがお米であった。

当時、お米は二十二、三で、

「つちやの化けもの女郎」

の異名《いみよう》をとっていたほどの女だ。

それは美女とはいいがたいが、別に眼をそむけたくなるほどの女ではない。つまりは、お米の男を男ともおもわぬ鉄火《てつか》な気性が客を遠去《とおざ》けたのであろうけれども、

「お米でなくちゃあ、いけねえ」

という客もいないではなかった。

その一人が、後にお米を女房にした三河や伝蔵であったし、おぬいが知っているのでも弥七という若い男がいたものだ。

弥七はお米と同年配だが、色がぬけるほどに白い、背のすらりと高い美《い》い男だが、年齢《とし》よりは五つ六つ老けて見えるほどに練れた遊びぶりで、口のききようもおだやかでやさしい。この弥七を〔つちや〕では、

「ごい鷺《さぎ》の親方」

と呼んでいたが、その異名の由来については、おぬいもお米も知らぬ。

で……。

お米は、上州《じようしゆう》・豊岡の生まれだという。

生家は百姓だが、おぬいの弟を妹に置き替えただけで、あとは、

「両親のことも、家のことも、お前さんとそっくりそのままだよ……妹も、病気で、私がここへ来てから死んでしまった」

そうな。

その妹が、

「お前にそっくり」

と、お米がおぬいにいった。

顔かたちよりも、おぬいの気質が、お米に亡き妹を思い出させたのであろう。

借りたお金もおぬいよりは多く、大酒のみで客の評判もわるいお米だけに、なかなか足がぬけず、おぬいが〔つちや〕へ来たときには、

「もう、ここへ来て四年にもなるのさ」

と、お米はいった。

おぬいがつとめに出てから二年目。三《み》ノ輪《わ》から通ってくる大工の直五郎に身請けをされたとき、お米は、わがことのようによろこんでくれ、

「お前さんは、若いときの不幸が、年をとるにつれてうす紙をはぐようにはがれてゆき、しあわせになる宿命《たち》なんだよ、きっと……」

「ねえさん、ありがとう」

「直五郎さんは、前のおかみさんに死なれたっていうじゃないか。しっかりと、なぐさめておやりよ」

大工の直五郎は、おぬいの客に三度ほどなってから、身請けをした。

〔つちや〕でも、よく客がつくおぬいには好意をもっていてくれたし、すぐにはなしはまとまったが、それでも職人が二十両に近い金をためこんでいたということで直五郎の性格がわかろうというものだ。

そのとき、直五郎は三十歳。腕もよく、外神田の棟梁〔大虎〕の信頼もあつく、酒も博打もやらぬ。それはまじめ一方の男で、それだけに、おぬいの客となってすぐに、

(この女なら……)

と、見きわめをつけたらしい。

(この女なら、前の女房の子どもを、うまく育ててくれるにちがいない)

その前の女房の子がいるということを知ったのは、おぬいが三ノ輪の直五郎の家へ迎えられてからのことで、おぬいも、びっくりはしたが、当年二歳の市太郎を見るや、

「ま、なんて可愛い……」

抱きしめて何度も頰《ほお》ずりをせずにはいられなかった。病身の母親にかわって、いまはもうこの世にいない弟を幼いころからめんどう見てきたことがあるおぬいだけに、直五郎が、

「いままで、本所《ほんじょ》の方へ里子《さとご》に出していたんだが、どうだ、育ててくれるか」

というと、一も二もなかった。

「それできまった。だがな、おぬい。その市太郎はお前の子……お前が生んだ子にしてもらいてえ。いやかね？」

「いいえ、そのほうが、ようござんしょう」

「子どものためにそうしておきてえ。それでな、この三ノ輪にいては、いまにこの子が大きくなってから余計なことが耳に入るかも知れねえ。いっそ引越すつもりなのだ」

それで、浅草・阿部川町《あべかわまち》へ移った。

お米のほうは、いつもおぬいの身の上を案じていたようだが、おぬいは六年、七年とたつうち、次第にお米のことを忘れていった。忘れるというよりも、なにかもう自分の過去を判然《はっきり》と思い知らされる千住の〔つちや〕へ〔ねえさん〕をたずねて行くこ

とがいやになったのである。

　では手紙のやりとりをしたのかというとそうではない。そのころのお米やおぬいのような女は、ほとんど読み書きが出来なかったといってよいのだ。

　五年ほどのうち、むかしを忘れずに二度ほど千住へたずねたおぬいに、お米が、

「たずねて来てくれるのはうれしいけれど、お前さんはもうれっきとした職人さんのおかみさんなんだから、もう、ここへは来ないほうがいいのだよ。私のことなんか忘れておくれな。そうしておくれでなきゃあいけない。そうでないと、いまのお前さんに傷がつくのだからね」

　きびしく、いいふくめたことがある。

　おぬいと直五郎の夫婦生活は平凡なもので、亭主が一生懸命に稼ぎ、女房は家事にはたらき子を育て……しかし、直五郎という男は財布を女房にあずけぬ男であった。

　几帳面に家計へも口を出すし、おぬいには、きびしく冗費をいましめる。

　だから、物見遊山に出かけたことなどは一度もないし、何しろ千住でおぬいを買ったのも、女房に死なれてからの肌さびしさに耐えかねてのことで、

「おれはな、ああした場所へ行ったのは、あのとき、はじめてだった」

　あとで直五郎がおぬいに打ちあけた。

そのときおぬいは、その年齢に似合わぬ直五郎の初心にひかれて親身になったわけなのだが……。

夫婦になって見ると、やはり何となく物足らない。いそいそと、たまにはうまいものをと思い、夕飯の膳を用意しても、

「お前、こんなぜいたくなものを……」

すぐにきびしい注意をうけるという……。

けれども、文句はいえぬ十三年であった。

それに市太郎が馴《な》ついてくれ、おぬいもまた、これをなめしゃぶるようにして可愛いがって育てたものだ。

市太郎が十二歳になったとき直五郎が「もうよかろう」と、外神田の〔大虎〕へ修業に出させようとしたときも、市太郎は泣いていやがるし、おぬいも、

「お前さん。もう少し、そばへおいておやりなさいよ。仕事は少しずつ、お前さんが教えるようにしたら、いいじゃありませんか」

めずらしく強くいい出し、

(自分の腹をいためたわけでもねえのに、よくしてくれる)

直五郎もおぬいのこころをありがたく思ったらしく、このときは承知してくれた

が、三年ほどたつと、もうゆるさなかった。

「市。お前も、これまでおれと一緒に仕事に出て、鉋《かんな》や鋸《のこぎり》のつかい方も一通りはおぼえたんだ。もう、そろそろ、きちんとした修業をしてもらわなくちゃならねえ」

ついに、市太郎が〔大虎〕へ行ってから三ヵ月目の或る夜、突然に直五郎が苦しみ出した。

「腸《はらわた》が千切れる、腸がねじくれる……」

叫び、苦しみ、のたうちまわったあげく、医薬の手当も効目なく、翌々日の早朝、息をひきとってしまった。

現代《いま》でいう〔腸捻転〕でもあったのだろうか……。

三

直五郎が死んで足かけ三年目の今年の春に、おぬいは煙管師の村田屋卯吉と再婚をした。

卯吉は四十八歳で、これも再婚である。前の亡くなった妻との間に生まれた二人の女の子も嫁に行っているし、長男を五年前に病死させてしまった卯吉は、小僧二人をつかって店をひらいているが、店は小さくとも唯念寺門前の村田屋といえば江戸で知られた煙管師で、卯吉の細工をこのむ〔ひいき客〕がしっかりとついていて、

「まあ、いやなら断わってくれりゃあいい。私あ、双方のためにいいとおもうから口をきくのだがね」

棟梁〔大虎〕の言葉だけに、おぬいも無下にことわりきれず、神田明神下の〔深川屋〕という鰻《うなぎ》やで見合いをしたのである。

見合いして、双方が好感をもった。

それでもおぬいは「市太郎がいることだし……」と、ためらいもし、乗気でもなかったのだが、村田屋卯吉のほうが熱烈となり、年齢に似合わぬ情熱をもやして阿部川町のおぬいの家を訪問するし、さそい出して食事を共にしたり……。

ま、おぬいにとっては、このように自分を恋人あつかいに情をかけてくれる男は、はじめてだっただけに、ついこころうれしく、うっかりと身をゆるしてしまったものだ。

そうなると、もういけなかった。

市太郎のことは〔大虎〕が引きうけるといってくれているし、卯吉が「まるで二十《はたち》のむすめのようなからだですねえ」などと、たとえ嘘にも、ほめたたえてくれる自分

の若さを、このまま埋もれさせてしまうことはないと思った。

それで、ついに再婚した。

このときまで、市太郎は母の再婚についてきいてはいない。〔大虎〕もいいにくかったのだろうが、いざとなって大虎が「実はな、市……」と、はなしてきかせるや、市太郎の顔色が変った。

そのまま、凝《じっ》とうつむき、棟梁のいうことをきいていたが、翌朝になると市太郎の姿が〔大虎〕から消えてしまっている。

ちなみにいうと……。

〔大虎〕は、市太郎はおぬいの本当の子だと思いこんでいた。つまり、死んだ直五郎は駿府《すんぷ》（静岡市）で永くはたらき、そこで前の女房が死んでから、赤子の市太郎を抱いて江戸へうつり、これを里子に出してから〔大虎〕の下ではたらくようになったからだ。

女房のおぬいにさえも、自分の生いたちについては余り語ったことがない直五郎だし、仲間同士のつきあいもわるい。

「いったい直さんという人は、どんな人なのだ？」

仲間の大工たちにも、つかみどころのない直五郎だったそうな。

さて、それからが大変なことになった。

行方知れずの市太郎の身を案じながらも、おぬいは新しい亭主のこまやかな愛情に酔っていたのである。前の亭主のように財布をあずけぬなどという水くさいことはなく、村田屋へ入ったその日から、

「この家の帳場は、お前さんのものだからね」

卯吉からすべてをあずけられてしまったし、

「読み書きも、わたしが教えよう」

夜になると頰を寄せ合って、書いたり読んだり……であった。

(ああもう、市太郎は、私にとって、どうにもならない子になってしまったんだから……)

日が経つにつれ、おぬいは身も心も、卯吉のあたたかく、そして意外なほどに激しい愛情の中へ溶けこんでゆくのを、どうしようもなかったのである。

村田屋へ来てから半年ほどを経て、今年の夏もすぎようとする或る夜ふけに、突然、村田屋へ市太郎があらわれた。

「おっ母《かあ》、よくも手前は……おいらを捨てて、こ、こんなあぶらぎった狒々《ひひ》じじいのところへ……」

血相を変えてつかみかかり、泣き叫びつつ、おぬいを蹴ったり撲《なぐ》ったり、とめに入った卯吉も同じような乱暴をはたらかれたが、救いを求めに駈け出そうとする小僧たちを押しとどめ、卯吉が、やっと市太郎をなだめて談合に入った。

談合といっても十七の市太郎だけに、はなしにもならぬ。

おぬいは、このとき亡夫・直五郎が遺していった金二十七両余を、そっくり、

「お前さんに取っておいたのだよ」

と、わたしてやった。

「ふうん……」

市太郎は凄い笑いを洩らし、

「そうかい、わかったよ」

金を受け取ると、風のように出て行った。

ところが、一月もたたぬうちに、また村田屋へ来て「おっ母。少し貸してくれ」

と、いう。

「お前、あの二十七両は？」

「博打で消えちまったい」

「お前、大虎へ帰らないっていうじゃないか」

「当り前よ」

「どこにいるのだえ？」

「知ったことかい」

このときも、大あばれにあばれ、卯吉から十両をうけとって引き揚げたが、それからはもう、十日に一度は村田屋へ来て金をせびる。

柄《がら》のよくないのを連れて来ることもあり、いまの市太郎の荒《す》さんだ生活が、どのようなものかは、おぬいにも容易に想像がつく。

いっそ「お前は私の子じゃあない」と、打ちあけようと考えもしたが、そんなことをしたらどのような結果が出るか知れたものではない。

「おっ母。これ以上に、おいらを怒らせたら、お前のいまの亭主を叩っ殺すぜ」

妙に押しころした声で、殺気をこめた上眼《うわめ》づかいにこういったときの市太郎の顔つきの恐ろしさに、おぬいはおびえた。

それはもう、一個の男としての嫉妬に狂いかけている市太郎の顔であった。

卯吉もおびえながら、「もう少し様子を見よう。それまでは家にある金を……」と、来るたびに出してやれ出してやれという。ここ三ヵ月ほどの間に村田屋から三十余両という大金を市太郎がうばい取ったかたちになるのだ。

こうなると、おぬいはもう市太郎が憎くて憎くて、

（いっそ、私に殺せたら……）

と思いこむほどになってきていた。

腹をいためた子でもないという意識が（私のしあわせを邪魔する男）としての市太郎を見る眼の裏うちとなり理屈となる。

（あれだけ可愛いがって育ててやった恩も忘れて……）

と、おぬいは激怒を押えに押えていた。

過去も未来も見わたせず、現実のみに生きる女という生きものの特性《さが》そのものを具現したかのような、このごろのおぬいであった。

お米と十何年ぶりに出会ったとき、おぬいは、およそ、こうした状態に在ったわけだ。

四

お米が、金三十両をそろえて出し、ごい鷺の弥七に市太郎を殺してくれとたのんだとき、弥七はいった。

「むかしなじみのお前のたのみだ。よし、引き受けたよ」

「だれにも知られずに、ね……」

「知られたためしは今までにないのだよ」

そこは、東両国にある〔丸亀〕という小料理屋の二階座敷で、この店では〔のっぺい汁〕と〔五色茶漬け〕が売り物だという。

冷え冷えと曇って、いまに雪でも降り出しそうな午後であった。

ごい鷺の弥七は、むかし千住の〔つちや〕で、お米の客になっていたころから少しも変っていない。むかしは老けて見えたものだが、いまは三十八という年齢がぴったりはまって、身なりも物腰も、どこかの大店《おおだな》の番頭のような弥七であるが、

「ごい鷺の親方はね、金ずくで殺した人の数を自分でも勘定が出来めえよ」

と、お米の亭主の伝蔵が、そっと洩らしたことがある。

伝蔵と弥七は、むかしなじみだし、たがいに承知の上でお米の客となったこともある。伝蔵とお米が夫婦になったとき、弥七はぽんと金五十両を祝いによこし、

「伝蔵どん。これでまあ、かんべんしておくれ」

と、いったほどだし、一年に二度ほどは金杉の〔三河や〕へも顔を見せる。

弥七がどこに住み、何をしているか、お米にはさっぱり見当もつかなかったが、

「用事のときは、東両国の丸亀へことづけておくれ」

いつか弥七が伝蔵へ、そういっていたのを思い出して、お米が連絡をつけたのだ。

お米は、おぬいのことも、弥七へ市太郎殺しを依頼することも、全部、亭主へ打ちあけている。

伝蔵は「ま、やって見ねえ」といい、十両の金を都合してくれたのである。これと、おぬいから受けとった二十両と合せて差出した三十両を、

「こっちも稼業だからね。ま、いただいておこうか」

こころよく、弥七はおさめた。

「それだけで、こんなおたのみをするのは気がひけるんだけど……」

「安いよ、たしかに……ふ、ふふ……けど、お米さんのたのみではねえ」

「すみません」

「まかしておきな。年が明けるまでに、その市太郎という気ちがい犬は、この世から消えてしまっているよ」

ごい鷺の弥七が、下谷・長者町の小笠原左京大夫・中屋敷の中間部屋《ちゅうげんべや》でおこなわれている博打に、よく市太郎が顔を見せるときききこみ、出かけて行ったのは、それから五日後のことであった。

市太郎は悪い仲間が四、五人ついていたが、弥七はうまくもちかけてさそい出し、酒をふるまったり、小づかいをあたえたりして、たちまちに仲よくなった。市太郎は弥七を「おじさん」と、よんだ。

こうしておいて、市太郎殺害の日をきめると、その前夜に小笠原の中間部屋で、

「王子に、おもしろい賭場《とば》がある。おじさんがもつから一緒に行かないか？」

市太郎にさそいをかけると、

「いや、おいらもいくらか都合するよ、あてもあるしね。いつも、おじさんに元手をもらっちゃあすまねえ」

「そうかい」

「うん。じゃあ明日、下谷の広徳寺前のつたやっていう茶店で、八ツごろに……」

「よし、待っているよ」

当日となった。

十二月二十四日の底冷えのつよい、その日の午後、ごい鷺の弥七は、市太郎が指定した茶店へ行き、彼を待った。弥七のふところには木綿の細長い布でもって細い針金を巻きこんだ〔得物《えもの》〕がひそませてある。殺す相手によっては刃物もつかうけれど、血をながすと後の始末がめんどうなので、弥七は、この独自の得物をつかってしめ殺

すことに馴れている。

場合によっては一人を百両で請け負うこともあるので、年に二人も殺せば、あとはのうのうと遊んで暮せる。

(遅いな……)

弥七は、三本目の酒をのみつくしていた。

厚い雲の間から、にぶく陽が光っている。その光が一層に底冷えのつよさを感じさせるのであった。

(おそらく市太郎は、その煙管師のところへ、金をせびりに行ったにちげえねえ)

と、弥七は考えた。

その通りである。

そのころ、市太郎は村田屋へ乗り込み、ちょうどおぬいが近所へ出ていたので主人の卯吉をつかまえ、おどおどと意見めいたことをいい出した卯吉を、

「この野郎、このひひじじいめ!!」

わめきながら、踏んだり蹴ったりしていた。

小僧の知らせで、外からおぬいが飛びこんで来て、市太郎へつかみかかった。

「なにをするのだ、市太郎。いいかげんにしないか、なんというお前は、お前は……

畜生、お前は畜生だ、けだものだ」

「なにをぬかしゃがる、この色気ちがいめ!!」

顔面蒼白《そうはく》となった市太郎が、おぬいを突き飛ばした。

茶の間から、店との境にしめきってある襖《ふすま》へ背中を打ち当て、おぬいが尻餅をついた。

「あっ……何をするのだ」

と、卯吉が駈け寄って抱き起したとき、おぬいの様子が異常であった。

おぬいは顔をしかめ、両手で胸の左のほうを押え、苦しげにあえぎはじめた。

「おぬい。ど、どうした……これ、どうしたんです、しっかりしておくれ」

おぬいは、こたえない。彼女の両眼は光を失い、不安げに見ひらかれたままである。

市太郎は茫然と立ちつくしている。

そのころ……。

広徳寺門前の茶店で、ごい鷺の弥七が腰をあげた。

村田屋の店は、通りをへだてた向う側を南へ入った左側にある。

(なにをしていやがるのか……?)

弥七は、ゆっくりと通りを横切りはじめた。

この通りは上野から浅草へ通ずる大通りで、俗に〔新寺町〕とよばれるほどに寺が多い。したがって門前町も繁昌していて、人通りもはげしかった。

少し、浅草の方角へすすみ、弥七が南へ曲がったとき、彼方の村田屋の店先へ人だかりがしているのを弥七は見た。

お米に様子をきいてから、二度ほど、弥七は村田屋の所在をたしかめに来ているので、

(や……市太郎が何か仕出かしたのか……？)

立ちどまったとき、その人だかりを割って通りへ飛び出して来た者がある。

市太郎であった。

眼の前を駈けぬけて行こうとする市太郎の腕をぐいととらえ、弥七が、

「おい、どうしたのだ？」

「あ……ああ……」

うめいて振り向いた市太郎は顔をゆがませ、両眼を真赤にしている。

「おい、市……」

「おじさんよう……いま、おっ母が……おいらのおっ母が、死んじまった。死んじま

ったよう……」

五

「ま、そういうわけでね」

と、一刻ほどして金杉下町の〔三河や〕へあらわれたごい鷺の弥七が、お米と伝蔵の夫婦へいった。

「市太郎のやつは、おれの手を振りきって、鉄砲玉のようにどこかへ飛んで行っちまった。市がおふくろを殺《や》ったか、と……こう思ってね、すぐに村田屋の前へ行って様子を見とどけたが、おぬいさんは急にその、心ノ臓がどうかしてしまったのだね。医者も駈けつけて来たらしいが、だめだということさ。ま、市のやつも乗りこんで行って乱暴をしたことはたしかだろうが、手にかけたわけじゃあない」

お米と伝蔵は、顔を見合せて、ためいきをついた。

お米は、あのとき、浅草・広小路の田楽茶店で、急に、おぬいが青ざめて胸を押え
「このごろ、ときどき、急に胸がしめつけられるような……」と洩らした、そのたよりなげな細い声を、いま、はっきりとおもいおこしていた。

「伝蔵どん。いっぱいもらおうかね」

と、弥七。

「あ、こいつは気のきかねえことを……」

伝蔵は、すぐに酒の用意にかかった。

小女は外に出してある。ここは台所つづきの小さな部屋であった。

「ごい鷺の親方。どぜう鍋でもしましょうかね？」

「いや、かまわないでくれ」

弥七は向き直って、お米に、

「おぬいさんが死んじまったのじゃあ、市太郎を消すこともない。やめたからね。それで、あずかった三十両は明日にでも使いの者をここへ寄こしてお返しするから……」

「ま、親方……そんな……」

「そんなもこんなもねえことさ。おれだって好きで殺るのじゃあない。手がはぶけて、実は、ほっとしているところなんだ」

妙に陰気なふくみ笑いをしてから、弥七が、

「お前さんたちが、いちばんいいよ」

ふかいふかいためいきのような声で、つぶやいたのである。

六

それから、まる一年がすぎた。

そのころ……。

唯念寺門前の煙管師・村田屋卯吉が養子を迎えた。

養子になったのは、あの市太郎である。

「あの市太郎さんというのは、亡くなったおかみさんの実の子だってねえ」

「去年は、何度もあばれこんで来て、大変なさわぎだったもんだが……」

「でもまあ、人が変ったように……」

「死んだおぬいさんには気の毒だけれど……」

「でもねえ、ああして村田屋さんと市太郎さんが仲よく暮しているのを見れば、おぬいさんもあの世でうれしかろうよ」

などと、近所の人びとの、これはうわさばなしである。

朝、起きると、村田屋卯吉は仏壇へ向い、経をあげる。

仏壇には、先祖の位牌《いはい》のほかに、先妻おまきと後妻おぬいのそれが安置してある。

経をとなえる卯吉の傍に、いつの間にか市太郎がすわり合掌し瞑目《めいもく》する。

(腹をいためた子のことを、私は少しも考えずにお前さんを女房にしてしまい、お前さんを不幸な、取り返しのつかない目にあわせてしまった……どうか、ゆるしておくれ。そのかわり、市太郎がこんなにまじめな人間になって、そして、私の後つぎになってくれたのだよ。そのことにめんじて、どうか安らかに成仏しておくれ)

と、村田屋卯吉は、そんなおもいをこめて経文をとなえる。

市太郎は市太郎で、

(おっ母を死なせたのは、おいらの故《せい》なんだ。かんべんしておくれ。村田屋の旦那が、おいらを養子にしてくれた……こんないい旦那へ、おいら、やきもちをやいていたんだ。おいら一人のものだと思っていたおっ母のおっぱいを、ほかの男にはやりたくなかったんだ。かんべんしておくれ、これからは罪ほろぼしのつもりで、一生懸命、はたらいて村田屋の後をつぐつもりだ)

そして、毎朝のように泪ぐんだ顔を、おぬいの位牌へ向けて、

(おっ母、すまねえ)

胸のうちで呼びかけるのを最後に、卯吉と共に仏壇の前をはなれるのであった。

もうすぐに、おぬいの年忌が来る。

夜狐

一

「いやだよ、なにをするんだよ、畜生《ちくしょう》……いいかげんにおしな。あたしゃあね、お前の手なぐさみの合力《ごうりき》をするために、汗水たらして、はたらいているのじゃないんだからね。おや、お前、なにを……なにをするんだよ、およしよ、ばか!!

およしったらさ、もう、その手にゃあ乗るもんか。な、なんだよ、なにをするんだよ。

あ……なにを、お前。いけないったら、いけないよ。ああ……ばか、ばか、畜生……ああ、畜生……もう、こんな……ああ、ばか、ばか……」

おやすが弥吉《やきち》をののしる声も、弱々しく、三間仕切りの小さな家の、夫婦《ふたり》が寝間にしている奥の六畳へ引きずりこまれたおやすは、もはや、もがくちからをうしなっていた。

「いいんだよ、おやす。おれはなあ、お前の躰《からだ》が、いちばんいいんだよう」

耳の中へ、熱い呼吸といっしょに、いつものささやきを送りこまれると、ののしり声も、むせび泣くように変ってしまい、おやすは、

「畜生、畜生……十日も家《うち》へ、帰って来なかったくせに……」

「だからよ、こうしてお前、わびているじゃあねえか」

「ばか、ばか……」

「うそはいわねえ、この十日の間、ほかの女にゃあ指一本、ふれちゃあいねえ。それが証拠に見ねえ。ほら、おれだってお前、こんなに……」

「いや、いや、いや……」

「いやもへちまもあるものか」

弥吉は、

〔夜狐《よぎつね》〕

と異名《いみよう》をとったほどの、痩《や》せぎすではあるが、いかにも敏捷《びんしよう》な体軀《たいく》を縦横無尽にはたらかせ、三つ年上の、今年で三十になるおやすの熟《う》れつくした躰へ、いどみかかりはじめた。

おやすの金壺眼《かなつぼまなこ》が、たちまち白目になって、

「ああ……う、うう……」

歓喜のあえぎをたかめはじめる。

こうしたときのおやすの顔は、意地にも美しいとはいえないのだが、こんもりともりあがった乳房のかたちなぞというものは、三十にもなって一人の子も生んでいないだけに、

(たまらねえ、おっぱいだ)

弥吉も、抱くたびに見とれるほどのものであった。

それに、まっ白な肌に大年増の凝脂《ぎょうし》がみなぎりわたってい、

(この肌ざわりときたひにゃあ、大籬《おおまがき》の花魁《おいらん》だって、およびもつかねえ)

と、弥吉は両眼をしっかりと閉じ、つとめて、おやすの顔を見ずに、

「おい、おやす。たまらねえよう」

だいぶんに本気となり、肥《ふと》やかなおやすの腰を、細いが強靭《きょうじん》な両腕に抱えこみ、

「たのむぜ、たのむぜ。なあ、おやす……」

うわごとのように、おやすの耳へささやきつづける。

なにが、

「たのむぜ」

なのかというと、例によって、博打《ばくち》で摺《す》った金の埋め合せを、おやすから引き出そ

うというのである。

……。

夕闇《ゆうやみ》がただよいはじめたころ、弥吉は、ようやくにおやすの躰からはなれた。

畳の上へ仰向《あおむ》けになったまま、ぐったりとしているおやすに、

「おやす……おい、おやす……」

「なんだよう……」

「二分《にぶ》でいいんだ。出してくんねえな」

「ばか、畜生……」

「いいじゃあねえか」

「ばか……」

いいながらも、物倦《ものう》げに起きあがったおやすが、二分出してよこした。

「すまねえな」

「いまさら、なにをいってるんだい」

おやすの前の亭主の甚太郎が、いま生きていれば三十七歳になるはずだ。

甚太郎は五年前に、三十をこえたばかりで病死してしまっただけに躰も弱く、おやすは女のよろこびをほとんど知らなかったといってよい。

甚太郎は、この千住《せんじゅ》の宿《しゅく》で〔笠屋〕をいとなんでいたのだが、おやすは甚太郎と死に別れたのち、表通りの笠屋の店の権利を売りはらい、同じ千住の町の天王宮《てんのうぐう》裏道の小さな家を借りうけ、甚太郎と夫婦になる前の職業だった女髪結《かみゆ》いにもどった。それが四年前のことである。

千住は、江戸より奥州・日光街道などの第一駅として、むかしから繁昌《はんじょう》をし、宿駅としての発達も早かった。

荒川にかかる千住大橋をはさみ、橋の南の、すなわち江戸の方《かた》を〔小千住〕とよび、橋をわたった北詰の宿場を〔大千住〕とよぶ。

おやすが住んでいるのは〔小千住〕のほうで、浅草の縄手《なわて》から中村町・小塚原の表通りを千住大橋の南詰まで六十二丁。両側には、びっしりと商家や旅籠《はたご》がならび、人馬の往来の絶え間がない。

それに……。

千住はいわゆる〔四宿《ししゅく》〕の一で、平《ひら》旅籠のほかに、飯盛女《めしもりおんな》(娼婦)をおく食売《しょくばい》旅籠が五十をこえ、当時の洒落《しゃれ》本に、

「愛相《あいそ》よき、千住女郎《じょろ》衆《しゅ》に袖《そで》ひかれ、わらじとくとく泊る旅びと、御初尾五百文」

などと記してある。

おやすも、千住の町家をまわって稼ぐばかりでなく、専属の髪結いがいない小さな食売旅籠の女郎たちの髪も結うので、月の稼ぎも女としては相当なものだ。

「おやすさんも、あの二度目の亭主に引っかからなければ、たんまりと金もたまり、気楽にしていられたろうに……」

なぞと、町の老人たちはうわさをしているようだ。

それは、たしかにそうだろう。

弥吉は以前に、この千住の若松屋という食売旅籠の料理人をしていたところから、おやすと顔なじみとなり、たくみにとり入り、おやすと関係をむすんでしまった。そうなると、おやすは弥吉からはなれられなくなってしまった。

前夫の甚太郎の病身をいたわりながら暮していた夫婦生活を、

(こんなものなのだ)

と、おもいこんでいただけに、おやすは、弥吉に抱かれてみて、

(男と女がなにするというのは、こうしたものだったのか……)

目をみはるおもいがした。

自分と夫婦になって以来、すっかり〔遊び人〕となってしまった弥吉から、いいなりに金をせびられ、

（これじゃあ、いくら稼いだって身にも皮にもなりゃあしない。このまま、あのひとといっしょにいたって、ろくなことはないにきまっている。いっそもう、別れてしまおうか……）

何度おもったか知れないのだが、今日のように、十日ぶりに帰って来た弥吉から、有無をいわせずに飛びかかられ、おもうさま翻弄《ほんろう》されてしまうと、おやすはもう、金を出してやるよりほかに仕方がなくなる。

「お前さん。明日の夜までには、きっと帰って来るね。でなきゃあ、あげないよ」

念を押してわたしてやった金二分であった。

「わかっていらあなあ。友だちへ義理をすませたら、飛んで帰って来る」

「すぐ、行くのかえ？」

「なあに、久しぶりに、お前の酌でいっぺえやらねえじゃあ、出て行けるものじゃあねえ」

「ほんとかえ」

「きまっていらあ」

「じゃ、すぐに仕度をするから……」

「たのむぜ」

おやすと共に酒をのみ、飯をすませてから、弥吉が、

（ふん。甘《あめ》えものだ、女という生きものは、よ……）

上きげんで、千住の家を出たときには、すでにとっぷりと暮れていた。

「夜になると、めっきり冷えてきたから、気をおつけよ」

こういって、出がけにおやすがわたしてよこした半纏《はんてん》を引っかけ、弥吉は浅草のほうへ、まっすぐに歩き出した。

二

この夜。

弥吉は、深川・仙台堀にある久世《くぜ》大和守《やまとのかみ》下屋敷の中間《ちゅうげん》部屋でひらかれている賭場へ行き、あそんで来るつもりであった。

だが……。

千住からの道を山谷《さんや》へかかると、

（久しぶりで、吉原《なか》へ行って見ようか……）

急に、気が変った。

山谷から、道を西へとって行けば、山谷堀を越え、すぐに新吉原の遊里となる。おやすを存分にあやなした後だけれども、却《かえ》って弥吉はおもいをそそられたかたちになった。

道を右手へ切れこむと、両側は元吉町の町家だが、その先は、いちめんの田圃《たんぼ》と雑木林がひろがっていた。

もっとも、そのまた先の山谷堀の向うの日本堤を行き交う提灯のあかりの数は、さすが江戸随一の不夜城をひかえてのもので、廓内の灯火が夜空を赤くそめている。

弥吉のなじみの女は、坂本屋の抱えで〔木曾橋《きそばし》〕という小柄な女だ。

ま、自分の金をつかってあそぶ女といえば、この木曾橋ぐらいなもので、ふだんの弥吉は一文なしでも若い女の肌身に不自由をしない。

女房のおやすにも知らせていないが、包丁《ほうちょう》をとってはたらくこともなくなった弥吉は、なんとか博打の元手《もとで》ぐらいにはなる別の稼業をしているのだ。

その稼業柄、

「女には不自由をしねえ」

ということになるのだが、たまには弥吉も、

「手めえの金であそんでみてえ」

気もちになるらしい。

（すこし早えから、田町のしゃも鍋やでゆっくりとのんでから、くりこもうか……）

などとおもいつつ、弥吉が、田中とよばれる田圃の中の道を山谷堀へかかろうとして、

（や……ありゃあ、なんだ……？）

ぎょっと立ちすくんだ。

さだかには見えぬが、山谷堀へかかっている小さな橋の上で、きらりと刃《やいば》が光ったようにおもえたからだ。

そのとたん……。

低いが、すさまじいうなり声がきこえたかとおもうと、だれかが、橋をわたって、こっちへ駆けて来るのが、月あかりではっきりと見えた。

弥吉は、おやすが持たせてくれた提灯のあかりを吹き消し、右側の雑木林の中へ飛びこみ、身を伏せた。

と……。

よろめきながら逃げて来た男を、追いかけて来た二人の男が折り重なるようにして押えこんだ。

「は、早く、早く……」

一人が、逃げようとする男の口を背後から押え、悲鳴がもれないようにすると、

「む、よし!!」

別の一人が、いきなり、もがく男の腹へ白刃《しらは》を突きこんだものである。

(さ、三人とも、侍《さむれえ》だ……)

〔夜狐〕なぞと異名をとり、人を殺《あや》めたことはないが、刃物をふりまわして喧嘩をすることなど朝飯前の弥吉だけに、すこしもあわてず身を伏せたまま、様子をうかがっていた。

「早く、早く……」

ぐったりとなった男の躰を二人が抱えあげ、

「ここでは、まずい」

「ど、どうする?」

「山谷堀へ、投げこもう」

「そ、そうか、よし……」

そのとき、日本堤を下って山谷堀をわたり、こちらへやって来る駕籠《かご》が二挺《にちよう》。見る間に近づいて来たものだから、二人は狼狽《ろうばい》した。

「あっ、か、か、駕籠が来る……」

「早く、早く……」

「かまわぬ。捨てて逃げよう」

あわただしくささやきかわすや、二人の侍が、男の死体を、弥吉が隠れている木立とは反対側の木立の中へ投げこみ、

「さ、急げ」

山谷の方向へ、一散に逃げて行ってしまった。

そのあとから、二挺の駕籠が、これも山谷の方角へ去った。

(辻斬りのようにも見えなかったが……)

それでも弥吉は、しばらくの間、凝《じっ》と伏せていた。

男を殺した二人の侍の顔は、月あかりでよく見えた。なにしろ、弥吉が伏せていたところからは三間《さんげん》とはなれていなかったのだ。殺したほうも殺されたほうも羽織・袴《はかま》をつけ、浪人とはおもえぬ風体《ふうてい》だったのである。

だれも来ないと見て、弥吉は身を起し、道の向う側の木立へ駆けこんだ。

若い侍であった。

完全に、息絶えている。

（さむれえ同士の喧嘩だな、きっと……おれの知ったことか）

弥吉の手が、若い侍のふところを素早くさぐりまわした。弥吉の手が死体の血にぬれた。

紙入れをぬきとり、中をあらためると三両一分ほど入っているではないか。

（こいつはどうも、うめえことになったもんだ）

ほくそ笑んで、すこしの躊躇もなく金をふところへ、紙入れをぽいと捨て、道へ出るや、あたりにまったく人影もないのを見すまし、

「……千住女郎は錨《いかり》か綱《つな》か。上り下りのヨ、舟とめる」

と、川越《かわごえ》船頭が唄う千住節を鼻で唄いながら、弥吉は、まるで何事も起らなかったかのように山谷堀で血のついた手を洗うや、さっさと土手をのぼって行った。

翌朝となって吉原の大門《おおもん》を出たときの弥吉は、昨夜の血なまぐさい事件や、殺された若い侍のふところから三両一分もかすめとったことなど、すっかり忘れてしまっていた、といってよい。

ところが……。

それから七日目の午後になって、弥吉は、若い侍の腹へ刃を突きこんだ侍と、偶然に出合ったものである。

その日。

弥吉は別の稼業のことで、下谷《したや》・池《いけ》ノ端仲町《はたなかちよう》にある〔鈴木〕という水茶屋へ出かけた。

あれ以来、千住の家へは帰っていないから、前夜は、これも博打仲間で金杉《かなすぎ》の通りで〔三河や〕という居酒屋をしている伝蔵のところへ泊まりこんでいたのだ。

弥吉の別の稼業というのは、俗にいう〔阿呆烏《あほうがらす》〕というやつで、これはつまり、店も持たず抱え女もなく、単独で女を客にとりもつ所業《しわざ》をする者を、売春業者が軽蔑していう当時の呼び名である。

公娼私娼を問わず、店を張ってお上へ税金もおさめ、客をよびこむ業者にとっては、この〔あほうがらす〕は大敵であった。

素人女《しろうとおんな》が、種々の理由で金に困り、われとわが肌身を売ろうとするとき、阿呆烏の世話になれば、何も証文を入れるわけでもなく、都合のよいときに出て行って、たとえば〔鈴木〕のような水茶屋で客をとれば、それでよいのだ。

こうした売春には、もちろん、お上の見張りの目もきびしいから危険ではあるけれども、女たちにも便利な上に、客にとっても、値はすこし張るが新鮮な素人女の肌身が抱けるのだから、こたえられない。

女たちの中には、居酒屋の小女《こおんな》もいれば、町の女房もいる。それだけに、あくまでも〔秘密厳守〕ということが、仲をとりもつ〔あほうがらす〕の絶対的な資格なのだが、夜狐の弥吉は、江戸にも数ある〔あほうがらす〕の中では悪質な男であった。

それぞれに、肌を売る女たちの秘密をつかんでいるのだから、その弱味を餌《えさ》にして、自分が一文もはらわずに手もちの女を抱く。さらに、女たちの口から客の素姓《すじよう》をきき出し、ゆすりにかけることもある。

「夜狐のやつときたひにゃあ、仲間の面汚《つらよご》しだ」

と、他の〔あほうがらす〕たちは、弥吉に怒りをおぼえているそうな。

「だからねえ、弥あさん。お前さんも、すこしはつつしんでくれなくちゃあ困るよ、いいかえ」

その日も〔鈴木〕の女主人《あるじ》・おろくから念を押され、ここ半月ぶんの分け前をもらい、弥吉が〔鈴木〕を出たのは八ツ半（午後三時）をまわっていたろうか。

池ノ端仲町から上野山下へ出て、車坂《くるまざか》へかかった弥吉は、金杉の〔三河や〕へもど

り、

(湯にでも入って、いっぺえ飲《や》って、今夜の行先をきめようじゃあねえか。このところ、ふところは暖《あっ》たけえのだから、あわてることたあねえ)

千住の家で、じりじりしながら自分の帰りを待っているおやすのことなぞ、ちらりとも想わぬ弥吉なのである。

さ、そこでだ。

車坂を坂本の方へまがりかけた弥吉の向うからやって来た一人の侍を見て、

(あっ……)

弥吉は立ちすくんだ。

七日前の、あの夜。若い侍を殺した二人づれの一人であったからである。

相手は弥吉のことを気にもとめずにすれちがった。

(たしかに、あのさむれえだ。月あかりに見た横顔がそっくりだものな)

やりすごして、弥吉は後をつけた。

見とどけて、相手しだいによっては、

「うめえことに、なるかも知れねえ」

と、感じたからである。

朝から、きもちのよい秋日和《びより》で、このあたりは人出も多い。

後をつけるには都合がよかったし、なにしろ相手は、弥吉の存在にまったく気づいていないのだ。

三十前後の、がっしりとした躰つきのその侍は、左側の上野山内・寛永寺境内へ通ずる屏風坂《びょうぶざか》とは反対側の道を右へ切れこんで行った。

侍が入って行ったのは、長屋門の堂々たる武家屋敷であった。

この屋敷は、三千石の大身《たいしん》旗本・近藤監物重恒《こんどうけんもつしげつね》の上屋敷であるから、くだんの侍は、その家来と見てよいだろう。

(ははあ……?)

後をつけ、そこまで見きわめた弥吉は、

(こいつ、くさいぞ)

と、おもった。

同時に、身ぶるいをした。

弥吉にとっては武者ぶるいというやつだったかも知れない。

このあたりは、幕府の組屋敷が多い。

うろうろしているわけにはいかなかった。

そこで弥吉は、近くの広徳寺《こうとくじ》門前にある〔つたや〕という茶店へ立ち寄った。

亭主の半助は、店の小女に弥吉の手を通じて売春をさせ、甘い汁を吸ったこともあるだけに、弥吉にはあたまが上らない。

「爺《とっ》つぁん、しばらくだな。ま、一本つけてくんねえ」

「弥あさん。今日はだめだよ」

「なあに、金を借りに来たのじゃあねえ。ちょいとね、ききてえことがあってな」

「なんだね？」

「ま、先に熱いのをつけてくんなよ」

酒がきた。

あまり浮かない顔をしている半助に、

「爺つぁん。広徳寺の裏に、近藤監物様の御屋敷があるねえ」

「あるよ」

「ちかごろ、なにか変ったことが起きなかったかい、近藤様の御屋敷にさ」

「弥あさん。またなんで、お前さん、そんなことを……？」

「なあに、ちょいと気にかかることがあるものだからね」

「そうさなあ。変ったことといやあ……四、五日前に、近藤様の跡とりの若さまというのが、急に病気で死になすってね。それがさ、あれだけの御屋敷の跡とりが死んだというのに、その葬式《とむらい》がね、……」

「葬式が、どうした？」

「なにかその、こそこそと、人目にたつのを厭《いや》がるような、しみったれた葬式でね」

「へえ……そうかい。爺つぁん。ま、こいつを取っておいてくんな。ま、いいじゃあねえか。何もお前、おれに小づかいをもらったからといって気味わるがることはねえやな……な、爺つぁん。すまねえが、ちょいと、そこの鰻《うなぎ》屋までつき合ってくんねえ。なあに、手間はとらせねえから……」

四

数多い旗本の中でも〔交代寄合《こうたいよりあい》〕三千石、近藤監物ほどの身分になると、番所つきの大きな長屋門に、およそ四十間四方におよぶ敷地の堂々たる屋敷がまえで、年寄・用人・家来たちから若党・中間、それに侍女や台所女中まで合せると六十人からの奉公人を抱えている。

この中でも〔中間〕というのは、苗字もなければ刀もささぬ給金ばたらきの奉公人

であって、近年は、大身旗本の屋敷へも、

〔わたり奉公〕

をする中間が多くなっている。

つまり、気に入らなければ暇《ひま》をとり、口入屋《くちいれや》のようなものを通じて別の屋敷へ奉公替えをするという……だからもう、素姓もろくに知れたものではなく、裏へまわれば飲む打つ買うの放埓三昧《ほうらつざんまい》というのが少なくない。

夜になると、彼らの居住区である〔中間部屋〕で賭場をひらき、屋敷内の者ばかりか、外からも人を引き入れ、博打にふける。

ま、旗本屋敷の中間部屋ではやらないが、大名屋敷の中間部屋にこれが多い。

だから、近藤監物屋敷にいる中間どもは、夜がふけてから屋敷をぬけ出し、そうした他家の中間部屋へ博打をしに行くのだ。

夜狐の弥吉も、諸方の大名屋敷の中間部屋を知っていて、あそびに出かける。

「さ、そこでだ」

と、弥吉が〔三河や〕の亭主・伝蔵へ語るには、

「近藤屋敷の中間どもはね、入谷《いりや》田圃の手前の、松平出雲守《いずものかみ》さまの御下屋敷……そこの中間部屋へ手なぐさみに出かけるのさ。

それが知れたものだから、おれは入谷の市五郎に引き合せてもらい、松平屋敷の中間部屋へ出入りさせてもらうようにたのんだのだ。こいつが伝さん、四日前のことよ」

「ふうん、それで？」

「おれのことだ、ぬかりはねえや」

「おい、夜狐の……どうも、お前のいうことがわからねえ。いってえ、お前。そんなことをして、何をたくらもうというのだ」

鰻が焼けてくるまでの間を熱い酒でつなぎながら、いま二人が語り合っているのは、広徳寺門前の鰻や〔巴屋《ともえや》〕の二階座敷であった。

「ま、伝さん、ゆっくりときいてくんねえ。そこでね、たちまちにその、松平屋敷の中間部屋へ手なぐさみに来る近藤の中間で、勘七《かんしち》という若い者《の》と、おれが仲よくなって……」

「だからよ。近藤の中間と仲よくなって、どうだというのだ？」

「きき出したよ、近藤監物さまの御屋敷のもめごとを、ね」

「ふうん……」

顔が酒光りしていて、てらてらの坊主《ぼうず》あたまの伝蔵は、四十がらみの大男だが、居

酒屋の亭主におさまるまでは、相当な悪事をつみかさねてきているらしく、江戸の暗黒街では、

〔名の通った男〕

なのである。

さて……。

夜狐の弥吉が、中間・勘七に小づかいをたっぷりとあたえ、酒をのませてきき出したところによると、

「やっぱり、ほれ……前に伝さんにはなした浅草の侍殺し。殺された若い侍は、たしかに近藤の若さまで小一郎というのにちげえねえと見た」

と、弥吉がいった。

近藤監物重恒の妻は、満寿子《ますこ》といい、これも交代寄合・四千石の旗本で朽木伊織広寿《くつきいおりひろとし》のむすめであるが、監物の後妻に入ってから、又太郎という子を生んだ。

だが、監物の先妻・松江は病死する前に男子を生んでいて、これが跡つぎの小一郎なのである。

「さ、そこでだよ、伝さん……」

「ふむ……」

ねえやな」

いためた又太郎を三千石の跡とりにしたい、と、こうねがうのも、わからねえことは
「後《のち》ぞえにしろ、いまはれっきとした近藤の奥方だから、どうしてもその、わが腹を
「だってお前、跡とりは、その小一郎とかいう……」

「だからよ。こいつ何とか小一郎の始末《しまつ》をつけなくてはならねえ。そこで奥方、考えたね。家来たちを先ず手なずけておいて、その中の二人を小一郎につきそわせ、しきりにそそのかして、酒と女の味をおぼえこませたもんだ」

中間・勘七も、小一郎と二人の家来の供をして二、三度は新吉原へ行ったことがあるという。

それが、一年前のことだ。

小一郎は、たちまちに酒色の深淵《しんえん》へおぼれこみ、夜な夜な屋敷をぬけ出しては新吉原・岡本屋の遊女で歌町《うたまち》というのへ通いつめる。

謹厳《きんげん》な近藤監物は、これを知って激怒し、

「おのれ、いまだ家督《かとく》もいたさぬというに……なんたることを!!」

小一郎を叱《しか》りつけたが、こうなってはきくものではない。生まれてはじめて知った女のやわらかな肌身に五日と別れていられるものではない小一郎になっていた。

それにまた、義母の満寿子が二人の家来に惜しみなく遊びの金をあたえ、ひそかに誘惑をさせるのだから、小一郎の吉原通いはやむことを知らぬ。

こうして、監物が放埒の小一郎を見かぎり、

「小一郎を廃嫡《はいちゃく》し、又太郎を跡つぎに……」

と、いい出すのを満寿子は待っていたのだ。

けれども近藤監物は、道楽息子の廃嫡を考えてはいない。

それのみか、このごろになって、

「いずれ、遊びに飽《あ》いてまいるであろう」

などといいはじめた。

満寿子は、あせった。

そして、ついに重大な決意をするにいたったのである。

すなわち、吉原通いの供をする二人の家来に小一郎を暗殺させ、これを暴漢の仕わざに見せかけようというのだ。

その犯行の現場を、夜狐の弥吉がひそかに目撃したことになる。

大身旗本の子息が、いかがわしい場所の近くで刀も抜き合せずに殺されたというのは、まことに不名誉なことであって、そのままには届け出られたものでないし、只事《ただごと》

ではすまなくなる。

小一郎の死体を無事に引き取るについては、近藤監物も諸方へ大分に金をふりまき、内済《ないさい》にしてもらうことを得た。

そして、小一郎は、

〔病死〕

の届けを出し、なんとか葬式をすませたのであった。

「……というのは、お前ひとりの当て推量じゃあねえのか」

と、三河やの伝蔵がいった。

「はじめはね。ところが伝蔵さん。中間の勘七なぞが、およそのことを察しているところを見ると、こいつ、近藤屋敷の内々《うちうち》では、かなりの評判が立っているらしい」

「だからといってお前、小一郎殺しの証拠があるわけのものでもねえじゃあねえか」

「何をいっているんだな。おれが、その殺しを見たといっているじゃあねえか」

「なるほど、な……」

冷えてしまった酒を口にふくみ、伝蔵がじろりと弥吉を見やり、

「夜狐の……それでお前、三千石の旗本へ、ゆすりをかける気か？」

「いや、近藤の殿さまをゆすろうというのじゃあねえ。その、後ぞえの奥方の方をゆ

すろうというのだ」

「大《てえ》したものだな。お前に、それほどの度胸があるとは知らなかったよ。ふうん、なるほど……それで、いくら引き出そうというのだ？」

「二百両」

と、弥吉は胸を張っていった。

現代の実質的な価値からいうと一千万円にもあたろうか……。

「ふうん……それで？」

「伝蔵さん。腕のきいた人を、たのんじゃあくれめえか。こいつをお前さんに、ぜひともたのみてえのだ」

「ふうん……」

「たのむよ、伝さん。ねえ、たのむよ」

「おれには、いくらよこすね？」

「五十両」

「ふうん……で、たのんだ人には？」

「五十両」

「なるほど。お前の取りぶんが百両か。おもいきったものだな」

「これでも気前はいいつもりだ」

「よし……ふむ、ふむ……ま、今夜いっぺえ考えさしてもらおうよ」

「くびを長くして待っているぜ」

三河やの伝蔵と別れてから、夜狐の弥吉は夜がふけるまで浅草・田町の〔しゃも鍋や〕で、時をすごした。

夜がふけてから、弥吉は千住のわが家へ忍びこんだ。手に棍棒をつかんでいる。

忍びこんで、ねむりこけている女房のおやすのあたまをなぐりつけて気絶させ、それから行燈《あんどん》のあかりを明るくして、家中をさがしまわった。

おやすのへそくりは、仏壇《ぶつだん》の下に隠されてあった。

合せて十五両二分一朱である。

これをふところに入れ、弥吉は、わが家を忍び出て、姿を消した。

三千石の大身旗本から二百両をゆすり取るまでには、まだ、いろいろと仕度の金がいるのである。

千住から、入谷の松平出雲守・下屋敷の中間部屋の賭場へあらわれた弥吉は、翌朝の空が白むまでに、十五両の元手を三十三両余に増やすことを得た。

近藤屋敷から来ている中間の勘七に、先ず、

「ま、いっぺえやってくんな」

と、小判二両をやった。

勘七は、もうころころとよろこび、弥吉のことを、

「兄貴、兄貴」

とよんでいる。

（つきがまわって来ているようだ。さ、これからが大仕事だ）

と、夜狐の弥吉は、いさみたっていた。

五

なんとなく、江戸の町々も冬めいてきた。

よく晴れた日がつづき、そのかわりに強い木枯《こがらし》が木の葉を吹きはらい、血のような夕焼け空が何やら心細い想いをさそってくる。

夜狐の弥吉の準備は、どうやらととのった。

三河やの伝蔵が見つけて来てくれた男は、江戸の暗黒街で、

〔羆《ひぐま》先生〕

などとよばれているそうな。

なるほど、六尺ゆたかの大男で、名は井坂孫兵衛《いさかまごべえ》という。本名ではあるまい。

井坂孫兵衛は、見たところ、江戸の町々の何処にでもころがっている浪人でしかないけれども、総髪のあたまもよく手入れをしているし、着ているものも小ざっぱりとしてい、外出《そとで》のときは折目正しい袴《はかま》をつけ、腰に帯《たい》した大小の刀も立派なものであった。

両眼が細くて、やさしげで、あごにすこし生やしたひげも井坂孫兵衛の巨体や肉の厚い顔貌《がんぼう》を却《かえ》って愛嬌《あいきょう》のあるものに見せている。

はじめ、伝蔵から引き合されたときには、弥吉も、

(こんな男で大丈夫かな……?)

と、おもったほどだ。

伝蔵は笑って、

「夜狐の……お前は、羆先生の凄いところを見ていねえからな」

「だがなあ、伝蔵さん」

「いやならよしにしねえ。おれも井坂先生と一緒にやるのでなければ、片棒をかつがねえぜ」

「おい、そんな伝蔵さん……いや、おれが悪かった。お前さんに引きうけてもらった上からは、こんなことをいっちゃあいけねえ」

「当り前だ」

と、きめつけた伝蔵の声には剃刀《かみそり》のような肌ざわりがあった。

「わかったよ、わかったよ」

「よし、二度というな」

うなずいたが、不満は残った。

なんだか、自分が主体となって伝蔵と井坂をうごかしているというよりも、井坂や伝蔵の手つだいを自分がしているという感じがしたからである。

井坂孫兵衛と三河や伝蔵は、弥吉へ命ずるようにして、近藤屋敷の中間勘七を広徳寺門前の鰻やへ呼び出し、金で釣りながら、うまく手なずけ、仲間に引き入れてしまった。

「ふむ、大丈夫。あの勘七という中間は、悪さの手先にするのにもってこいのやつさ」

と、伝蔵がいえば、井坂もにんまりとして、

「恰好《かっこう》だな」

自信ありげにいう。

どうもその、弥吉は自分ひとりが仲間はずれにされてしまっているような気がしてきた。しかし、なんといっても三千石の大身旗本をゆすりにかけようというのだ。自分ひとりではどうにもならない。

〔若さま〕の小一郎を殺害した二人の家来の名前もわかった。

一人を、岡田権十郎。

一人を、山本惣市《そういち》といい、弥吉が車坂で二度目に出合ったのが、この山本であった。

その日の夕暮れに……。

例の鰻やへ中間勘七を呼び出した井坂孫兵衛が、一通の手紙をわたし、

「これをな、岡田でも山本でも、どちらにでもよいからわたしておけ」

といった。

屋敷へ帰った勘七が何くわぬ顔で、山本惣市へそっと近づき、

「いま、表御門の前をうろうろしていた人が、この手紙をあなたさまへおわたしして
くれろ、とのことでございました」

「どんな……？」

「お侍でございましたよ、立派な服装《みなり》の……」

「ふむ……？」

手紙を受けとり、自室へもどった山本が一読するや、さっと顔色《がんしょく》が変った。

手紙は実に達筆で、その内容は、およそ次のごときものである。


……近藤監物殿の御嫡子・小一郎殿殺害の件は、よく承知している。いかに隠そうとなされてもむだであるとおもわれたい。当方は、岡田・山本御両所《ごりょうしょ》が小一郎を浅草・田中の田圃道にて殺害し、これを木立の中へほうり捨てたことを見とどけている。

また、これが物盗りの所業のみではなく、監物殿御内室のたくらみにより、嫡子小一郎殿を亡きものにし、次男・又太郎に家督せしめんがための恐ろしき犯行であることは、もちろん承知している。

まことにもって女の浅知恵とはこのことにて、いまは何事も内済に終り、安堵《あんど》のおもいに息をやすめておられることであろうが、とんでもないことである。

もしも、このことが御公儀へ知れたなら、三千石の家も取りつぶされるばかりでなく、御内室をはじめ、これをたすけて陰謀にはたらきし家来衆が死罪となるは必定《ひつじょう》のことである。

このことを、よくよくおふくみの上、御内室とも談合され、御両所のみにて当方へ来ていただきたい。

その折、当方も当方の存じよりをくわしくおつたえいたすであろう。

いまのところ、当方は、この秘密をだれにも洩《も》らしてはおらぬゆえ、そちら方も充分にこころをくばり、余人《よじん》に口外することなく、お出向きありたい。

日時は、明後日の七ツ（午後四時）。

場所は、中目黒村・一本杉。

もしも、お出向きなきときは証拠をそろえ、ただちに御公儀へ訴人《そにん》つかまつるゆえ、しかと御承知ありたい。

風外隠士《ふうがいいんし》

岡田権十郎殿
山本惣市殿

顔面蒼白となった山本惣市が岡田権十郎を自室へよび、くだんの手紙を見せるや、
岡田は、

「だ、だからおれは、厭《いや》だったのだ。どうする、山本。どうする、どうする……」

ふるえ声になった。

「こうなれば、後へは引けまい」

と、山本惣市は、ようやくに意を決した。

六

指定の日に、岡田と山本は、中目黒の一本杉へ出かけて行った。

そこは田畑のつらなりの中の、小高い丘の上で、名のとおり杉の老木が一つ、そびえている。

その一本杉の下で、〔風外隠士〕などと洒落《しやれ》た名乗りをあげた井坂孫兵衛と弥吉が、二人に会った。

「明後日の同じ時刻に、ここで金二百両を申しうけよう。そして、その場において、われら両名が請取《うけとり》の証文を書く」

と井坂はいった。

この日の井坂は、黒羽《くろは》二重《ぶたえ》・紋付の羽織に、仙台平《せんだいひら》の袴。白足袋に草履《ぞうり》という立派ないでたちで、どこぞの高名な剣客にも見えるほどの貫禄であった。

井坂が悠然として、ものしずかに、こんこんとさとしふくめるような口調で、

「金二百両を申しうけたい」

と、いい出すのをきいて、岡田も山本も圧倒されてしまった。

それでも二人は、井坂の身分や本名を、しきりに問いかけたが、井坂はとりあわず、にやりと笑いつつ、

「わしが名を、いまはきかぬほうが、そこもとたちにも近藤殿にも御為《おため》であろう。二百両をうけとるときにお答え申す」

という。

そういわれると、いよいよ二人は、井坂を不気味に感じたらしい。

夜狐の弥吉は、井坂の供をして来た中間の扮装をしている。

「御屋敷へもどられて、このよしを御内室へおつたえあれ」

井坂にいわれて、岡田と山本は、すごすご引き下るよりほかはなかった。

二人は、そのときまで近藤夫人・満寿子に、井坂の手紙のことをうちあけていなかった。

できるならば二人で解決しよう。隙《すき》があれば相手を斬り捨ててもよい、と、考えて

いたようだが……とてもとても、井坂にはつけこむ隙がない。

山本惣市は一刀流を可成《かなり》つかうだけに、井坂孫兵衛を一目みて、

(とても、いけない……)

と感じたらしい。

さ、こうなると岡田も山本も、満寿子にうちあけぬわけにはいかなくなった。

満寿子なら二百両の大金も、なんとか都合してくれるであろう。小一郎が死んだので、わが腹をいためた又太郎が近藤家の跡つぎとして正式にみとめられたので、満寿子はこのところ、上きげんなのである。

「しかし山本。たとえ奥様が大金を出して下されたとして……あの男、のちのち、だまっていようか?」

「あのように、見たところはなかなかの男だ。そのあたりの無頼《ぶらい》どもとはちがう。だから、こちらもあの男を信ずるよりほかに仕方がないのでは……」

「そうかなあ……」

「ともあれ、奥様に申しあげてみよう」

一本杉の下で、二人が去るのを見送った夜狐の弥吉が、舌をまいて、

「なるほどねえ。いやもう、おどろきましたよ。井坂先生の貫禄てえものは大《てえ》したも

のだ。三河やの兄貴がむりをおたのみしただけのことは……いやもう、とにかくびっくりいたしました」

世辞《せじ》でも何でもなく、しきりに、ほめそやすのへ、井坂は得意な顔つきを見せるでもなく、冷然と弥吉を見返し、鼻の先で軽く笑ったのみであった。

この夜は弥吉、三日ぶりで千住の家へ帰った。

おやすは、このところきげんが悪い。

おやすは、あの夜のことを強盗に襲われたとおもいこんでいる。

だが、せっかくにためた金十五両を盗みとられたので、くやしくてたまらず、愚痴《ぐち》ばかりこぼしているし、それに、あたまを撲りつけられた故か、熱も出て、躰のぐあいもよくなく、髪結い仕事も休んで、家に臥《ふせ》っているのだ。

家へ帰った弥吉は、まめまめしく、おやすの世話をした。

「お前さんが、こんなに世話をしてくれるとは、おもわなかったよう」

おやすは感激している。

「ま、いいってことよ。そのうちにな、お前にもいいおもいをさせてやるぜ」

「そりゃ、いったいなんなのさ？」

「ま、いいってことよ、いまに見ていねえ」

弥吉は、いま、ひそかに考えていることがある。

首尾よく金二百両を手に入れたときは、百両を井坂と伝蔵へわたし、残る百両で、

（この千住で、小さな食売旅籠をしよう）

と、考えている。

売りものが出るのを待ってもいいし、別の店屋を買って改築してもよい。

（おれも、そろそろ腰を落ちつけねえとな……）

弥吉は捨子であった。

深川の正源寺の境内に捨てられていた弥吉を拾いあげてくれたのは、蛤町《はまぐりちょう》三丁目代地に住む漁師の長助夫婦で、弥吉が五つのときに義母のおあいが亡くなり、それから二年して義父・長助も死んでしまった。長助夫婦に実の子はなかった。

それからの、身よりとて一人もない弥吉がたどった道は、およそ知れていよう。

悪事もずいぶんとはたらき、危ない目にも遇ってきたが、それだけに弥吉は、金がないときはないときで、あるときはあるときで、おのが躰を酷使《こくし》しつづけてきている。

おやすと夫婦になってから、ようやくに彼は、

（手めえの巣ができた）

のであった。

そうなってもまだ、三日と家にいたことがなく、諸方を飛びまわって酒と女と博打におぼれこんでいたのは、彼の自堕落《じだらく》な生活の習性が尾を引いていたからであろう。

しかし、そのいっぽうでは、

（もう、疲れてきた……）

がっくりと全身のちからが、ぬけ落ちてしまうときもあった。

まだ、三十前の躰で、酒にも女にも強い弥吉だけれども、酒色に強いことはかならずしも健康とむすびついていないのが人間の躰なのである。

二年ほど前から、ときどき妙な咳《せき》が出るし、このごろでは夕暮れになると、躰中がだるくて、熱っぽく、なにをする気にもなれなくなってしまうことがある。

（おれは、ガキのときから、躰を下直《げじき》につかいすぎていたからなあ……）

だから弥吉は〔あほうがらす〕をしていても、眼を血走らせて博打にふけっていても、

（なんとかひとつ……なんかで大きな山を当ててえもんだ。まとまった金が入《へえ》ったら、食売旅籠の亭主におさまり、おやすと、のんびり暮してえ）

その想いが、どこかにあったものと思える。

今度、おもいがけなく、近藤小一郎殺害の現場を目撃し、さらに下手人の山本惣市が近藤の家来と知ってから弥吉が、

(こいつ、さぐって行ったら、ゆすりのタネになるかも知れねえ)

そう直感したのも、

(このままじゃあ、いつまでたっても大金がころげこむこともねえ。博打は好きだが、すこしばかりの金が入っても、ついつい、つかいはたしてしまうくせがついちまっているおれだからなあ……)

と、弥吉のあせりが本格的なものになっていたからであろう。

(そしてなあ……)

と、弥吉はその先のことを想いうかべるのである。

(旅籠の亭主になって、この躰がむかしのように張り切ってきたら、商売のほうはおやすにまかせて、また好きなことをして暮すのさ)

であった。

はじめのうちは呼吸《いき》がつまるようにおもっていた今度の大仕事であったが、三河や伝蔵と井坂孫兵衛がたくらみに参加してくれてからは、

「ま、安心していろ」

と、井坂は自信たっぷりだし、伝蔵は伝蔵で、

「却って、あんな大旗本を相手にするほうが仕事もしやすいのさ。一にも体面、二にも見栄というのが武家方だ。これだけの恐ろしい内密事《ないしょごと》をこっちにつかまれていちゃあ、金を出すよりほかに、あの連中は才覚がつかねえものさ」

そういっている。

いよいよ最後に、金がころげこむときもせまっている。

明後日だ。

井坂孫兵衛は、

「金をもって来るにしても、あの二人のほかに人をかくしておき、金をうけ取って引きあげるおれたちの後をつけてくるだろう」

にんまりとして、伝蔵に、

「そのことも考えておこうな」

と、いった。

伝蔵は、

「わかっていますよ、先生」

事もなげに、こたえていた。

まるで主謀者の弥吉なぞ目にも入れず、二人きりでいろいろと手配りをしているのが、弥吉にとっては、

(畜生、おもしろくねえ)

のである。

しかし、今日、目黒で別れるときに井坂は、

「弥吉。明後日はいよいよ金が入る。お前もたのしみのことだな」

といい、

「今度はお前にとって、夢のような大金がころげこむのだ。博打や女に散らしてはつまらぬぞ」

まじめな顔つきで念を入れてくれた。

「ええ、もう……今度は私も、よくよく考えておりますよ」

弥吉は、うれしくなって、

「ここまで漕《こ》ぎつけたについちゃあ、まったくもう、先生のおかげで……」

つい世辞をいうと、

「なあに、こっちも仕事さ」

井坂は表情もうごかさなかった。

(伝さんはよく知っているんだろうが……あの井坂孫兵衛という浪人は、これまでに、こんなことを何度もやっているにちげえねえ)

と、弥吉はおもった。

(まあいいや、どっちにしろおれは、いい味方を見つけたんだからな……)

今日は、これまでの不愉快なおもいも忘れてしまい、はずむ胸をふくらませて千住へ帰って来たのである。

弥吉は、めずらしく台所へ出て、おやすのために粥《かゆ》を煮てやったり、葱《ねぎ》をきざみこんだやわらかい〔かき卵〕をこしらえてやったり……そこは、料理人をしたこともあるだけに、

「お前さん。ほんとに……ほんとに、おいしいよう」

おやすは、泪《なみだ》さえうかべてうれしがり、

「今度はお前さん……ど、どうして、こんなに親切なんだよ」

「どうしてもこうしても……そのなんだ、お前がそんなに躰のぐあいがわるいというからよ」

「だって、お前。いままで、こんなことをしてくれたことが……」

「だからよ、今夜はしてやっているんじゃねえか」

「なんだか、あんまりうれしすぎて怖いような気がする……」

「ばかをいうねえ。そうだ、明日は早く出かけるぜ」

「明日の夜は……？」

「間ちげえなく帰って来る」

「ほんとうかえ？」

「うそはいわねえ」

弥吉は、おやすの低い鼻のあたまを爪ではじいて、

「なんだかこう、明日も明後日も、何だか、いいことがあるような気がするぜ」

「また、博打を……」

「まあ、な……」

「すこし、あげたいけど……すっかり、あの泥棒に盗まれちまったもんだから……」

「安心しねえ。元手《もと》はあるのだ」

七

近藤屋敷では、この夜……。

岡田と山本からすべてをきいて、監物夫人・満寿子もおどろいたろうが、

「二百両もわたしてやれば、その男は、のちのち二度と、このようなふるまいをすまいな？」

二人に念を入れると、岡田・山本もこうなってしまっては、

「それは、うけあいかねます」

ともいえぬ。

金と引き替えに、あの男の身もとと姓名をきき、居住所をきいておくことはもちろんだが、

「それのみにてはあぶない」

と、山本惣市が、

「あやつめが引きあげて行くあとから、だれか、こころのきいた者をひそかに尾行させ、しかと居処《いどころ》をたしかめておいたほうがよい」

「なるほど。では、中間の勘七はどうだろう？」

「む。それはよい」

勘七なら、小一郎を誘い出したときに、いろいろと手つだってもらっている。

深い事情をもらしているわけではないが、金しだいで、こちらには便利にうごいて

くれる。

もちろん二人は、当の勘七が、

「金しだいで……」

こちらを脅《おど》し、ゆすりにかけている相手の目とも耳ともなってはたらいていることをまったく知らない。

勘七をひそかによび、二人が、

「御家《おいえ》のためだ。われわれと別れて去る男の行先を突きとめてもらいたい」

こういうと、勘七は一も二もなく、

「よろしゅうございますとも」

と、引きうけ、金十両という報酬をもらって、後をつけることになった。

勘七は胸のうちに、

(ばか野郎どもめ)

せせら笑ったものである。

翌日になると勘七は、近藤屋敷を出て、広徳寺門前の鰻やへ出かけた。

鰻やには、夜狐の弥吉、井坂孫兵衛、三河や伝蔵の三人が待ちうけていた。

「どんなぐあいだ、勘七」

「金をもって明日、出向くつもりらしい。私にも、これこれこんな役目をいいつけました
よ」

「そいつは、ちょうどいい。ねえ、羆先生」

「おれは、そうなるとおもっていたよ、三河や」

「とにかく、何から何までうまく行った。こいつは上首尾だ」

と、弥吉は大よろこびだ。

「まだ、早い」

井坂が、あくまでも慎重に、

「やつどもの知恵なぞ、それほどが関の山だが……しかし事が終るまでは気をゆるめてはいかんぞ」

「心得ておりますとも」

すぐに勘七は、近藤屋敷へ帰って行った。

弥吉が勘七へあたえる報酬は、二十両である。

だから、手どりの百両といっても、実は八十両ということになるのだ。

もっとも弥吉は、そのうちの十両を、すでに勘七へわたしてあった。おやすからうばった金と博打のもうけで、このところ、弥吉のふところがいささかあたたかい。

翌日は、朝から冷えこみが強《きつ》かった。

どんよりと曇って、雲の層が厚く、風は絶えている。

近藤夫人から金二百両をうけとった岡田権十郎と山本惣市が、車坂の屋敷を出たのは、九ツ（正午）をまわっていたろう。

目黒の権之助坂《ごんのすけざか》（現・目黒駅の西）を下り、目黒川をわたってしばらく行き、畑道を右へ切れこむと、雑木林の彼方の丘に〔一本杉〕の頂点がのぞまれる。

岡田と山本の後ろから、百姓姿に変装し、頬かぶりをした中間の勘七が行く。

その勘七が畑道を右へ曲がったとき、こなたの百姓家の軒下にしゃがみこんでいた旅の坊主がゆっくりと立ちあがって、勘七の後をつけはじめた。

この旅の坊主、三河や伝蔵の変装であった。

だが、勘七は、伝蔵につけられていることを知らない。

昨日の打ち合せでは、命ぜられたとおりに勘七が、井坂と弥吉のあとをつけて、井坂の浪宅まで行ってしまう。そこで残りの十両を弥吉からもらい、

「なにごとも見たとおりに、屋敷へ帰って二人に告げればよい。あとは、おれがよいようにするから安心していろ」

と、井坂孫兵衛が勘七にいったのである。

（それにしても、二十両というのはすくねえな。これだけ、はたらいてやったのだから、合せて五十両くれてもいい）

畑道を行きながら、勘七は不満をおぼえていた。

（それにさ、御屋敷からも、もうすこし金が出てもいいじゃあねえか。ともかくおれは、両方の悪事を知っているのだからな……よし、よし。おれもこのまま引っこんでしまってはつまらねえ。首尾よく事がはこんだあとで、ひとつ両方へ居直ってやろうか……）

何やら勃然《ぼつぜん》となってきた。

先を行く二人の姿が畑道を曲がって見えなくなった。

そのときであった。

勘七が歩いている畑道の左がわの竹藪《たけやぶ》の中から、ぱっと人影が躍り出した。

「あっ！」

と、勘七が叫ぶ間もなかった。

ふとい棍棒で脳天を強打され、一瞬のうちに、勘七は気絶してしまっている。

棍棒を捨てた旅の坊主……三河や伝蔵は、勘七を竹藪の中へ引きずりこみ、入念《にゅうねん》にくびをしめて殺した。

そのころ……。

岡田と山本は、一本杉を目ざして丘をのぼりはじめている。

二人を見て、一本杉の蔭から、一昨日と同じ姿の井坂孫兵衛があらわれた。

雲が切れ、風が鳴りはじめた。

どこかで、小石を打ち合せてでもいるかのような鶲《ひたき》の鳴声がきこえた。

「二百両、持参なされたか？」

と、井坂から声をかける。

うなずいた山本が、小脇にしっかりと抱えた金包みを見せ、

「金をわたす前に、そちらの姓名を……」

「大和《やまと》・郡山《こおりやま》、松平家の浪人にて、井坂孫兵衛と申す」

「御住居は？」

「深川万年町、増林寺内」

よどみもなくこたえる井坂孫兵衛が、金を出せともいわずに、

「こちらへまいられたい」

と、いう。

二人が顔を見合せると井坂は、

「拙者《せつしゃ》の身もとを証《しよう》すべき者をひとり、つれてまいっておる。その者を見ていただいたほうが、そちらの方も御安心であろう」

といった。

声に真実がこもっているように、二人はおもった。

「よろしい」

というので、岡田と山本は井坂のうしろから、一本杉の西側から道を下って行った。

すぐに、両側が深い竹藪となる。

竹の子は、目黒の名物であった。

ほかに人影ひとつ見えない。

夕暮れも近いこの時刻に、このあたりを通る者など、いるわけがないのだ。

「御両所……」

ふと立ちどまった井坂孫兵衛が微笑をうかべ、

「実は……」

急に声をひそめた。

「なんでござる?」

おもわず二人が、井坂へ接近した。

転瞬……。

井坂孫兵衛がものもいわず、気《き》合声《あいごえ》も発せず、腰の大刀を抜き打ちに山本と岡田へ斬りつけたものである。

「あっ……」

岡田権十郎は、くびすじの急所を深々と切り裂《さ》かれ、刀の柄《つか》へ手もかけずに転倒した。

即死である。

「おのれ、何を……」

飛び退ろうとしたが山本惣市、なにしろ斜面の小道を下って来たところだから、おもうさま躰がうごかぬ。

辛《かろ》うじて、大刀を半分ほど引きぬいたときには、容赦もない井坂の斬撃《ざんげき》を真向《まっこう》にうけてしまった。

「うわ……」

山本の絶叫も半分で消えた。井坂の二の太刀に喉もとからくびすじを切り割られてしまったのだ。

竹藪の中から飛び出した夜狐の弥吉が、驚愕《きょうがく》して、

「せ、先生。これは、いってえ……」

「お前には前もって申さなんだけれども、こうするのが、いちばんいいのだ。さ、手つだえ。早く、この二人の死骸《しがい》を、そっちの竹藪の中へはこびこめ」

「へ、へえ」

「なにをしている、早くしろ。金は大丈夫だ」

「へい、へい……」

弥吉は、もう夢中であった。

井坂と二人で、岡田と山本の死体を竹藪の奥へ引きずりこむや、

「あっ……」

弥吉は瞠目《どうもく》した。

なんと、そこに、大きな穴がぽっかりと口をあけているではないか。井坂がすでに、この穴を掘っておいたものと見てよい。

穴の中へ、二人の死体を投げこみ、弥吉が屈《かが》みこんで土をかけようとすると、頭上から、

「まだ、早いぞ」

井坂孫兵衛の声がした。

「え……？」

と、井坂へ振り向こうとした夜狐の弥吉の首が胴から切断され、穴の中へ落ちて行った。

弥吉は、苦痛をおぼえる間もなかったであろう。

井坂は、二百両を厳重に包んだ布包みを傍へ引き寄せてから、弥吉の首の無い胴体を穴の中へ蹴落した。

そのとき……。

竹藪の奥から、旅の坊主のままの三河や伝蔵があらわれ、

「うまくいったね、先生」

しずかに、事もなげに、

「こっちも始末がついたよ」

井坂に手つだい、三人の死体を呑んだ穴へ土を落しはじめた。

すぐに、穴は土に埋めつくされた。

井坂孫兵衛は、手についた泥を手ぬぐいでふきとってから、金包みをひらき、

「それ、分け前だ」

小判百両をわたした。

「たしかに……」

うけとって三河や伝蔵は、用意の布で金を包み、ふところへしまいこんだ。

井坂孫兵衛も同様に金をしまいこみつつ、感動のないつぶやきを、こう洩らした。

「夜狐め。コンとも鳴かずにあの世へ行ったよ」

顔

一

金ずくで、人を殺しもする木村十蔵《じゅうぞう》ではあるが……。

殺す相手は、あくまでも、

〔悪の世界〕

に住む者であることが、十蔵の〔殺し〕を請《う》け負《お》うときの条件であった。

「木村先生ほどの腕がおあんなさるのだから……選《え》り好みをしなさらなけりゃあ、もっともっと、いい仕事で稼《かせ》げるものを、ね」

音羽《おとわ》の半右衛門《はんえもん》が、いつであったか、十蔵にそういったことがある。

音羽の半右衛門は、音羽九丁目（現・東京都文京区音羽一丁目）にある〔吉田屋〕という料理茶屋の主人《あるじ》だが、裏へまわると、小石川から雑司《ぞうし》ヶ谷《や》一帯を縄張《なわばり》にもつ香具師《やし》の元締《もとじめ》である。

その日……。

半右衛門が、木村十蔵へ、

「今度のは、先生向きでござんすよ」

と、まわしてくれた殺しの仕事は、

「新寺町の唯念寺《ゆいねんじ》・門前の仏具屋、八幡屋和助《わすけ》を殺《や》っていただきてえので」

というものであった。

「仏具屋のあるじを、ね……」

半右衛門のたのみで〔殺し〕を請け負うようになってから、もう五年にもなる十蔵だが、仏具屋の主人を「殺ってくれ」といわれたのは、はじめてのことだ。

「さようで。仏具屋の和助という……」

「元締」

「え……？」

「こいつは、どうも、おれのする仕事ではないようにおもえるがね」

十蔵は、冷えてしまった酒を手酌《てじやく》でのんだ。酒をのむ十蔵の唇《くち》は、男にしては小さめで、ぷっくりとふくらんでいて可愛《かわい》らしい。

ま、可愛《かわゆ》く見えるのは唇ぐらいなもので、小肥りの体軀《たいく》を小ざっぱりとした衣服につつんでいる木村十蔵は、四十歳の年齢よりは七つ八つ老《ふ》けて見える。うすくなった髪にもかなり白いものがまじっていた。

「そりゃあ、先生。私のすることだ。ですから今度のは、先生向きだと申しあげたばかりじゃあござんせんか」

「と、いうことは……?」

「ですからさ、悪いやつの中でも、ことさら悪いやつなので」

「そうか……」

「こいつは、どうあっても、先生に仕《し》ていただかなくてはならねえので」

いって、半右衛門は手を叩《たた》き、廊下の外にひかえていた腹心の伊佐松という三十男へ、

「酒をな、熱いのを……」

と、命じた。

こうしたときの談合には、決して女たちを近づけない半右衛門であった。

伊佐松が去ったのちに、才槌頭《さいづちあたま》の下の愛嬌《あいきよう》たっぷりな顔をほころばせて、半右衛門がこういった。

「先生。その仏具屋の和助もね、先生と同じような稼業をしているのですよ」

「ふうむ……」

「和助を殺れるなあ、先生だけさ」

事もなげにいう半右衛門を、いまさらながら、十蔵はまじまじと見入った。

十蔵も小柄なほうなのだが、今年四十五歳になる半右衛門ときたら、もう小人《こびと》に近い。それにひきかえ、この料理茶屋を一手に切りまわしている女房のおくらは、見るからにでっぷりとした大女で、これが夜ふけとなって、

「さ、旦那。もうそろそろ、おやすみなさいよ」

といい、亭主の半右衛門を両腕に抱えて寝間へはこぶさまは、見ものだそうな。

だが、こうした音羽の半右衛門ながら、名刹《めいさつ》・護国寺や、雑司ヶ谷の鬼子母神《きしもじん》など、江戸城北の名所や寺社と、それにつながる盛り場に出る物売りや見世物などの興行にいたるまで、すべて彼の息がかかっているといってよい。

そればかりか、音羽にある岡場所（官許以外の遊所《ゆうしょ》）は半右衛門の本拠であって、ここの利権だけでも、

「大したものだ」

そうな。

半右衛門の配下は、四百をこえるといわれ、江戸市中の他の香具師の元締のうちでも、彼の威勢は相当なものらしい。

稼業柄《がら》、裏へまわれば種々の悪事にも通じていることは当然なので、大金をうけとり、だれ知らぬうちに殺人をおこなうことなど、実に、めずらしいことではないのである。

それだけのことを、平気で仕てのけている自分と、その自分の風貌とのちがいが、どれほどに大きいものか、

(よく、ごらんなさい、木村先生)

といわんばかりに、半右衛門が、どこか子供の匂いさえ残っているようにおもわれる童顔へ惜しみもなく笑いをうかべ、

「仏具屋の和助はねえ、先生……」

「うむ?」

「あなたとちがって、もう見さかいのないやつなので」

「と、いうと?」

「金しだいで、罪もとがもねえ善《い》い人を、手当りしだいに殺《や》ってのけるという……」

「本当か?」

「私が、これまでに、うそを申しましたかねえ?」

そういわれると一言《いちごん》もなかった。

この五年間に、半右衛門の依頼で十余の殺人をしてきている木村十蔵であるけれども、十蔵自身の失敗がないかぎり、事後はまったく安全なものであった。

悪人同士が殺し合うことなので、その始末があかるみへ出ないからである。

「ま、先生、ゆっくりとやって下せえ。今日は、いい蛤《はまぐり》が入ったので、軽く鍋にでもしましょうかね」

そこへ、伊佐松が酒をはこんで来た。

「伊佐。もうすんだよ」

と、半右衛門がいった。

享和《きょうわ》二年(一八〇二年)の十二月へ入ったばかりの或る日のことで、まだ七ツ(午後四時)前だというのに、この吉田屋奥座敷の庭に面した障子は灰色に沈みかかっている。

やがて木村十蔵は、半金の二十両をうけとり、仏具屋の和助殺しをひきうけ、帰途についた。

今度の金高は、いつもの倍であったが、十蔵の胸は何故《なぜ》か重かった。

「どうも、今度は、気がすすまぬ」

暗い道を歩みつつ、十蔵は口に出してつぶやいてみた。

例によって……というよりも、この道の掟《おきて》によって、殺しを依頼してきた者の名を半右衛門はうちあけなかったし、十蔵もまた訊《き》かなかった。

二

翌日。

木村十蔵は、昼近くなってから目をさました。

昨夜はよくねむれなかった。

この殺しは、

(どうも、気がすすまぬ……)

のである。

気がすすまぬときは、

「決して、刀をぬいちゃあいけませんよ」

と、ほかならぬ音羽の半右衛門自身が、

「そういうときには、得てして失敗《しくじり》をするものだからねえ。なあに、いくら私がたのんだことでも、先生の胸のどこかに引っかかるものがあるときにゃあ、遠慮なくことわって下せえまし」

かねがね、そういっていた。

だが昨日は、十蔵が辞退したのに尚《なお》、むしろ押しつけるように説得にかかり、承知をさせてしまったのである。

これは、かつて無いことであった。

気になるといえば、そのことも気になる。

しかし結局、十蔵が今度の殺しを引きうけたのは、殺しの報酬に四十両という大金が出ることによってであった、ともいえよう。この金高は、現代の四百万円にも相当する。

三年前に……。

十蔵は、お沢という妻を得た。

夫婦の間に、お菊（今年で二歳になる）が生まれたとき、十蔵は、

（殺しの仕事を、一日も早く、やめなくてはならぬ）

と、決意をした。

むろん十蔵は、お沢に、自分の正体をうちあけてはいない。

お沢は、上野・不忍池《しのばずのいけ》のほとり、茅町《かやちよう》二丁目にすむ印判師《いんばんし》・柏屋《かしわや》治兵衛の次女で

あった。

いったん、或る商家へ嫁入ったが、二年ほどで離別にされ、実家へもどって来て、木村十蔵と知り合ったのである。

離別の原因は、子が生まれぬから……というのであったが、なんと十蔵と夫婦になったら、お菊という丈夫な子が生まれたのだ。

「お目ざめでございますか？」

襖《ふすま》が開き、お沢が十蔵の寝間へ入って来て、

「今日はまあ、よい日和《ひより》で……」

「ほ、そうか」

「ずいぶんと、お寝ぼうを……」

「まったく、な……」

「どこか、お体のぐあいでもよくないのではございませんか？」

「ばかな……なんでもない」

井戸端で顔を洗い、寝間のとなりの部屋へもどると、炬燵《こたつ》の上の盆に、熱い茶がいれてあった。

毎朝のことだが、いまさらに、十蔵はありがたくおもう。長い長い放浪の歳月をす

ごして来た男だけに、お沢と夫婦になってから三年もたっていて、同じような朝夕に味わう家庭のぬくもりが、いま尚、たまらなく新鮮なのである。

幼いお菊は、炬燵の向う側でよくねむっていた。

十蔵は、お菊の小さな顔へ唇を押しつけ、まだ乳くさいようなむすめの肌のにおいを、こころゆくまで嗅《か》いだ。

味噌汁と、炊きたての飯のにおいが台所からただよってきている。

「沢……」

呼びかけて、十蔵は炬燵へ入り、

「今日は、本所の徳山《とくのやま》様へ稽古《けいこ》にまいる」

と、いった。

お沢は、夫の十蔵が諸方の旗本屋敷へ出向き、そこの子弟たちに剣術を教えているのだ、と信じきっているのだ。

また十蔵も、そうした仕事にふさわしい収入だけをお沢にわたし、あくまでも質素な生活を送りながら、殺しで得た金を別に隠してある。その金は合せて百両ほどになる。今度の仕事を仕終《しお》せれば百四十両になるわけであった。

金が三百両たまったら、殺しの仕事はきっぱりとやめるつもりでいるし、このことは音羽の半右衛門も承知してくれている。

「やめて、どうなさる？」

と、いつであったか半右衛門に訊かれたとき、十蔵は、京都へ行くつもりだ、とこたえた。

「ほう……で、京へ行きなすって、何をしなさる？」

「それはな……」

いいさして、十蔵は春の陽ざしのような微笑をうかべ、

「まあ、いわぬことにしておこう」

「そんなに、たのしみなことをなさるのですかえ？」

「さようさ。こころづもりがあるのだ」

そのときは、くわしく語ろうとしなかった十蔵だが、いまも決意は変っていない。

さて、この日……。

木村十蔵は、八ツ（午後二時）ごろに七軒町の家を出た。

十蔵の家のまわりには寺院が多く、休昌寺《きゅうしょうじ》という寺が持っている小さな家を借りて住んでいる十蔵夫婦なのである。

十蔵の家と、お沢の実家〔柏屋〕とは目と鼻の先であった。

〔石印・銅印・篆刻《てんこく》——御印判師〕の木看板をかかげた柏屋治兵衛の家は小ぢんまりとしてい、あとつぎの長男・又太郎が父の治兵衛と共にこつこつと印判を彫っている。長女のまさはすでに他家へ嫁《とつ》いでいた。

通り道であったし、十蔵は何気なく妻の実家へ立ち寄った。

今日の十蔵が、目ざす仏具屋の主人の顔を下見《したみ》するつもりで家を出たことはいうまでもない。仏具屋を殺すまでには、まだ日数《ひかず》をかけなくてはなるまい。人知れず仏具屋の和助にあの世へ行ってもらうためには、それだけの準備がいる。

「ああ、十蔵さん。よくおいでなすった」

きれいに掃《は》き清められたせまい土間の向うの仕事場で、治兵衛ひとりが印判を彫ってい、その前に客らしい中年の男がきちんとすわっている。

「ま、おあがり下さい」

柏屋治兵衛は六十をこえているが、矍鑠《かくしゃく》としてい、印判師としての腕もしっかりしたもので、諸方の武家屋敷からの注文が絶えない。しかも、このごろは多くの町人が印判を使用するようになってきたので、仕事はいそがしくなるばかりだという。

いま、治兵衛の前にいる客も、印判をたのみに来たのであろう。

「おいそがしいことでしょうが……たまには、お菊の顔を見に来てやって下さい」

「孫は、元気でおりますかな」

「風邪ひとつ、ひきませんよ」

「そういわれると、すぐにも見に出かけたくなってきた」

治兵衛が、さも、たまらなそうに腰を浮かせたのを見て、客が笑った。好意のあらわれた、いかにもなごやかな笑い声であった。その客は渋い上品な服装《みなり》をしてい、十蔵とは対照的な長身痩軀《そうく》で、しわの深い頰骨の張った男らしい風貌《ふうぼう》をしていた。

（どこか大きな商家の主人《あるじ》でもあろうか？……）

と、十蔵はおもい、こちらも好感の微笑をもってこたえ、義父の治兵衛へ、

「では、これで……」

「お茶ものまれずに？」

「今日は急ぎます。本所までまいるので」

「それは、それは……」

「沢が昨夜、あなたが、この四、五日、顔を見せぬというていたので……ちょっと寄ってみたのですよ」

「はい、はい。かならず今日は……」

いいさして治兵衛が、客に、

「私の聟《むこ》どのは、剣術の名人でございましてな。諸方の武家方へ稽古にまいるので……」

「それは、それは……けっこうなことでございますね」

「ごめん」

と、十蔵が客にあいさつし、柏屋を出た。

不忍池のほとりを上野広小路へ出たところで、

「もし……」

うしろから、義父のところにいた客が追いついて来て、

「本所まで、お出かけなら、途中まで御いっしょに……」

「はあ……」

「あなたさまのおうわさは、治兵衛さんから、かねがねうけたまわっておりました」

「いつも、義父《ちち》のところへ？」

「はい。柄にもなく、これで絵を描くことが好きでございましてな。ま、好き勝手に描きました絵《もの》へ、やはりその、なんとなく雅号《がごう》などを捺《お》したくなる。いろいろと、文字を考えまして、これがまた、たのしみなもので……今度から、治兵衛さんに彫って

いただくことになりましてねえ」

「ほほう……」

木村十蔵が、その男を見やる眼ざしには一層の好意と共感があらわれてきていた。

「私も……やはり絵を、描くことが好きでしてな」

「はい、はい。そのことも先刻《さっき》、治兵衛さんからうけたまわったばかりでございますよ」

「さようでしたか」

「このたび、さる人の紹介《ひきあわせ》で、治兵衛さんへお目にかかり、篆刻の御作をいろいろ見せてもらいましてね。いやもう大したもので、私の拙《つたな》い絵へ捺すのには、まことにどうも、もったいないような……」

「たしかに義父は名人ですな。いや、私の剣術とは大ちがいだ」

「は、はは……これはどうも……」

と、それから篆刻のはなしになり、二人とも、たがいに名乗ることも忘れ、夢中になって上野山下から車坂、そして新寺町の通りを、いつの間にか浅草の方へ向って歩んでいたのである。

「あ……」

夢からさめたように、その男が、

「ここで、ごめんを……」

「あ……この近くで」

「はい。すぐ前の、仏具屋のあるじで和助と申します」

はじめて名乗り、一礼して、大通りを突切ってから、自分の店へ入る前に、もう一度、和助がふり向き、十蔵へあいさつをした。

木村十蔵は、茫然《ぼうぜん》と立ちつくしている。

まさに、ここは新寺町通りの唯念寺・門前であった。

和助と語りあいながら、ここまで来るうちにも、十蔵はあたりの風景に目をとめていなかった。むしろ、和助の足に合せて歩をはこびつつ、夢中で、絵や篆刻のはなしに熱中していたのである。

たしかに〔八幡屋〕と看板のかかった仏具屋へ、和助は入っていったのだ。

(あの……あの男を殺《や》るのか……)

十蔵は、どうにも割り切れぬおもいにさいなまれながら、それでも、ぼんやりと浅草の方向へ歩み出していた。

三

それから十日ほどたったけれども、木村十蔵は七軒町の自宅から一歩も出なかった。

三間だけの小さな家に居るときの十蔵は、ほとんど奥の一間へ入りきりで、いかにもたのしげに、絵筆をうごかしている。

いま、十蔵が描いているのは、となりの休昌寺で飼っている三毛猫《みけねこ》であった。

この猫は十蔵夫婦によくなついてい、一日のうちの何刻かは、十蔵の家で昼寝をし、飯をたべてから休昌寺へ帰って行く。

このところ、猫が来るたびに、十蔵は興味をおぼえて写生をしてきていた。それをいま、あらためて大きな画仙紙へ描いているのだが、

(どうも、気が乗ってこぬな……)

筆を投げ出し、十蔵は、ぼんやりと煙草を吸った。

道のどこかで、飴売《あめう》りの太鼓の音がきこえていた。

(今度は、困った……)

ためいきが出る。

(どうも、あの仏具屋の和助を殺れそうにもない……)

のである。

(あの男が、ほんとうに、おれと同じように、殺しを、金ずくで、やっているのだろうか……?)

そこが、わからぬ。

もっとも十蔵は、他人が自分を見たら、おなじような感じ方をするにちがいないことを意識していない。どこのだれが見ても、木村十蔵がそうした恐ろしい仕事をしているとはおもうまい。このあたりでも、十蔵の温和な風貌はだれにも好まれているし、休昌寺の和尚《おしょう》などは、ことさらに親切な態度で接してくれている。いつであったか、十蔵の描いた椿花《ちんか》の写生図を、

「これは、よろしいな」

と、もらいうけ、見事な表装をして自分の居間に掛けてくれたのも、この和尚であった。

十蔵の絵は、まったく自分ひとりのものだ。

若いころ、放浪の旅をつづけていたときも、道々の風景を写して歩いたものだ。も

つとも、そのころは描いてみたところで保存をしておくわけにもゆかず、つまりは洟《はな》をかんだり落し紙につかったりしてしまったものだが……。

そこへゆくと、いまの十蔵は描いた絵を何枚でも保存して置けるし、それをこころゆくまでながめて、たのしむこともできる。

これだけでも、

（いまの、おれはしあわせだな……）

しみじみと、そうおもう。

もちろん十蔵は、自分が絵筆をもって生計をたてようなどとは考えてもいない。ただもう、自分ひとりが絵筆をはしらせるよろこびにひたっていられればよいのである。

十蔵が絵を描くたのしみをおぼえたのは……十数年前に北国を旅していて、伊川梅《ばい》渓《けい》という老いた旅絵師と共に三月ほど暮したとき、わずかに手ほどきをうけたものである。

〔八種画譜〕とか〔芥子園《かいしえん》画伝〕などの画帳を求め、これを手本にすることができるようになったのは、お沢と夫婦になってからのことであった。

その前の十蔵は、人ひとりを殺すたびに、おもいなやみ、得た金のほとんどは酒色

に散じてしまうような生活を送っていたし、辛うじて、絵筆をとることが、彼の、

（このままで、おれは朽ち果ててしまうのか……おれの剣は、金ずくの殺しのために在《あ》ったのか……いや、それよりも……いつなんどき、おれは、おれが殺そうとする相手に打ち殪《たお》されるやも知れない。もう、おれは死んでいるのだ。生きながら死んでいるのだ）

その苦悩の救いとなってくれた……と、いうよりも、

（あのころのおれは、絵筆をとることによって、何も彼も、ごまかしてきていたのだ……）

と、十蔵はおもっている。

妻子ができてからの十蔵は、もちろん、考え方が変ってきているし、三百両がたまったときは、京都に近い片田舎に小さな家を買い、のんびりと野菜でもつくりながら、絵を描いて、妻子と共に暮し、

（お沢にみとられて、老い果て、死にたい）

と、熱望しているのだ。

出もどりのお沢と夫婦になることができたのも、十蔵が柏屋治兵衛方へ出向き〔一《いち》夢《む》〕の雅号を篆刻してもらったことが縁となったわけである。

「もし……」

おもいにふけっている十蔵の耳へ、お沢の声が襖の向うからきこえた。

「なんだね？」

「本郷の丸屋さんが、お見えですけれど……」

「あ……通しなさい、ここへ」

「はい」

本郷の筆師・丸屋弥兵衛というふれこみで、音羽の半右衛門は十蔵宅をおとずれる。いつものことなのであった。

「ごめん下さいまし」

と、半右衛門は実際に筆をおさめた箱を持ってあらわれた。これも例によってのことだ。

茶を出して、お沢が去ってから、半右衛門がいった。

「先生。様子は、どんなで？」

「む……」

「どうなさいましたえ？」

「それが……」

「それが？」

「急ぐのか？」

「急ぎますよ。けれど先生、むりがあってはいけない。しくじっても困る。こいつは、どうでも先生に殺《や》ってもらわねえと……」

「むずかしい……」

「なんですって？」

「油断をしないよ、和助は……なかなか隙《すき》を見せないのだ」

「よく、外を出歩くといいますよ」

「うむ……まあ、な……」

「まあ、な……じゃ困るので」

「わかった」

「ひとつ、早く……」

「よし」

「では、これで」

半右衛門は、すぐに帰って行った。

翌日も、そのつぎの日も、十蔵は家から出なかった。

半右衛門が来てから四日目になって、十蔵は外出《そとで》の仕度をした。風の強い午後である。仏具屋の和助を見張るつもりになったのだ。すでに半金の二十両を受けとってしまっている。いまさら、あとへひけない。

「夜になるぞ、帰りは……」

そういって、十蔵が出ようとしたときに、

「ごめん下さいまし」

入って来た男が、仏具屋の和助であった。

和助は、浅草・田原町の菓子舗・和泉屋の〔玉子せんべい〕の大箱をみやげに持って訪問をして来た。

「今日も、柏屋さんへまいりましてね」

「さようか……」

「今日はひとつ、木村先生の御作を見せていただきたいと存じまして……」

「御作……と、いわれるようなものではない」

こうなっては、通さぬわけにもゆかなかった。

十蔵の部屋に入って来た和助は、描きかけの三毛猫の絵を見るや、

「ふうむ……」

と、うなって、
「これはどうも、大したものだ。私のようなあそびごとではございませんねえ」
真剣な声で、いったものだ。
「さて、どんなものかなあ……」
憮然《ぶぜん》として、和助の背中を見入りつつ、
(いまなら斬れる!!)
と、おもった。
和助の体は隙だらけであった。
だが、妻子がとなりの部屋にいるところでは殺せぬ。
「沢。豆腐《とうふ》を買ってまいれ。和助どのと、酒をのむ」
と、十蔵がいいつけた。
お沢が出て行ったあとで、斬る決意をかためたのだ。
お沢が、台所から外へ出て行った。
お菊は、いつものようにねむっている。
十蔵は、たばさんでいた小刀《しょうとう》へ右手のゆびをのばした。
まだ、猫の図を見つめていた和助が、十蔵に背を向けたままで、

「私の親父はねえ、先生。伊川梅渓という絵師でございましたが……それがもう変った人で、七年前に死んだおふくろと私を江戸においたまま、ふらっと旅へ出てしまうと、もう二年も三年も帰ってきません。ええもう、むかしからのことでございますが、このところ十年ほど前から、行方《ゆくえ》知れずになってしまいましてね。さて、生きているかどうか……生きているなら七十をこえていましょう。もう、どこかの旅の空で、死んでしまったにちがいございませんよ」

十蔵の右手が、小刀の柄《つか》からはなれた。

四

年が、暮れようとしていた。

木村十蔵は、依然、仏具屋の和助殺しの段取りへ一歩も近づこうとしない。

だが、家に引きこもってばかりいるわけにもゆかなかった。お沢は、このごろの十蔵の憂鬱《ゆううつ》を見ぬいている。その原因が何であるかは知らないのだが……。

一日置きに、十蔵は浅草・元鳥越《もととりごえ》の甚内橋《じんないばし》・北詰にある矢嶋《やじま》源五郎の道場へ顔を見せた。七年前に江戸へ住みつくようになってから、十蔵は矢嶋の親切で代稽古《だいげいこ》をするようになり、だから諸方の武家方へ稽古に出るということも、うそではない。

十蔵にとって、剣をさばく腕と力と体力がおとろえることは、熱望する金三百両貯蓄を達成することにならない。

いまはもう、相手を殺しても、

(殺されたくはない)

十蔵なのである。

矢嶋の道場は、小ぢんまりとしたもので、すぐれた剣客がひしめいている江戸では評判が高いわけではない。だが、教え方が当世ふうに懇切《こんせつ》なものだから、浅草から本所にかけての武家方の子弟に人気があるのだ。

「十蔵。おぬしは、まったく不運な男だなあ」

この、矢嶋源五郎のことばを、十蔵は何度耳にしたことだろう。

十蔵の父・木村左平は、泉州《せんしゅう》・岸和田《きしわだ》五万三千石の城主・岡部美濃守の家来で、勘定方《じょうかた》に属していた。

母は、十蔵が十七歳の夏に病歿《びょうぼつ》してしまった。

父・左平の身に異変が起ったのは、実に、その翌年のことであった。

勘定方で、金百二十余両の金が、どこかへ消えてしまった。

どうしても帳尻が合わず、大さわぎとなったものだ。

その責任が、いつの間にか木村左平に押しつけられた。

左平はおどろいたけれども、上役や奉行《ぶぎょう》や年寄までが結託して〔責任のがれ〕をするために仕組んだ罠《わな》であったから、いかに抗弁をしてみても、どうにもならぬ。

また左平は、激怒をしても、あまり抗弁はせず、

(こうなっては、もはや仕方もなし)

というので、喉《のど》を突いて自決してしまったのだ。

それはつまり、こうした左平の性格を見ぬかれて、罠が仕かけられたのだともいえる。

藩は、一人息子の木村十蔵へ、ほんらいならば亡父の罪を背負うべきであるが、特別の、

「おなさけをもって……」

追放という処置をとった。

こうして十蔵は、まったくばかばかしい奸計《かんけい》へ落しこまれ、なすところもなく、放浪の旅へ出るよりほかに道はなかったのだ。

剣術が大好きで、藩の指南役・大瀬儀左衛門の高弟であった十蔵だが、なにしろま

だ二十前《はたち》のことで、いかに、くやしがったところで手も足も出なかった。家中には親類どももいたが、後難をおそれ、だれ一人、十蔵をかまってくれるものはいない。

それから二十余年……。

四十になった木村十蔵がすごしてきた歳月がどのようなものであったか、およそ想像がつこうというものだ。

さて、十二月の二十日の午後……。

筆師に化《ば》けた音羽の半右衛門が、またも十蔵をたずねて来て、今度は、外へさそい出した。

半右衛門は、上野山下の〔大国屋〕という鰻《うなぎ》やへ十蔵をつれこみ、

「いったい、どうなっているので？」

と、つめよった。

矮軀《わいく》を、さらに屈めて、下から凝《じっ》と十蔵を見上げてきた半右衛門の両眼の光は、これまでに十蔵が見たことのないものである。

団栗《どんぐり》のような眼《まなこ》の底に青白い光が冷たく凝《こ》ってい、毒蛇の目のような無気味さであった。

十蔵は、息をのんだ。

「ね、先生。この仕事は急ぐのだ。急ぐ上に、和助を殺《や》れるなあ、先生のほかにいねえのだ。わからねえはずはねえとおもうが……」

「む……」

「なにか、あったのじゃあござんせんかえ？」

「う……」

「どうなので？」

「それが……」

「半金をうけとったからには、逃《のが》れられねえことも御存知のはずだ」

「し、知っている」

「じゃあ、いつ、仕かけてくれますね？」

「う……」

「先生。明日明後日《あさって》のうちに、殺ってもれえてえ。ようござんすね？」

「よ、よし……」

うなずくよりほかに、道はない。

十蔵の弱味は、半右衛門が十二分につかんでしまっているのだ。

一日、二日とたった。

十蔵は、毎日のように外出をしたが、和助を斬る気にはなれない。

約束の日がすぎた。

二十四日の午後に、十蔵は家を出た。

甚内橋の矢嶋道場へ出かけるつもりであったが、まわり道をして唯念寺・門前の八幡屋の前を通った。この新寺町の通りには寺院が多く、したがって仏具屋や数珠《じゅず》屋が道の南側に軒をつらねてい、俗に〔仏店《ほとけだな》〕などとよばれているほどだ。

上野と浅草をむすぶ新寺町の道は、師走《しわす》のことで、人通りがあわただしかった。

深めの編笠をかぶった十蔵は、宗源寺・門前の茶店の中から、大通りをへだてた向う側の八幡屋の店先を見まもった。

このあたりの仏具屋の中で〔八幡屋和助〕は店も小さく、小僧と女中を一人ずつ使って、主人の和助は独《ひと》り暮しをしている。

十蔵が知り合ってからの和助は、実直な仏具屋のあるじとして、平凡な明け暮れを送っているらしい。

いままでに十蔵は、四、五度、この茶店の内から八幡屋をながめていて、和助が店を出たり入ったりする姿を何度もみとめている。しかし、その段階から一歩もすすもうとはしていない。

　この日も……。

　約半刻をすごしてから、十蔵は茶店を出た。ふといためいきを何度も吐き、鳥越の道場へ行こうとしたが、剣術の稽古をする気にもなれなかったし、何故か胸がおもく、

（帰るか……）

　わが家へもどることにした。

　虫が知らせたのかも知れない。

　帰ってみると、大変なことになっていた。

　お沢が、死人のような顔色をしてうずくまってい、十蔵を見るや泣き声をあげて、しがみついてきた。

「ど、どうした？」

「こ、これを……これを……」

　お沢が出した結び文に、こう書いてある。

　しばらく、子どもさんをあずかる。さわいではいけない。さわぐと、子どもさん

のいのちにかかわる。なにごともだんなが知っていなさることゆえ、案ずることはない。この手がみを、だんなに見せれば、万事にうまくはこぶゆえ、くれぐれも案じなさるな。

音

十蔵が蒼白《そうはく》となり、

「お菊、かどわかされたのか……」

「も、申しわけも……ちょっと、寝かしつけてから外へ、買物に出ました。そのすきに……ああ、もう、どうしたら……」

「泣くな。もう、泣くな」

「あなた。こ、これは、御存知のことなので……？」

「…………」

「もし……」

「だれにもいうてはないだろうな？」

「は、はい。ともあれ、あなたに……お菊のいのちにかかわると、これに書いて……」

うなずいた木村十蔵が、

「大丈夫だ。案ずることはない」

しっかりといった。

手紙の〔音〕の一字は、音羽の半右衛門をしめしている。

お菊を誘拐《ゆうかい》してまで、和助殺しを急いでいるのは、よほどに半右衛門も、依頼主から急《せ》かされているのであろう。

だから、いまの手もちの駒の中で、和助を殺すことができるのは、

(木村先生だけだ)

と、おもいきわめたものにちがいない。

(よくも、そこまでしたものだ)

と、十蔵は半右衛門の仕わざを憎んだけれども、こうなれば、わが子を救う道は、仏具屋の和助を殺す以外にないのだ。

これまでの十蔵の憂悶《ゆうもん》は、お菊を、わが手に取りもどすための行動へ踏み出すことによって、ほとんど消えたといってよい。

「お沢。家の中から一歩も出てはならぬ」

「はい」

「私がもどるまで、出るな。人にも会うな。戸締りをして、たとえ、だれが来ても、

だまっていろ。茅町（治兵衛）が来てもだ。いいな、わかったな」

「わ、わかりました」

「よし。安心をしていろ」

「あなたは……？」

「先ず、腹をこしらえてのことだ」

「え……？」

お沢は、目をみはった。

決意のみなぎった夫の顔からは、頃日《けいじつ》の不安な表情が消え、むしろ、落ちついて見える。

「いったい、なぜに、このような……？」

「きくな。早く、仕度をしてくれ」

「はい」

十蔵は、茶づけを二杯食べた。

ゆっくりと茶をのみ、お沢がじりじりするほどの時間をかけて、煙草を吸い、また、茶をいれ替えさせた。

夕闇が濃くなってきている。

「出かける」

十蔵が立ちあがり、

「先刻、申したことを忘れるなよ」

と、いった。

五

木村十蔵が、唯念寺・門前の〔八幡屋〕へあらわれたのは、六ツ半ごろであったろう。

「おや、これはまあ……木村先生で……」

「邪魔をする」

「とんでもございません。ま、おあがりを……」

「御主人。たのみがあってまいった」

こういった十蔵の態度は沈静そのもので、眉ひとすじうごいていない。

「私へ、おたのみを……？」

「どうだろう。ちょっと、外へ出てもらえまいか」

「ここでは、いけませせぬので？」

「さよう」

「なるほど……」

和助は、いぶかしげに十蔵を見たが、

「よろしゅうございます」

立って、小僧に羽織を出させ、

「お供いたしましょう」

「すまぬ」

「なあに……」

外へ出ると十蔵は、新寺町の通りを突切り宗源寺の横道へ入った。道の突当りは六《ろく》郷佐渡守《ごうさどのかみ》の屋敷がある。そこを右手へ曲り、さらに幡随院《ばんずいいん》の東の道を北へすすむ。

仏具屋の和助は、うしろから、だまってついて来た。

二人は、間もなく、松平出雲守・下屋敷の東側へ出ていた。

このあたりは、いうところの入谷田圃《いりやたんぼ》の南端で、田地のひろがりの中に、雑木林と、遠くに百姓家の灯《あか》りがぽつんぽつんとのぞまれるだけであった。

「よく、ついて来て下すったな」

と、十蔵が振り向いた。

「なんのおつもりなので?」

と、和助。

「やり方は、ほかにもあったが……こうしたかった」

「え?」

十蔵は、腰の大小の刀を両手にぬき取って和助に見せ、

「どちらを取ってもよい」

「刀を……?」

「斬り合うのだ、お前さんと……」

「ほう……」

冷たい風が吹きぬけていく闇の中で、和助が、

「こんなことでござんしたか……」

「わけをきいてくれるな」

「まさか、先生が、こんなことを……ですかね、以前、お宅へお邪魔したときに、ふっと妙な気がしましたよ」

「どんな?」

「さあ……ともかく、二度と先生のところをおたずねしてはいけないと、そうおもい

ましたがね」

「お前さんを殺せ、と、たのまれている」

「ははあ……」

和助は、しばらくだまっていたが、

「なるほどね。先生も、おなじ稼業だったので……」

「刀は、どちらを取る」

「小さいほうがいい」

十蔵が出してよこした脇差《わきざし》を、和助が受け取り、

「だれに、たのまれなすった？」

「いってもはじまるまい」

「そりゃ、ま、そうさね」

二人の間合は、二間《にけん》であった。

その二間の闇が、殺気にふくれあがった。

二人とも、まだ刀をぬかない。

「このおれを、消してしまおうと考えているやつらは、江戸に何人いるか知れたもの
じゃあねえが……先生は、その中で、いちばん手強《てごわ》そうだ」

と、うめくように和助がいった。

「おれも、たのまれたことだ」

と、十蔵。

「ふうん……」

と、和助。

すこし間があって、同時に、二人は刀をぬきはらっていた。

抜刀《ばっとう》したかとおもうと、弦《つる》をはなれた矢のように、十蔵と和助の体が飛びちがった。

声もなく、和助は田の道へのめりこみ、そのままうごかなくなった。

木村十蔵は大刀を鞘《さや》におさめ、和助の手にかたくつかみしめられていた脇差を取って、これも鞘におさめた。

風が鳴っている。

田の道を、闇に吸いこまれて行く木村十蔵の足が、ひどく、もつれていた。

○

十蔵が和助に斬られた傷は、左の脇腹から胸にかけてで、かなり重かった。

苦痛をこらえ、わが家へもどってから、十蔵は自分で傷の手当をした。

出血がひどく、十蔵は寝床へ横たわると、たちまちに昏睡《こんすい》状態となったが、その前に、

「このことを、だれにも知らすな。傷の手当は、いま教えたようにしてくれ。お菊は、すぐにもどってくる」

と、十蔵はお沢へいった。

翌日の夜になって……。

勝手の戸が、がたりと開いたとおもったら、竹の籠の中に、あたたかそうな綿入れにくるまれたお菊がよくねむっているのを、お沢が発見した。

年が暮れ、新しい年が明けた。

その享和三年の一月十八日に、木村十蔵は四十一歳の生涯を終えた。

なんにしても、あのときの出血がひどかった上に、医者をよぶこともはばかられたし、それに十蔵は、自分の手当で、

(傷は癒《なお》る)

はじめは、そうおもいこんでいたようだ。

暮から新年にかけて、お沢の父や兄夫婦もあらわれたが、お沢は夫にいいつけられ

たように、

「急に体をこわしてしまって……」

と、いった。

十蔵も、傷ついた体を夜具にかくし、

「心ノ臓が、よくありませぬで……」

微笑して見せた。

休昌寺の和尚も見舞に来たが、十蔵の、このことばをすこしもうたぐっていないようであった。

仏具屋の和助の死体は、翌日に発見されたことだろうし、店の小僧や女中も、当夜、十蔵に主人が連れ出されたことをお上《かみ》へ申したてたろうが、それまでに一度も、八幡屋をおとずれたことのない十蔵だけに、まったく、手がかりがつかめなかったようである。

死ぬ前日の十七日に……。

十蔵は、お沢の煮た韮《にらい》入りの粥《かゆ》を一椀食べ、

「沢、手鏡と、筆紙を……」

といった。

それから、お沢に墨を摺《す》ってもらい、仰向けに寝たまま、筆紙を両手にとって、

「鏡に、おれの顔を映してくれ」

と、命じた。

お沢が、いわれたとおりにすると、十蔵は手鏡に映ったおのれの顔を描き写しはじめた。

休み休み、一刻（二時間）もかかって、自画像を描き終えた十蔵が、深い疲労のうちに、ぐったりとなって、

「おれの顔の絵は、どんなだ？」

「はい……そっくりに……」

「やつれていような」

「…………」

「しかし、よい顔になった。よい目つきにもどった。二十何年も忘れていた、おれの顔が、また、もどってきたよ」

「あなた。おやすみなさいまし」

「ねむい。疲れた……」

と、十蔵はねむりに入ったが、その夜ふけに目ざめ、お沢をよんで、

「お菊を、ここへ……」

「あの、よう、ねむっております」

「かまわぬ。顔が見たくなった……早く、早く、たのむ」

そこで、お沢がお菊を抱いて来ると、十蔵は、

「もっと、おれの顔のそばへ……」

「こうでございますか……」

「よし、よし」

ねむっているお菊へ、しずかに頬ずりをしてから、十蔵がこういった。

「お菊。もどってこられて、よかったなあ……」

それから、

「お沢。おれは、もう、助かるまいよ」

ともいった。

だが、お沢にしてみれば、自分の顔を描き写すだけの元気が出てきたのだから、

（まさかに……）

と、おもっていたのである。

翌朝になって……。

十蔵のとなりの床に、お菊と共にねむっていたお沢が目ざめて、十蔵の寝顔をのぞきこみ、愕然《がくぜん》となった。

木村十蔵は、やすらかな顔で、仰向けに寝ていたが、息はもう絶えていた。

何故か十蔵は、ためこんでいた百十五両の金の隠し場所を、お沢にいい遺《のこ》さなかった。


十蔵の葬式がすんでから、四日目の昼ごろに、十蔵の生前、一年に二、三度は顔を見せた筆師の丸屋弥兵衛が、子供のように小さな体をすくめるようにしてあらわれ、

「すこしも存じませぬでございました。このたびは、とんだことに……」

と、くやみのことばをのべ、

「木村先生には、ずいぶんとお世話になりまして……」

こういって、なんと金十両もの香典《こうでん》をよこしたのには、お沢もおどろいたものだ。

筆師の弥兵衛は、自分につきそって来た三十がらみの大女を、

「これは、私の女房でございます」

と引き合せ、お沢に抱かれているお菊のあたまを撫《な》で、

「ほんに、亡くなった先生に、よく似ていなさる」

と、さびしげにつぶやいたのである。

梅雨の湯豆腐

一

「どうだろう。引きうけておくんなさるかえ？」

と、赤大黒《あかだいこく》の市兵衛《いちべえ》がいった。

市兵衛は、赤坂・田町の桐畑《きりばたけ》近くに密集する娼家の束《たば》ねをしている顔役で、自分も「赤大黒」という娼家《みせ》を経営している。

六十に近い老齢だし、でっぷりとした躰《からだ》つきの、いかにもおだやかそうな市兵衛は口のききようもやわらかで、風体《ふうてい》を見てもどこぞの大店《おおだな》の主人《あるじ》としかおもえない。

「よろしゅうございます」

と、引きうけたのは、楊子《ようじ》つくりの彦次郎《ひこじろう》であった。

彦次郎がつくるのは歯をみがく〔ふさ楊子〕と〔平楊子〕で、浅草観音の参道にならぶ〔ようじ店〕の中の〔卯《う》の木屋《きや》〕という店が買いとっている。

「これで大安心だよ。お前さんのことだ、間ちがっても仕損じはあるまい」

そういって、赤大黒の市兵衛が手つけの金の三十両を、彦次郎の前へ置いた。

現代《いま》でいえば百数十万の大金である。ふさ楊子の注文ともおもえない。

彦次郎は、ちょっと会釈《えしやく》をして三十両の金包みをふところへしまいこんだ。地味な単衣《ひとえ》を筒袖《つつそで》にして、きちんと角帯《かくおび》をしめている。小柄で、顔の色が黒く、痩《や》せていた。

四十二歳だが、十も老けて見える彦次郎であった。

梅雨《つゆ》のさかりで、今日も窓の外には霧のような雨がふりけむっていた。

ここは、浅草・今戸橋に近い三好屋《みよしや》という小体《こてい》な料理屋で、蜆汁《しじみじる》が売りものである。近くに玉屋といって、これも蜆汁を名物にしている大きな料亭があるけれども、市兵衛にいわせると、

「三好屋《ここ》のほうが、ずっとうまい」

のだそうな。

遠い赤坂から、こんなところまで、蜆汁が好きな市兵衛はよく足をはこんで来るらしい。

もう八ツ（午後二時）をすぎていたが、

「いっしょに蜆飯を食おうよ」

という市兵衛のさそいに、彦次郎はうすく笑ってかぶりをふり、

「それじゃあ、これで」

と、腰をうかせた。

「そうかい。むりに引きとめはしねえよ。それで、いつごろまでにやっておくんなさるね？」

「急ぐのなら、おことわり申してえので……」

「いやなに、いいとも。まかせるよ、まかせるよ」

この仕事がすんだなら、残りの三十両が手に入るので、彦次郎は合せて六十両で引きうけたことになる。しかし赤大黒の市兵衛は、略《ほぼ》同額の金を依頼主からとり、自分のふところへ入れてしまったにちがいあるまい。

市兵衛がたのみ、彦次郎が引きうけた仕事というのは、

〔殺人〕

であった。

江戸へ住みついて十年になる彦次郎だが、この間、市兵衛からたのまれて殺しをしたのは五件ほどだったろうか……。

帰る彦次郎を小廊下へ見送って出た赤大黒の市兵衛が、こういった。

「ここへ来て、蜆を見るたびにおもい出すのだよ、お前さんの顔を、ね」

「親方。そんなに私は、蜆に似てますかえ」

「怒っちゃあいけねえ」

「なあに……では、ごめんを」

彦次郎の住居は、浅草も外《はず》れの塩入土手《しおいりどて》に沿った畑の中にあった。

近くに総泉寺《そうせんじ》という寺があり、この寺の所有する畑で、以前には百姓を雇って作らせていたのだが、いまは寺の坊主が百姓仕事をしている。そこで空家になった小さな百姓家を借り、彦次郎は住んでいるのだ。

独身《ひとりみ》で無口だが、家賃もためぬし、実直な暮しをしている彦次郎は、総泉寺の坊主や、近辺の百姓たちにも好意を向けられている。

それに、彦次郎のつくる楊子は出来ばえがことによろしく、したがって、これを売りさばく卯の木屋は、浅草観音・参道にたちならぶ〔ようじ店〕の中で、売れゆきがもっともよいそうな。

ところで、赤大黒が「殺してくれ」といったのは、浅草・元鳥越《もととりごえ》に住む大工の万吉という男だ。

理由は知らぬ。また、この殺しを赤大黒の市兵衛へたのんだ〔依頼主〕の名もきかぬのが、この世界の定法《じょうほう》というものだ。

金をもらって殺す……それだけのことで、彦次郎さえ仕損じなければ、すべては闇《やみ》から闇へほうむり去られる。江戸の暗黒街の、

（口は堅《かた》い）

のである。

畑の中の家へ帰ってから、彦次郎は〔ふさ楊子〕をつくりはじめた。切出《きりだし》をあやつる手さばきも堂に入ったものだ。楊子つくりは彼の〔かくれ簑《みの》〕といってよい。

しずかに雨音がこもる家の中に、夕闇がただよってきはじめた。

彦次郎が早目に灯《あかり》をつけようとして立ちあがったとき、人影がひとつ、土間へ入って来た。

この男は、両国から浅草へかけての盛り場に顔をきかせている香具師《やし》の元締で、染《そめ》川《かわ》の仙蔵《せんぞう》の右腕とか左腕とかいわれている上松《あげまつ》の清五郎《せいごろう》という者であった。

「彦次郎さん。急にじゃまをしてすみません」

清五郎は、ていねいに、

「けれど、うちの元締が、ぜひにというものでね」

「ま、あがりなせえ」

「これは、ちょいといける酒です。あがっておくんなせえまし」

みやげの、柄樽《えだる》の酒をさし出す清五郎へ、

「殺しかね、上松の」

「へい。また、ひとつ……ぜひとも、ね」

染川の仙蔵の依頼で、これまでに彦次郎が手がけた殺しは七件におよぶ。

だが、一日のうちに二つもの殺しをたのまれた経験は、この稼業に入って十五年になる彦次郎も、かつておぼえがない。

(いやに、繁昌《はんじょう》しやがる……)

顔色も変えずに、

「どこの、だれを、ね？」

「室町《むろまち》二丁目の蠟燭《ろうそく》問屋・辻屋半右衛門の女房で、お照というのを……」

「女か、いやだな」

すると、清五郎が小判五十両を出して置き、

「手つけでござんす」

と、いう。

それなら、合せて百両の大仕事ということになる。

ちょっと考えてから彦次郎が、うなずいて見せ、金を手もとへ引き寄せつつ、

「元締へ、よろしくいって下せえ」

と、いった。

「ただし、急いでは困るよ」

「へ、へ。よく、わかっておりますとも」

上松の清五郎が帰ってから、彦次郎は夕飯の仕度にかかった。

いつもは、御飯ごしらえをむしろたのしむほどの彦次郎なのだが、火を起しかけて舌うちをもらし、急にやめた。

そして、生卵を三つほど口へほうりこむと、部屋へもどって来て床をのべてから、柄樽の酒を冷のまま湯呑み茶わんへつぎ、肴《さかな》もなしに、寝そべってのみはじめた。

行燈《あんどん》のあかりもつけない。

夜ふけて、柄樽が軽くなった。

彦次郎はねむった。

ねむって、すさまじい夢を見た。

池の中でおぼれかけている自分を、夢で見た。

ただの池ではない。血の池であった。

重い、生ぐさい、どろどろとした黒い血の池の底へ引きずりこまれて、もがき、苦しみ、殺される獣のような悲鳴をあげ、そのわれとわが声に、彦次郎は目ざめた。

「またか……」

つぶやいて、全身にふき出したあぶら汗をぬれ手ぬぐいでふきとってから、もう寝直すつもりはなく、彦次郎は物倦《ものう》げに、柄樽の残りの酒へ口をつけた。

二

この道へ入ってから、彦次郎が人の血あぶらにぬれた金を、どれほど稼いだろうか。

ざっと、千五百両をこえているにちがいない。

彦次郎を〔この道〕へ引き入れたのは、浪人くずれの宮沢要《かなめ》という男だ。

宮沢は、もうこの世にいない。いま生きていれば五十をこえているだろう。

四年前に、たのまれた殺しで、駿河《するが》田中四万石、本多侯の家来某を襲ったのだが、失敗して相手に斬り殺されてしまった。

どこからたのまれた殺しだったのか、彦次郎は知らない。

宮沢浪人とは、彼が死んだ日の夕暮れに、四谷御門外の〔万蔵金《まんぞうきん》〕という軍鶏《しゃも》なべ屋で酒をくみかわしたものだ。

そのとき、宮沢は陰惨なうすい笑いをうかべ、

「彦よ。どうも今夜は、しくじるような気がしてならねえ」

と、いった。

「やめたほうがいい、今夜は……」

「いや、やるさ」

「手つだってもいいぜ、宮沢さん」

「ばかをいうな。殺しの定法に、そんなのはねえはずだ」

「やんなさるかえ、どうしても」

「うむ。しくじって、相手に殺《や》られてもいいさ。いや、もう殺られたほうがいいかも知れねえのだ」

「いけねえ。そんなときに、手をつけちゃあいけねえ。呼吸《いき》をつめて、何も彼も忘れて、躰中《からだじゅう》がかっかと熱くなっているときでねえと、うまくゆかねえ」

「ふ、ふふ……そいつは、おれがお前に教えたことだったな」

「む……」

「もう、くたびれた。どうなってもいい」

「宮沢さん……」

「これまでに、何人殺したかなあ……昨夜かぞえて見た。かぞえ切れなかったよ。殺したやつの血の重味で、おのれの肩が凝《こ》って凝って……もう、うごけやしねえ」

そして、宮沢は斬られたのである。

宮沢要と知り合ったのは、十五年ほど前のことだ。

そのころ彦次郎は、駿河の沼津に本拠がある盗賊・御座松《ござまつ》の孫八《まごはち》の配下であった。

〔御座松〕は急ぎ盗《ばたらき》専門の兇盗《きょうとう》で、押しこむときは情《なさけ》ようしゃもなく殺傷し、犯す。だから配下の数はすくなくとも、血のにおいが平気なやつどもばかりがそろっていた。彦次郎が〔御座松〕の世話になる一年も前から、宮沢要は一味に入っていたものである。

三度ほど〔御座松〕の盗みを手つだったのちに、彦次郎と宮沢は接近した。

別に、語り合ったわけではないのだが、二人がすごして来た過去が、それぞれの顔や挙動にあらわれ、それをたがいに動物的な嗅覚《きゅうかく》でさぐりとったのでもあろうか。

「おれはねえ、宮沢さん。下総《しもうさ》・松戸の在《ざい》の生まれだが、子供のときから、ろくに粟《あわ》飯《めし》も食えねえ貧乏暮しでね。親父は、おれが六つのときに死んじまって……そのすぐあとに、おふくろが男を引っ張りこみゃあがった。おふくろは、おれをじゃまにして、ね。あるとき、おれに、こういったよ……てめえを孕《はら》んだとき、水にながそうとおもった。あのとき、ながしてしまえばよかった、とね。さも憎さげに、小せえおれをにらみつけながら、そういったものだ」

「女は、みんなそうさ」

「それから、おれは家を飛び出した。それから、おれは……」

「もう、いうな。あとは、みんな同じだ。きかなくてもわかる」

叱りつけるようにいった宮沢要の声の語尾が微《かす》かにふるえていたのを、彦次郎は、いまも、はっきりとおぼえている。

しばらく、月日がたってから、宮沢が、こういった。

「御座松のところにいても、どうせ、人を殺《あや》めるのだ。それならいっそ、二人きりでやろう」

「盗みをかね？」

「そんな、めんどうなことはしねえ。世の中には、大金をつんで殺しをたのむ連中がいくらもいる」

そこで、二人は御座松の孫八を殺し、金百二十余両をうばって江戸へ逃げたのだ。

いまの彦次郎には、

(まだ、死なねえ)

という予感がある。

けれども、生きていて何をしようというのでもない。何をしようともおもわない。

(それでも、人間というものは生きていられるのだからな……)

であった。

だが、強《し》いていえば、手なぐさみにはじめた〔ふさ楊子〕つくりが性《しよう》に合って、このごろは、われながら、

(おれは楊子つくりの子に生まれるはずだったのじゃねえか……?)

ふっとおもうことがある。また楊子をつくっていることはたのしい。材料にする柳や杉、桃の木をけずっているときにただよう香気も好きだ。血のにおいとは、まったく別の世界の香りなのである。

手づくりの朝の味噌汁や、あたたかい飯も、うまい。

また魚や野菜を好みに調理したりするのも、おもしろい。

こうした日常の、何でもないたのしみを味うだけでも、人間というものは生きて行けるものらしい。

そして、殺しは……。

殺すまでが、たまらなくいい。計画をねり、日をさだめ、全身の気力をふりしぼって、相手にぶつかって行く。

その緊迫の魅力が、もう彦次郎をとらえてはなさぬ、といってもよい。

得た大金は、いつの間にか消えてしまう。

「殺しの金は身につかねえものさ」

と、いつか宮沢要もいっていた。

殺しをしたあとは、酒と女で心身をいやすよりほかに、道はないのだ。

「殺しの疲れは、別ものだな……」

しみじみと、宮沢がつぶやいていたことがある。

彦次郎は、その日の朝。床下の穴の中へ埋めてある小さな瓶《かめ》を引き出し、中をあらためて見た。

七十二両の金が入っていた。

(今度、二人を殺《や》って百六十両か……)

合わせて二百三十余両。

(そうしたら、久しぶりで上方《かみがた》へでも行って見るか、一年ほど、な……)

瓶を埋め直し、彦次郎はひげをそり、着替えをした。

品のよい、商人ふうの扮装である。

それから新しい傘をさし、家のまわりに目をくばってから、そっと出て行った。

先ず、殺す二人の相手の顔や暮しをさぐりとっておかねばならない。

今日の雨は、けむりのようにたゆたっていた。

三

赤大黒の市兵衛からたのまれた殺しの、元鳥越の裏長屋に住む大工・万吉の顔を、彦次郎は、その日のうちに見た。

万吉は仕事をやすんでい、近くの松寿院・門前の〔菜飯《なめし》や〕で昼酒をのんでいた。

万吉を、ひそかに見て、

(たしかに……)

彦次郎は、いささか胸がさわいだ。

五十男の万吉は〔浮羽《うきは》の為吉《ためきち》〕といい、彦次郎が御座松の孫八の下で盗みをしていたころ、同じ御座松の配下だった男なのである。

彦次郎は、すぐに菜飯やを出て、上野広小路の小玉屋という蕎麦《そば》やの二階へあがり、酒をのみながら考えた。

〔為吉〕の万吉は、江戸の裏長屋に住み、〔大由《だいよし》〕という棟梁《とうりょう》のもとで大工仕事をしているとか……。

いまも万吉が、どこかの盗賊一味に加わってい、大工をしているのも大仕事の盗みのためなのか、どうか……?

万吉が大工あがりの盗賊だったことは、御座松のころから、彦次郎も耳にしている。

近辺からききこんだところによると、万吉は五十をこえたいま、女房も子もない独り暮しだそうだ。

(こいつは……)

彦次郎は、冷えてしまった酒を猪口《ちょこ》へつぐのも忘れて、考えこんでしまった。

(あいつ、おれを見たら、ただじゃあおくめえ)

なのである。

浮羽の為吉は、彦次郎が宮沢要と共謀して殺害した御座松の孫八の甥《おい》にあたる。

御座松が、配下のだれよりも、為吉をたのみにしていたことは事実だ。

（こいつは、うっかりしてはいられねえ）

だが、たのまれた殺しは、かならず果さねばならない。

これは、この世界のきびしい掟《おきて》であった。

手つけの金をうけとった上で、逃げたり、約束を違《たが》えたりしたら、今度は彦次郎自身が、依頼主の赤大黒の市兵衛がさし向けた刺客によって、

（殺《や》られる）

のである。

（よし!!）

小半刻《こはんとき》もしてから、彦次郎は決意をした。

（よし、殺ってやる。けれどもこいつは、すこしのゆ﹅だ﹅ん﹅もならねえ。もうすこし、あいつの身のまわりをさぐってからのことだ）

となれば、為吉の〔万吉〕より先に、香具師《やし》の元締・染川の仙蔵から依頼をされた蠟燭問屋・辻屋半右衛門の女房・お照を殺ってしまわなくてはならぬ。

（ま、ゆっくりと気をしずめてからだ）

久しぶりの緊迫感に、彦次郎は身をゆだねはじめた。

（よし。やってやる!!）

二人とも、である。

ことに、為吉の〔万吉〕を殺ることについて、彦次郎の闘志が次第にかきたてられていった。

夕暮れに、わが家へ帰った彦次郎は、買って帰った鰹《かつお》を刺身にこしらえ、たっぷりと酒をのみ、この夜はぐっすりとねむった。

翌日は、家から出ず、黙念として楊子づくりに専念した。殺しへの緊迫が冷えるのを待ったのである。

次の日。

彦次郎は家を出た。

蠟燭問屋の女房の身辺をさぐるため、にである。

それから三日目に……。

彦次郎は、はじめて辻屋半右衛門の女房・お照を見た。

辻屋の後妻《のちぞえ》だということは、かねてからきいている。三十をこえた大年増なのだが、近所でも評判の、

「見ていると、知らず知らず血がさわいでくる……」

ような美《い》い女だ、ということも彦次郎は耳にしていた。

先妻が亡くなり、あとつぎの息子もいる辻屋半右衛門は、去年の春先に所用あって駿府（静岡市）へ出かけた折、お照と知り合い、いったんは江戸へ帰ったものの、またすぐに駿府へ出かけて行き、今度はお照を連れ帰り、後妻にすえたことも、ききこんでいる。

彦次郎がお照を見た日は、梅雨のはれ間で、朝からうす陽がさしていた。

辻屋の大きな店舗南がわの細道を入ると、住居専用の出入口がある。そこから、お照が女中二人をつれて表通りへあらわれて来たのを、彦次郎は通りをへだてた呉服屋のとなりの蕎麦屋の二階から見た。

ちょうど、酒をはこんで来た小女《こおんな》に、

「あれかね、評判の辻屋の内儀《おかみ》さんは……」

彦次郎が表通りをあごでしめすと、小女が窓から下をのぞいて見て、大きくうなずいた。

「ふむ……」

彦次郎は、すぐに勘定をすませ、外へ出た。このあたりは江戸でも一流の商店街だし、人通りも多い。見うしなってはならなかった。もっとよく、顔をたしかめておく必要がある。

梅雨のはれ間をねらって、辻屋の女房は、浅草観世音《かんぜおん》へ参詣《さんけい》に出かけたのだ。

当時の寺社への参詣は、一種の気ばらしといってよい。

辻屋の女房・お照は、三十三歳になる。

辻屋が、みずから駿府まで出かけて行き、連れ帰った女であるから、どこで何をしていた女か、それもわからぬ。

「駿府の廓《くるわ》にいたそうな……」

とか、

「茶屋女だともいいますよ」

とか、近所ではうわさをし合っている。

あくまでも地味なつくりで、ろくに化粧もほどこしていないのだが、えり足のあたりの、すんなりとしたかたちや、肌の白さは、とても年齢《とし》には見えない。

それでいて、女ざかりの照りがしわひとつない顔にみなぎりわたってい、剃《そ》り落した細い眉のあとの青さが冴えかえっている。

何かいうと、わずかにくちびるからのぞく鉄漿《かね》の色が、

「ぞっとするほどだ」

などと、近所の商舗の若い手代たちがさわぎたてているようだ。

そして……。

お照の後になり先になり、じっくりと顔を見とどけたときの彦次郎の胸さわぎは、為吉の〔万吉〕を見たときよりも烈《はげ》しかった。

(お吉だ。お照なんて名じゃあねえ。畜生め、よくも化けやがった……)

お吉なら、彦次郎が宮沢要と共に殺した御座松の孫八のひとりむすめである。

当時は十七か八であったが、もう子供のころから、父親の盗みばたらきに一役買っていたものであった。

彦次郎と宮沢が、御座松一味と最後の仕事をしたのは、相州・小田原の三好屋という提灯《ちょうちん》問屋へ押しこんだときだが、そのときもお吉が、半月ほど前に子守り女として三好屋へ住みこんでい、押しこみの当日、内から潜戸《くぐりど》を開け、一味の盗賊たちを引き入れたものだ。

(たしかに、お吉だ)

と、たしかめ終えたとき、彦次郎の脳裡《のうり》にひらめいたものがある。

(ははあ……そうか、も知れねえ)

江戸に、お吉がいて、浮羽の為吉がいる。

為吉の〔万吉〕が、御座松の孫八の甥なら、お吉の〔お照〕とはい、と、こ、同士になるわけだ。

御座松は死んだが、お吉も為吉も、あれから、

〔まともな世わたり〕

をして来たとは、

(とても、おもえねえ)

のである。

いまは、盗賊の世界からはなれてしまった彦次郎だから、はっきりとは決めかねるが、お吉と為吉が江戸にいて、女は辻屋半右衛門という大店の後妻におさまり、男はいい年をして独身《ひとりみ》の大工をしている。

彦次郎から見れば、

(あやしいにきまっている)

ことになるのだ。

二人は、きっと、どこぞの盗賊一味に入っていて、

(ともに、辻屋をねらっているにちげえねえ)

と、彦次郎はおもった。

むろん、お吉は、辻屋の内から一味の者を引き入れる役目をつとめているのであろ

う。

(よし!!)

とっさに彦次郎は決意をかためた。

男とちがい、人の女房となった女を、人知れず殺すのは、なかなかむずかしい。

女には外出の機会が、ことに夜の外出が少ないからである。いまが絶好の機会といえる。

金龍山・浅草寺の境内は、久しぶりの雨のはれ間をよろこぶ、参詣の人びとで、混雑をきわめていた。

彦次郎は、お照の姿を目で追いつつ、ふところへ手をしのばせた。

長さ三寸ほどの太目の針をさぐって、たもとへ落しこんでから、右手の親ゆびへ革づくりの指輪をはめこんだ。針も指輪も彦次郎が手づくりのものであった。

四

異変は、転瞬《てんしゅん》のうちに起った。

顔をうつ向け、人ごみにまぎれて、彦次郎はお吉の〔お照〕へ近づいた。

お吉は女中二人をうしろにしたがえ、参詣を終えて本堂から下りて来たばかりであった。

軽く、お吉の躰へぶつかるようにして、彦次郎がすれちがった。

お吉が、立ちすくんだ。

声もなく、口をあけて、美しい鉄漿《かね》をぞんぶんにのぞかせて、目をみはり、青い眉のあとをよせ、立ちすくんだ。

「どうなさいました？」

「もし……」

ふたりの女中が駈け寄り、手をさしのべたとき、お吉がのめりこむように倒れた。

すれちがいざまに……。

彦次郎がちからをこめて突きこんだ〔殺し針〕は、お吉の帯の内がわから、ふかぶかと鳩尾《みぞおち》へ減《め》り込んでいたのである。血も出なかった。

「ああっ……」

「なんだ、どうした？」

「いけねえ、急病だ」

まわりの人びとがざわめき、二人の女中が叫び声をあげて、お吉を抱きおこした。

浅草寺本堂の屋根から、鳩の群れが快活な羽ばたきを起して空へ舞いあがった。

お吉の〔お照〕は、もう息絶えていた。

その単衣の胸もとから、わずかに血がにじみ出してきている。

彦次郎はそのとき、境内を東へぬけて、花川戸《はなかわど》の町すじへ姿を消していた。

翌日の昼すぎになって……。

染川の仙蔵の片腕といわれる上松の清五郎が、彦次郎の家へたずねて来た。

「ごめんねえ」

「上松のか……ま、あがんなせえ」

「みごとに仕てのけておくんなすった」

「うむ」

「これを……」

と、清五郎が残り半金の五十両をさし出し、

「元締からも、よろしくとのことで」

「おれからも、よろしくと、つたえておくんなさい」

「へい」

一礼した清五郎が、

「彦次郎さん」

「え……」

「針だとね。おどろきやしたよ」

「ふん……」

「辻屋の主人《あるじ》は、もう半狂乱だそうで」

「つまらねえことを、いいなさるなよ」

「こいつはどうも……ま、安心しておくんなせえ。奉行所《おまち》も岡っ引も、手がかりのつかみようがねえらしい」

「あたり前だ」

「おそれ入りました」

上松の清五郎が帰ってから一刻（二時間）ほどのちに、赤坂から、赤大黒の市兵衛が駕籠に乗ってあらわれた。

これまで保《も》っていた空から、また雨が落ちてきはじめた。

彦次郎は、しずかに〔ふさ楊子〕をつくりながら、土間へ入って来た市兵衛へ、

「親方。急《せ》かされちゃあ、やりにくいのだ、と、この前もいったはずですがね」

「そうじゃあねえのだ」

あがりこんで、彦次郎の傍へ来た市兵衛がうめくように、

「依頼主がな、急にな、死んでしまったのだ」

と、いった。

「へえ……いったい、どこのだれなので？」

「お前さん、もしや、大工の万吉を殺してくれと、わしにたのんで来たお人を知っちゃあいまいね？」

「知るはずが、ないじゃあござんせんか」

と、彦次郎は、むしろ呆気《あっけ》にとられた顔つきになり、

「だが親方。死んだというのは……？」

「よし、よし。お前さんの知らねえことらしい」

「妙なことばかり、いいなさるね」

「ともかく彦次郎どん。依頼主が死んでしまったのでは、この仕事も、これきりだ。残りの半金の出ようがねえからな」

「それはそうですね」

「こんなことは、わしもはじめてだよ」

「私も、そうでございますよ」

「ま、無かったことにしておくれ」

「金は？」

「いいともね。好きにつかってくんねえ」

赤大黒の市兵衛が、待たせてあった駕籠へ乗り、帰って行ったあとで、彦次郎は夕飯の仕度にかかった。

橋場《はしば》の豆腐屋《とうふ》が、今朝とどけてくれた豆腐と油揚げを細く切ったのを土鍋に入れ、小さな火鉢にかけた。彦次郎が何より好物の湯豆腐であった。

豆飯を台所のかまどへかけておいてから、彦次郎は湯豆腐と焼海苔《のり》で酒をのみはじめた。

梅雨の冷えに、湯豆腐はことにうまい。それも今日は、ことさらにうまい。

「お吉め、ざまあ見やがれ」

彦次郎は、おもわず声にのぼせていた。

五

お吉の〔お照〕が死んでから六日目の昼すぎに、彦次郎は〔ふさ楊子〕をおさめに浅草観音参道の〔卯の木屋〕へ出かけて行った。

卯の木屋のあるじに、彦次郎はこういった。

「梅雨があけましたら、半年ほど、上方へ行ってまいります。いえなに、大坂に伯母がおりまして、これがその、死病にとりつかれたそうなので……へい、へい。小さいときから、いろいろと世話になった伯母でございますのでね、恩返しに、じゅうぶんの看病をしたいとおもいましてね。ええもう、それまでにはできるかぎり、品物をこしらえておさめさせていただきますし、それに、また江戸へ帰ってまいりましたら、ひとつ相変らずに……へ。さようでございますか。ありがとう存じます、ありがとう存じます」

彦次郎は家へ帰って、また湯豆腐で酒をのんだ。

(あと十日もすれば、梅雨もあがるか……)

上方へ行く前に、

(為吉を殺《や》っておいたほうがいいのかも知れねえ。どうも、そんな気がしてならねえのだが……)

そのうちに、ねむくなった。

床をのべることもせず、彦次郎はうたた寝をした。

ふっと目ざめたとき、行燈が消えていた。

「目がさめたか」

まっ暗な、家の内のどこからか野ぶとい男の声がした。

戸じまりをあけて侵入して来たものらしい。

「おれだよ、彦次郎」

その声に、おぼえがある。

浮羽の為吉の声であった。

「観音さまの前で、お吉を殺ったのは、お前じゃねえのか」

「…………」

「今日な、お前が卯の木屋へ楊子をおさめているところを、ちらりと見たよ。まったく、おもいもかけねえことだったぜ」

彦次郎の右手が、ふところへ入って、いつも肌身をはなしたことのない短刀《あいくち》の柄をつかんだ。

「彦よ……」

為吉の〔万吉〕の声が、今度は別の方角からきこえた。

「お前、叔父ご（御座松の孫八）のところにいたとき、お吉にいいよって、こっぴどく、はねつけられたことがあったそうだな」

「…………」

「お吉を殺ったのは、やっぱり、お前らしい。さぞ、いい気持だったろうな」

「出て来い、為吉」

「ま、きけよ」

「なんだと……？」

「実はな、おれもお吉をねらっていたのだ。お吉も、おれを殺そうとしていたにちげえねえ。なぜといいねえ。お吉はな、おれたちの引きこみに辻屋の女房となったのに、いつの間にか、辻屋のあるじの情にほだされ、足を洗う、といい出しゃあがったのだ。いい出したからには覚悟をしていたろう。裏切り者が生きているわけにはいかねえものな。だからよ、お吉も手をまわして、おれをつけねらっていたにちげえねえわさ」

では……。

赤大黒を通じて、為吉の〔万吉〕を殺そうとした依頼主は、お吉の〔お照〕だったのか……。

「お吉はなあ、辻屋へ入りこむ前に、駿府の大泥棒で駒木野《こまぎの》の弥助《やすけ》どんというのを手玉にとり、さんざ、金を巻きあげておいてから辻屋のふところへ逃げこんだのさ。そいつを知ったおれが、辻屋へ押しこみの手引きをしろともちかけたんだが……はじめは承知しておきながら、お吉め、みごとに寝返りゃあがった……おれにとっちゃあ叔父ごのむすめ。だがなあ、彦よ。こいつはゆるせねえ。盗人《ぬすっと》仲間の面よごしだものなあ」

闇になれた彦次郎の目にも、為吉の姿は見えなかった。

闇の中を絶えず移動しながら、為吉はしゃべっているのだ。

お吉殺しを染川の仙蔵へ依頼したのは……盗賊・駒木野の弥助かも知れぬ。

また、為吉の声がした。

「お吉同様に、お前もゆるせねえぜ」

「…………」

「わかっているだろうな。叔父ごの敵だ。お前も、それからあの宮沢浪人もな……」

「出て来い。出て来やがれ」

彦次郎の血相は変っていた。

為吉に、彼は圧倒されている。

冷汗が彦次郎の背すじをぬらした。

為吉の声が、絶えた。

せまい家の内の闇が、殺気にふくらみはじめた。

○

翌朝も雨であった。

総泉寺の北がわの道からあらわれた豆腐屋が、畑の中の細道を彦次郎の家の前へ来て、戸をたたいた。

「もし、もし……豆腐屋です。戸を開けておくんなさいよ。良いねぎがあったので買っておきましたよ。もし、もし……」

返事がないので、戸に手をかけると難なく開いた。

土間へふみこんだ豆腐屋が、ぎょっと立ちすくんだ。

家の中に、血のにおいが、むれこもっていた。

彦次郎は右手に短刀をつかんだまま、仰向けに倒れていた。

その死体のまわりは血の海であった。

家の門口の、青々としげった柿の木の下を、豆腐屋が悲鳴をあげて走り去って行った。

強請《ゆすり》

一

その日も、朝からじめじめと雨がふりけむっていた。

梅雨《つゆ》の最中《さなか》である。

「もらうものをもらってあるのだから、始末をつけねえことには、な……雨の中をめんどうだが、行って来ようか。おい、駕籠《かご》をよんでおくれ」

と、半右衛門《はんえもん》が、傍《そば》にいる女房のおくらにやさしくいって、立ちあがった。

今年で四十六歳になる半右衛門だが、体が小人《こびと》のようにちいさい。おくらは六尺に近いでっぷりとした大女だから、すわっているおくらと立ちあがった半右衛門の背丈《せたけ》が、ほとんど同じに見えるほどであった。

表向きは、小石川の音羽九丁目で〔吉田屋〕という料理茶屋の主人におさまっている半右衛門だが、裏へまわれば小石川から雑司《ぞうし》ヶ谷《や》一帯を縄張りにしている香具師《やし》の元締《もとじめ》であり、江戸の、この世界で、

〔音羽の半右衛門〕

といえば、だれ知らぬものはない。

料理茶屋のほうは、十歳下の大女の女房おくらが一手《いって》に切りまわしているのだ。

裏口へ駕籠が来ると、おくらは軽々と両手に半右衛門を抱きあげ、

「お早く、お帰り」

いつものようにいい、半右衛門を駕籠へ乗せてやった。

別に体が悪いわけでもないのに、半右衛門は女房にこうしてもらうことをのぞむのである。

やがて、半右衛門を乗せた駕籠は神田川沿いに東へすすみ、お茶の水に住む医師・秋山高庵《こうあん》の屋敷へ入った。

秋山高庵は町医ではあるけれども、このあたりではきこえた医師で、いくつもの、大身《たいしん》旗本の屋敷へ出入りをしているし、弟子も六人からいて、非常に繁昌《はんじょう》をしている。

五十をこえた男とはおもえぬほどの、がっしりとした体つきの高庵の血色すぐれた顔や、きびきびとした挙動を見ていると、

「なんだか、たのもしくなってきて、病《やまい》も、早く癒《なお》るようなおもいがする」

などと、患家《かんか》ではうわさをし合っているとか……。

高庵は、音羽の半右衛門の来訪をきいて、いやな顔をしたが、ためらうことなく、

「お通ししろ」

と、取りつぎの弟子にいった。

「お久しぶりでございますねえ。二年ぶりか、な……」

高庵の居間で、二人きりになってから、半右衛門がそういった。高庵は、だまって煙管《きせる》へたばこをつめている。

「ね、高庵先生。ねえ先生……」

「む？」

「ねえ先生。二年前に、ちょうだいした品《もの》を、ひとつまた、いただきたいもので……」

いいつつ、半右衛門がふところから〔ふくさ包み〕を出し、高庵の前へ置くと、高庵が無言のまま、その包みをひらいた。

中に、五十両の小判が入っている。現代《いま》の金高にして百五、六十万円ほどになろうか。

煙草を口にくわえたまま、秋山高庵がその金五十両を凝視《ぎょうし》し、いつまでも沈黙している。

　すると、音羽の半右衛門の童顔に苦笑がうかび、半右衛門の手がふところへ入ると、一枚、二枚と小判をつまみ出し、五十両の上へ積みかさねていった。合せて十枚。

「六十両、か……」

「いかがなもので？」

「半右衛門どのよ。念を入れるまでもないことだが……」

「大丈夫でございますよ。私のすることでございます」

「うむ」

　うなずいた高庵が、

「では、胃腸の薬をさしあげよう」

と、いった。

「ありがとう存じます」

　高庵は、合せて六十両の金包みをふところへしまいこみ、居間を出ていったが、やがて、もどって来て、六十両が入っていたふくさを半右衛門に返し、

「その中に、胃腸の薬が入っておる。どこのだれに用いるのかな？」

「それは申さぬが約定《やくじょう》でございます」

「なあ、半右衛門どの」

「へ……？」

「ほんらいなれば、もう、このようなまねをしたくないのだが……」

いいかける秋山高庵へ、半右衛門が低い声で押しかぶせるようにいった。

「先生。いまは、いかに繁昌なすっているからとはいえ、むかしのことを、お忘れになっちゃあいけませんよ」

高庵は、だまった。高庵の大きな両眼がにらむように、上目づかいに半右衛門を見つめていた。

半右衛門はうす笑いをもらし、

「では、ごめんを……」

と、腰をあげた。

待たせてあった駕籠に乗った半右衛門は、昌平坂《しょうへいざか》を下って湯島横町を入った右側の〔森山〕という鰻屋《うなぎや》へあがり、駕籠を帰した。

近ごろ、江戸府内のどこにでも鰻料理の店が増えた。以前には深川や本所《ほんじょ》などの場末にしかなかった鰻屋が、この十五、六年ほどの間に料理の仕方も工夫されてきた故《せい》か、

「これは、うまい」

ということになり、いまや大流行のかたちなのである。

〔森山〕は四年ほど前にできた店だが、亭主の伊三郎は、半右衛門の息がかかった男である。

音羽の半右衛門は、近くにある名刹《めいさつ》・護国寺や雑司ヶ谷の鬼子母神《きしもじん》など、土地《ところ》の盛り場に出る物売りから見世物興行にいたるまで、一手にその利権をつかみ、配下の者たちは四百をこえる。江戸市中の香具師の元締の中でも、彼は五本の指にかぞえられる男だし、そうした稼業《かぎよう》ゆえ、裏へまわればもろもろの悪事を、

「事もなげに……」

してのけるのであった。

大女の女房に抱かれて甘えている小人のような半右衛門の、どこに、そうした凄《すご》さがかくれているのか。それは知る者だけが知っている。

〔森山〕から、半右衛門は使いを出した。

その使いの若者がもどって来るより早く、駕籠を急がせて中年のさむらいが〔森山〕へあらわれた。このさむらいは、使いの若者の「音羽の旦那が待っておいでに……」との口上をきくや、すぐに駕籠をやとって駆けつけて来たものだ。

さむらいの名を、内田勘兵衛という。

内田勘兵衛は、本所・緑町一丁目に屋敷がある四百石の旗本・川窪新十郎通則《みちのり》の用《よう》人《にん》をつとめてい、年齢は音羽の半右衛門より、二つ三つ下なのだというが、半右衛門のほうが、ずっと若く見える。

勘兵衛が〔森山〕へ入ったとき、すでに夕闇が濃かった。

二階座敷で二人きりになると、音羽の半右衛門が、

「どうしても、おやりなさるので？」

無表情な声で、勘兵衛に念を押した。

勘兵衛が微笑した。ふくよかに肥えて、柔和そのものの内田勘兵衛の顔貌《がんぼう》に、よく似合う微笑であった。

「おぬしも、金をうけとったのではないか。いまさら、くどいな」

「ですがねえ、内田さん……」

「薬は……あの、胃腸の薬は手に入ったのだろうな」

「え、まあ……」

「さ、出してくれい」

わずかにうなずいた半右衛門が、ふところから、先刻、秋山高庵が返してよこした

〔ふくさ〕を出し、

「くれぐれも、気をつけなすって……」

と、内田勘兵衛へわたした。

ふくさをひらくと、一寸五分四方ほどの小さな桐の箱が入ってい、その箱のふたをとって中をあらためた勘兵衛が、

「案ずるな」

といい、箱をふくさにつつみ、懐中にした。

「ですがねえ、内田さん……」

「心配をするな。むかしのおれを忘れたのか」

「忘れられねえからこそ、こうして、お役に立っているのじゃあございませんか」

「これは、残りの金だ」

勘兵衛が、五十両の小判を出し、半右衛門の前へ置いた。

半右衛門はためいきをもらし、興味もなさそうに五十両をふところへしまいこんで立ちあがると、

「それじゃあ内田さん。これっきりですよ。こいつは約束だ。もう二度と、お目にはかかりませんよ」

と、いった。

二

音羽の半右衛門が駕籠をよんで帰ったあと、内田勘兵衛も駕籠をよんでもらい、〔森山〕を出て、主家である本所の川窪新十郎の屋敷へもどって行った。

夜ふけても、依然、雨はやまなかった。

川窪屋敷は、片番所つきの長屋門をかまえた七百坪ほどの屋敷で、用人の内田勘兵衛のほかに、家来が二人、若党が一人、中間《ちゅうげん》・小者を合せて四人、それに下男、女中などをふくめると十三人ほどの奉公人がいる。

小普請《こぶしん》（無役）ながら四百石の旗本といえば、徳川将軍の家来として、まずまずのほうであろう。

当主の川窪新十郎は五十四歳で、四年ほど前に妻女を病気でうしなったが、一昨年の夏に後妻を迎えた。

若い後妻で、年齢が三十以上もちがう。名をお喜世《きよ》という。

この後妻のお喜世が、用人・内田勘兵衛のひとりむすめであった。

川窪新十郎には先夫人が生んだ平四郎という一人息子がいるけれども、継母のお喜世より平四郎のほうが一つ二つは年上なのである。

川窪新十郎が二年前に、お喜世を妻に迎えたとき、親類たちは、こぞって反対をしたものだが、新十郎はこれを押しきってしまった。

五十をこえているだけに川窪新十郎は、一族の中でも重く見られている。それゆえ親類たちも、頭からこれを押えつけるわけにもゆかなかった。

四百石の旗本が、まさか、用人のむすめを妻にすることもならぬので、新十郎は親交のふかい山口右近《うこん》といって、これも四百石の旗本の養女にしてもらったお喜世を後妻に迎えたのだ。

こうした〔手つづき〕のために要した金はなまなかのものではなかったが、川窪家は代々裕福の家柄であったから、それほどの出費はわけもないことであった。新十郎の父や祖父は幕府の御役を何度もつとめてい、役目柄の収入も多かったし、いまは無役だが新十郎も三十前後に、将軍の御小姓頭取《とうどり》をつとめたことがある。

ところで……。

お喜世が新十郎の後妻へ入ってのち、親類たちの評価が、かなり変ってきた。

まるで〔父〕のような夫・新十郎に、お喜世はよくつかえ、継子である平四郎のめ

んどうもよく見ているようだし、それにまた、お喜世の実父である内田勘兵衛が、

「なかなかに、よく、はたらいておるそうな」

しごく、評判がよろしい。

内田勘兵衛は、もと、これも旗本の梶本靫負《ゆきえ》の家来であったのが、梶本家の後つぎの子がなかったため、家名断絶となり、その後、山口右近の世話で、川窪新十郎の家来となった。

これが六年前のことである。

そのとき、川窪家には渡辺金蔵という用人がいたのだが、勘兵衛が川窪家へ奉公するようになって一年後に、変死をとげた。

主人の使いで、山口右近邸へ出かけての帰途、本所・二ツ目橋の上で何者とも知れぬ男に財布を盗まれ、斬殺されたのである。夜に入ったばかりの時刻であったが、犯人を見かけたものは一人もいなかった。

渡辺用人が死ぬと、

「かわりに、内田勘兵衛を……」

と、川窪新十郎が決めた。

ということは……。

奉公して一年、早くも内田勘兵衛は、主人の信頼厚きものがあったわけである。

ここで、はなしをもどそう。

湯島横町の鰻屋〔森山〕で、音羽の半右衛門と別れ、川窪屋敷へ帰った内田勘兵衛は、主人の川窪新十郎が、侍女から、

「御寝間へお入りになった」

ときいて、

「このごろは、おやすみになるのがお早いのう」

なごやかにうなずいて見せ、邸内にある自分の長屋へ去った。

この長屋は、勘兵衛が用人となってから、川窪新十郎が建ててくれたもので二間の家であった。

勘兵衛は、この家にひとりで住み暮している。身のまわりの世話は屋敷の侍女がしてくれるし、不自由はなかった。

勘兵衛の妻は、七年前に病死をしたとか……。

長屋へもどってから、内田勘兵衛は火鉢の火をおこし、酒の燗《かん》をし、屋敷の侍女が夕暮れにはこんで来てくれた膳《ぜん》の前にすわった。

膳の上に、豆腐がある。

丸むきの茄子《なす》を、胡麻味噌《ごまみそ》で和《あ》えたものがある。

鯵《あじ》の干物《ひもの》がある。

いずれも、勘兵衛が好物のもので、屋敷の台所が用人の彼に、これほど気をつかうのを見ても、川窪屋敷における勘兵衛の地位がわかろうというものだ。

燗のついた酒をのみながら、勘兵衛は懐中から、先刻の〔ふくさ包み〕を取り出し、中の小さな桐箱をひらき、二つの紙包みを取り出した。

それは、音羽の半右衛門が医師・秋山高庵から受けとり、さらに内田勘兵衛へわたした高価な〔胃腸の薬〕であった。

勘兵衛は、紙をひらき、中に入っている灰色の粉末の薬に見入った。

切長《きれなが》の勘兵衛の両眼に、光が凝《こ》っている。

ちょうど、そのころ……。

川窪屋敷内の、子息・平四郎の部屋で、お喜世のささやきがきこえている。

「平さま……ああ、どうしても、平さまが好き。どうしても……」

と、お喜世がうわごとのようにいい、仰向けに寝ている川窪平四郎の厚い胸肌へくちびるをおしつけ、しなやかな双腕《もろうで》で男の腰をなでさすりつつ、

「わかっていて下さいますね、平さま。いま、わたくしが腹に宿している子は、平さ

まのお子なのですよ。ね、平さま。わかっていて下さいますね」

「うむ、うむ……」

こたえつつ、平四郎がお喜世の寝衣をはぎとり、横倒しにしてのしかかりつつ、

「ち、父上は、もう、おやすみなのだな。大丈夫なのだな」

ひげあとの濃い角張った顔を、お喜世の乳房へ埋《う》め、

「おれもだ。お、おれも、お前が好きで好きで……」

せつなげにあえぎはじめた。

これはまさに、継母と継子の姦通《かんつう》といってよい。いや、姦通にちがいない。

川窪新十郎は、後妻と息子の、こうした場面をいささかも知らず、寝間で安らかにねむっていた。

三

翌朝も、雨であった。

その雨の中を五ツ（午前八時）ごろ、川窪平四郎が本所の屋敷を出て、外神田にある東軍流《とうぐんりゅう》の剣術を教えている佐藤源節《げんせつ》の道場へ向った。

平四郎は供の者もつれず、駕籠にも乗らぬ。

竪川《たてかわ》沿いの道を西へすすみ、両国橋をわたり、浅草御門のうしろへかかると、

「や、お早う」

平四郎を待ちうけて、あいさつをした若いさむらいは、この近くの米沢町《よねざわちょう》に屋敷をかまえている旗本・大場百介《ひゃくすけ》の次男・吉之助である。

吉之助も、平四郎とおなじ佐藤源節の門弟で、二人とも、この天下泰平の世に、

「剣術が飯よりも好き」

という変り者であった。

さむらいの子息が剣術を好んで、なにが変り者なのか……しかし、徳川初代の将軍・家康が戦乱の世をおさめ、徳川政権が天下に君臨してより、およそ二百年。日本諸国の大名たちは徳川将軍の威風の下に屈し従い、いまや、さむらいの剣術が用を成さぬ時代となった。

浪人はさておき、俸給をもらう武士たちは、完全に官僚となってしまった。

「平四郎めが、木刀を振りまわして何がおもしろいのじゃ」

と、川窪新十郎が、いつも苦《にが》にがしげに、

「剣術なぞをいたすよりも、茶の湯なり、舞なりをたしなみ、いざ御役について御城

へあがるようになっても、恥をかかぬだけの男になってくれればよいものを……」

などと、用人・内田勘兵衛などに洩《も》らすことさえあるという。

「おう、待たせたかな、吉之助」

「どうしました、今朝は、ずいぶんとおそかった」

「いや、すまぬ」

「ははあ……」

「なんだ？」

「わかった。わかりました」

「何が、だ？」

「平四郎さん。あなたのえりもとに、歯の痕《あと》が赤くついている」

「え……？」

「女が噛んだのですな？」

「む……いや、その……」

「また、あの女ですか？」

「う……」

「けしからぬ女だ。あなたの父上の後妻となってまでも、まだ、あなたを……」

「吉之助。お喜世は仕方なく、父上の後妻になったのだ。父上がちからずくで……しかも、お喜世の父親の内田勘兵衛が、うまく父上をあやつり、ろうらくして、お喜世を押しつけてしまったのだ。このことはもう、おぬしに打ちあけてあるはずではないか」

「それならそれで、その女、あなたのことをおもい切るべきでありましょう」

「そりゃ、そうなのだが……なれど、おれもいけなかった。おれが、たまりかねて、つい、つい、手を出してしもうて……また、元通りに……」

「だらしのない。佐藤道場でそれと知られた平四郎さんが、そのようなことでどうなさる？」

「困った。実に、困った……」

「あなたは、義母と姦通していることになる。これが世間に知れたら、大変なことだ」

「おぬしなればこそ、うちあけたのではないか」

「だれにも……父上にも、その用人の内田にも、さとられてはいないのでしょうな？」

「それは、大丈夫だが……」

「女と、お別れなさい、早く……」

「そのつもりだ。このごろは、おれもさそいをかけぬ。しかし、女のほうで、おれのところへ忍んで来る。来られると、もう、どうしようもなくなってしまう」

東軍流の本目録《ほんもくろく》をゆるされたほどの川窪平四郎が、このところ、お喜世とのことで苦悩が烈《はげ》しく、毎日、欠かさずに道場へ出てはいるが、師の佐藤源節も、

「平四郎は、このごろ、どうかしている?」

くびをかしげているほど、稽古《けいこ》ぶりに生彩がない。

「いったい、どうするつもりなのです?」

「それが、なあ……」

二人は、傘《かさ》をならべ、柳原《やなぎわら》土手に立ちつくした。

「ともあれ、その用人《け》が怪しからぬ。父娘《おやこ》ほども年がちがうむすめを、主《あるじ》の後妻へ押しつけるなどとは……」

「すぎたことだ。いまさら、どうにもならぬ」

「女と別れなさい」

「それが、なあ……」

「平四郎さん。ただほど怖いものはないといいます。女の体がほしいのなら金で買っ

たらよいのだ」

「おぬしのようには、ゆかぬよ」

「あなたは、いまに、四百石の川窪家をつがねばならないのですぞ」

「わかっている」

「私は、どうも、内田勘兵衛がくさいとにらんでいる。わがむすめを主の後妻にし、用人に成り上って屋敷の金銭の出し入れを一手に取りしきるようになった。あなたのところは代々、裕福の家柄だ。それを考えると……いや、私の父なども、ひそかに案じているのです」

「勘兵衛は、父の金を引き出し、他人へ貸しつけ、高利をむさぼっている。それをまた、父がよろこんでいるのだ」

「武士の風上にもおけぬ……いや、これは失礼を……」

「かまわぬ。そのとおりなのだから……」

「あなたが、それでは困りますな」

「実は、な……」

「なんです。かまいません、いって下さい。私は、あなたを実の兄ともおもっているのです」

「ありがとう。なればこそ、おぬしへは、こうして何も彼《か》もうちあけている」

「で、どうしました？」

「お喜世の腹に、子ができた」

「なんですと？」

「お喜世は、その子が父上の子ではないという。おれの子だ、というのだ」

「ば、ばかな……お父上は、そのことを御承知なので？」

「大よろこびでおられる。御自分の子だと、おもいこんでおられる」

「それなら、あなたのお父上にも身におぼえがあるのだ。それを、ぬけぬけと、あなたの子だとは……」

「いや、女にはわかるものらしい。間ちがいはない、といった」

「それなら、その子が、あなたの子だとして……女はどうしろというのです。いっしょに逃げてくれとでもいうのですか？」

「いいや……」

「え……？」

「このままでいてくれれば、よい、という」

「なんですと？」

「おれの子を生み、おれの義弟として育てるうち、いずれは父上もお亡くなりになろう。そうなれば、おれが川窪の当主となる。お喜世は義母だ。義母ながら、おれの子を生むのだから、おれの妻のつもりでいる、という」

「ば、ばかな……」

「表向きはともあれ、そうなれば、夫婦と子が一つ屋根の下に暮すことになる。それでよい、と申すのだ」

「あなたは、では、一生、妻を迎えぬつもりなのですか？」

「そうもなるまい」

「え……？」

「表向きには妻をもらっても、まことの妻は自分だ、と、お喜世はいうのだ。それで万事、うまくゆくと申している」

「ああ、……女というものは、恐ろしいことを考えるものだ」

「おれも、昨夜、そのことをお喜世からきいて、ぞっとした」

「平四郎さん、あなたも、どうかしている」

「いやだといったら、腹の子のことを父上に申しあげ、お手打ちになるつもりだと、こういうのだ、お喜世は……」

「ばか、ばかな……」

「困った。どうしたらよい」

二人は柳原土手で、それからしばらくの間、ひそひそと語り合っていたが、これといった妙案も浮かばなかったらしく、やがて傘をならべて和泉橋をわたり、佐藤道場へ向った。

午後になっても、雨は、あきれるほどのねばり強さでふりつづけている。

本所・緑町の川窪屋敷の台所で、お杵《きね》という中年の女中が汁粉《しるこ》を煮ている。

汁粉は平四郎の大好物であった。

剣術の稽古に疲れて帰邸し、甘いものを口にするのが、何よりもたのしみだという。

四百石の旗本の子息で、剣術には熱心なのだが、酒も煙草も、その香を嗅《か》いだだけで、

「胸が悪くなる」

といい、そのくせ、少年のごとく〔ちからわざ〕に熱中し、甘いものをほしがるという川窪平四郎なのである。

二十五歳の武家の子息とは、とても思えぬ平四郎の甘さが、お喜世を夢中にさせる

のだろうし、年下の大場吉之助をして、

（おれがついていてあげなくては、平四郎殿は、どうにもならぬ）

と、気負わしめることになるのであろう。

汁粉の味見をしているお杵のうしろへ、用人・内田勘兵衛があらわれた。

勘兵衛が、台所へあらわれるのは、めずらしいことである。

「あれ、御用人さま」

「平四郎様の汁粉か？」

「はい」

「わしにも、一口くれぬか」

「はい」

お杵は、すぐに汁粉をいれる椀《わん》を取りに行った。如才《じょさい》のない内田用人を、この屋敷の奉公人たちは、みな好もしく感じている。

それはつまり、内田勘兵衛が、彼らを、すっかり手なずけてしまっていることになるのだ。

勘兵衛は、お杵のさし出す汁粉の椀をうけとり、その場で口にした。

ほかにも、二人の女中と、下男の佐七が、これを見ている。

汁粉を食べ終えてから、勘兵衛は自分の長屋へもどった。

手文庫の、鍵のついた引出しを開けて、昨日、音羽の半右衛門から受け取った灰色の散薬の紙包み二つのうち一つを出した。

この散薬は〔胃腸の薬〕どころではない。

毒薬《どくぐすり》であった。

二袋の散薬を約一ヵ月にわけて一日置きに、すこしずつ、さとられぬように川窪平四郎が口にするものへまぜ入れ、平四郎の体内へ入れておく。耳かきへ一杯ほどでよい。これを、およそ一ヵ月つづけると、内臓が腐《くさ》って体力がおとろえて行き、或る日、突然に血を吐《は》いて倒れる。

そうなれば、やがて病床に死ぬことになる。

効目《ききめ》があらわれるまでに、かなりの日数がかかるだけに、他《はた》の目からは勘兵衛の犯行がまったく気づかれぬはずであった。

内田勘兵衛は、かねて用意しておいた蠟引《ろうび》きのうすい紙を三寸四方ほどに切ったものを出し、これへ、灰色の散薬を耳かきですくってうつし、散薬を引出しにしまいこみ、鍵をかけた。

蠟引きの紙の上の毒薬は、そのまま紙にたたみこまれ、勘兵衛のふところへ入った。

　間もなく、川窪平四郎が帰邸した。

　それと知って、お杵が汁粉の椀を盆にのせ、廊下へ出ると、そこへ内田勘兵衛が通りかかり、

「平四郎様へか」

「はい」

「よし。わしが持って行こう。なに、かまわぬ。ついでに、いささか用談もあるのじゃ」

「さようでございますか。では……」

「よし、よし」

　廊下を平四郎の部屋へ行くまでの間に、勘兵衛は片手でつまみ出した小さな紙包みをひらき、す早く、中の毒薬を汁粉の椀の中へ落しこんでいた。

　雨音が、暗く、人気《ひとけ》のない廊下にこもっている。

　平四郎の部屋へ入った勘兵衛が、汁粉の盆を出すと、平四郎は妙な顔つきになった。いかに愛想《あいそ》のよい用人であっても、勘兵衛が、このようなふるまいに出たのは、はじめてだったからである。

「すまぬな」

平四郎がいい、きれいに汁粉をたいらげた。

四

（一日置きに、わしの手で、平四郎に毒をもらねばならぬ。他人を抱きこんではあぶない。とにかく、わし一人でやってのけよう。汁粉でも茶でもよいが……うまくやらぬといかぬ。このことは、むすめにも知らせてはなるまい。一日置きに一ヵ月。十五度《たび》だな。よし、なんとか、やってのけよう）

屋根を打つ雨音をききながら、内田勘兵衛は、昂奮《こうふん》をおさえかね、ねむれずにいる。

勘兵衛が、音羽の半右衛門を知ったのは、もう二十年ほど前のことだ。

そのころの勘兵衛は、父親の代からの浪人暮しをつづけてい、おなじ大和《やまと》の浪人のむすめを妻にし、お喜世という子が生まれたものの、食うや食わずのありさまで、必然、悪事をはたらくようになった。そうした仲間《なかま》はどこにもいたのである。江戸には、無頼の浪人があふれていた。

そうした仲間にさそわれ、内田勘兵衛が金二十両で殺人をしてのけた。

その殺人をたのんだのが、音羽の半右衛門だったのである。

当時の半右衛門は、名を〔宇之吉〕といい、先代の音羽の半右衛門の右腕だとか片腕だとかいわれて羽ぶりも大したものであった。小男の半右衛門は〔ちからずく〕でなく〔金ずく〕で、香具師の世界に頭角をあらわしつつあった。

宇之吉が、内田勘兵衛と、もう一人の浪人に殺させたのは、先代の半右衛門であった。

場所は、小石川の立慶橋《りゅうけいばし》のたもとで、仲間内の寄合《よりあい》からもどる先代・半右衛門の駕籠を襲《おそ》い、つきそいの手下の者を二名と、半右衛門を殺害し、勘兵衛と別の浪人は逃げた。

その浪人が、その後、どうなったか、勘兵衛は知らぬ。

勘兵衛は、宇之吉からもらった二十両をつかって手づるをつかみ、旗本・梶本靱負の家来となった。

（これからは、手堅く生きよう）

と、考えたからである。

だが、その梶本家が断絶してしまい、途方に暮れたとき、梶本家と交誼《こうぎ》のふかかった山口右近が勘兵衛に目をかけてくれ、川窪新十郎の家来に推挙してくれた。

新参だけに、内田勘兵衛は懸命に奉公をした。

それが、川窪新十郎の気にかない、ずいぶんと引き立てをうけるようになった。

あるとき、新十郎の使いで勘兵衛が、川窪家の菩提所《ぼだいしょ》である小石川・指《さす》ケ谷《や》の巌浄寺《がんじょうじ》へ出向いた。その帰途、水道橋の広場で、宇之吉が歩いているのを見かけた。

勘兵衛は、そ知らぬ顔で後をつけ、宇之吉が音羽九丁目の料理茶屋・吉田屋へ入るのを見とどけ、近辺でさぐってみると、宇之吉が二代目〔音羽の半右衛門〕になっているいることがわかったのである。

(ははあ……それで、先代を、おれに殺させたのか)

であった。

数日後。

勘兵衛は、二代目・半右衛門を音羽の〔吉野〕という料亭へ呼び出し、再会をした。

半右衛門は、いやな顔つきになったが、

「ま、仕方もねえことでござんすねえ」

ほろ苦く、笑ったものである。

そのとき、内田勘兵衛の脳裡《のうり》にひらめくものがあった。

「むかしのよしみだ」

と、勘兵衛がいい、川窪新十郎の用人・渡辺金蔵の暗殺を音羽の半右衛門に、

「金三十両で……」

依頼したのである。

「わしを、ゆすりなさるのかね」

「むかしのよしみで、といっている」

「ま、仕方もねえことだ」

半右衛門は、

「これっきりですぜ」

と、引きうけ、手をまわして渡辺用人を殺してくれた。

それからの内田勘兵衛については、すでにのべた。

主人に押しつけたむすめのお喜世が子をやどしたと知ったとき、それまでの勘兵衛がおもってもみなかった野望が生まれた。

川窪新十郎の後つぎの平四郎をひそかに殺害し、川窪家の財政を一手につかみとり、同時に、わがむすめの生んだ子を、

（四百石の後つぎに……）

この計画であった。

勘兵衛は、計画に熱中した。

その計画の成功が、何を彼にもたらすのか……ということよりも、計画そのものに熱中した。

内田勘兵衛は、川窪新十郎の信頼も厚い〔用人〕という、おだやかではあるが、すでに行先の見えてしまった自分の将来を過不足もなくすごして行くことに堪えられなかった男だったのやも知れぬ。

久しぶりで、勘兵衛は音羽の半右衛門を呼び出した。

勘兵衛は、わざと、

「宇之吉さん」

と、半右衛門をむかしの名でよび、

「今度は、毒薬《どくぐすり》がほしいな」

ずばりと、切り出したものである。

そのときも、半右衛門は、

「ま、仕方もねえことだ」

と、つぶやき、かすかにかぶりを振りつつ、

「わかりましたよ」

しぶしぶと、引きうけた。

そして、毒薬をよこしたのであった。

五

内田勘兵衛が、汁粉へふくませた毒薬を、はじめて平四郎にのませてから、八日ほどがすぎた。

この間、勘兵衛は件《くだん》の毒を三度も平四郎に用いていた。

だれにも、気づかれてはいない。

「やがては、あなたさまも御当主となられる御身でございますから……」

といい、勘兵衛は平四郎の部屋へあらわれ、帳簿などをひろげ、川窪家の〔家政〕について、いろいろと説明をし、その間に、隙を見て、平四郎がのむ茶や汁粉に毒を投入する。

わけもないことであった。

平四郎は、

（内田は、なんでこのごろ、このように、おれを重くあつかうのだろう？）

ふしぎにおもったが、

「これは、どなたへもお洩らしになってはいけませぬが……殿様が、先日、私めに、こうおっしゃってでございました。平四郎も、もはや大人《おとな》じゃ。なるべく早いうちに家督《かとく》をさせ、わしは隠居したい。お喜世には孫のごときわが子が生まれることでもあるし、その子の守《もり》をするのがたのしみじゃ、と、かように……」

と、勘兵衛がいうのをきいて、

（なるほど）

なっとくがいったようだ。

それのみか、

（勘兵衛は、おもいのほかに……）

忠実な家来である、と、平四郎はおもいはじめたようだ。

平四郎は、この八日の間に、しだいに勘兵衛へ親密感をおぼえるようになってきていた。

（こうなれば、いつ、平四郎の部屋へあらわれても、不審におもわれることはあるま

い）

と、勘兵衛はおもいはじめている。

それから二日がすぎた。

その日の午後。

（今日は、四度目の毒を……）

と、勘兵衛が考えていると、主人の川窪新十郎が、

「山口右近殿へ、この書状をとどけてもらいたい。いやなに、他の者にてもよいのじゃが、右近殿も、かねがね、そのほうのことを気にかけておられるゆえ、久しぶりにお目にかかってまいれ。馳走《ちそう》などあれば、ゆるりとしてまいれよ」

勘兵衛をよんで、そういった。

山口右近は、内田勘兵衛を川窪家へ世話してくれた恩人である。

「かしこまりました」

と、勘兵衛は殊勝《しゆしよう》に書状を受け、中間の柴造を供につれ、山口右近邸へ向った。

山口邸は、北本所・表町にある。

この日、雨がやんでいた。

だからといって、梅雨のはれ間というのでもない。空はどんよりとしていて、いつ

また降り出さぬともかぎらぬ。

山口右近重朝《しげとも》は、川窪新十郎と同じ四百石の旗本だが、いま、千五百石高の〈御小《おこ》納戸頭取《なんどとうどり》〉という役目についてい、すこぶる羽ぶりがよく、老熟の人物であった。

「勘兵衛か、ようまいった。酒の相手をして行け」

と、山口右近は上きげんである。

自分が目をかけ、世話をした男が重宝がられ、用人に出世をし、むすめを主人の後ぞえにすることを得た。右近は幕府の高級官僚として、そのことを、

「うれしくおもう」

のである。

内田勘兵衛は、供をして来た柴造へ、

「山口の殿様の御相手をしてのち帰る、と、さように殿へおつたえせよ」

と、いいふくめ、先へ帰した。

勘兵衛が山口邸を辞したのは五ツ（午後八時）ごろであった。

大川（隅田川）に沿った道へ出て、勘兵衛は傘をひらいた。

またしても、雨がふりはじめた。

勘兵衛は、外手町《そとでちょう》のところから道を左へとり、石原町《いしわらちょう》をぬけて、川窪屋敷へ帰るつ

もりである。

(今夜は、もうおそい。平四郎へ毒をのませるのは、明日にしよう)

などと、おもいながら、内田勘兵衛はゆっくりと歩んだ。山口右近にすすめられた酒で、勘兵衛は少し酔ってもいた。

酒井下野守《しもつけのかみ》の屋敷をすぎると、多田薬師《ただやくし》(東漸寺)の門前へかかる。

右手は、大川が暗くひろがり、対岸の浅草・駒形あたりの町家の灯が妙に遠くのぞまれた。

人影は、まったく絶えていた。

勘兵衛が酒井屋敷の前をすぎ、多田薬師の門前へさしかかったときであった。

多田薬師の門の下にかがみこんでいた黒い影がすヽと立ちあがり、つかつかと勘兵衛へ近寄ってきた。

(なんだ?)

傘をかたむけて、そちらを見やった内田勘兵衛の傍をすりぬけつつ、黒い人影が、

「む!!」

うめくような声を発し、いきなり、抜き打ちをかけた。

勘兵衛の喉《のど》が異様な音をたてた。

叫び声もあげずに、勘兵衛がよろめいた。

勘兵衛の手から雨傘が落ち、勘兵衛はのめりこむように道へ倒れ伏した。

そのとき、勘兵衛を斬った人影は、早くも闇に溶けこんでしまっている。

恐るべき早わざ、といわねばなるまい。

その翌日の夕暮れどきに……。

湯島横町の鰻屋〔森山〕の二階座敷で、音羽の半右衛門が一人のさむらいと、酒をくみかわしていた。

そのさむらいは五十前後か……。

浪人らしいが身なりもさっぱりとして、平凡な顔だちのおとなしげなさむらいなのである。

「先生」

と、半右衛門が、さむらいの盃へ酌《しゃく》をしつつ、

「内田勘兵衛さんは、斬りつけたのが先生だと、気づきましたかねえ。ま、どっちでもいいようなもんだが……」

「気づかなかったろうよ」

さむらいが、やさしげな声で事もなげにいった。

「むかし、先代の音羽の親方を立慶橋で殺《や》っていただいたのは、先生と内田さんでしたが……あのときも、先生は凄《すご》かったねえ」

「ふん……」

「いや、ほっとしましたよ、内田さんが死んだのでね。あの内田勘兵衛さんはね、どうも、妙な人なんでねえ。あなたのように何事も悪の道に徹《てっ》し切るというのでもないのだ。たかが四百石の旗本の家を乗っ取ろうという……それもさ、自分が当主《あるじ》になるのならまだしも、むすめを殿さまへ押しつけ、生まれた孫を四百石の旗本にしたいばかり。そうなれば屋敷内の小金をおもいのままにいじくれようというのだから、まことにしみったれているのさ」

「ふふん……」

「そのためには、後つぎの若殿へ毒をもろうというので、わしをゆすりにかけ、毒薬を手に入れて、芝居気どりに、ちょこまかうごきはじめる。あぶなくってあぶなくって、見ちゃあいられませんよ」

「あいつは、ばかさ」

「その通り。もしも失敗《しくじ》ってごらん。手前《てめえ》がお上へ捕《つか》まるのはいいが……あんなやつだから、むかしの、わしやあなたのことも白状しかねないからね」

「ああいう、生半可《なまはんか》な悪《わる》は一時も早く、あの世へ行ってもらわなくちゃあ、世の中がおさまりませんよ」

「いかにも、な……」

そういって音羽の半右衛門がふところから十五両の小判を出し、

「さ、残りの半金だ。受け取って下せえ」

むぞうさに、さむらいは小判をふところへ入れ、

「では、これで……」

「お帰りなさるか？」

「坊主が、みやげを待っている」

といい、玩具《おもちゃ》でも入っているらしい包みを抱えて、人なつかしげな微笑をうかべ、立ちあがった。

「五十になってからの、はじめての男のお子さんか……可愛いだろうねえ」

「親方も、どうだな。若い女に生《の》ませては……」

「だめさ。めんどうくせえもの」

「ふ、ふふ……」

「御《ご》新造《しんぞ》さんは、お達者ですかえ？」

「ああ、元気だ」

「じゃあ、先生。送りませんぜ」

「また、おれに用があるときは、女房に知られぬように、な」

「わしに、念を押しなさるのはおかしいことだ」

「なるほど、そうだな」

「まだ降っていますぜ。駕籠を呼んであります。乗っておいでなせえよ」

六

それから、十年の歳月が経過した。

すなわち、文化八年初夏の或る夜。

本所・緑町一丁目の川窪屋敷で、子息・新太郎十歳の誕生日の祝いの宴がひらかれた。

当主の新十郎通則は、六十をこえて尚《なお》、矍鑠《かくしやく》としている。

後妻のお喜世もみっしりと肥えた体つきになり、いかにも、まめまめしく老夫につきそっているのを見て、この二人の結婚には大反対だった親類たちも、

「めでたいのう」

「こうなってみると、あのときに後ぞえを迎えておいて、やはり、よかった」

「さよう、さよう」

などと、ささやき合っている。

それというのも……。

川窪家の後つぎであった平四郎が、四年前に病歿《びょうぼつ》してしまったからである。

十年前のあのとき、内田勘兵衛が平四郎の体内へ送りこんだ毒薬は致死量《ちしりょう》に至っていなかったこと、いうを待たぬ。しかし致死量の何分ノ一かの毒薬が、すこしずつ、平四郎の体を蝕《むしば》んでいったものか、彼はしだいに病弱となり、たくましかった体軀も痩せおとろえてゆき、一年ほど病床についたのち、四年前の夏に他界してしまったのだ。

父の川窪新十郎は、むろん、息子の死を悲しんだが、しかし、そのときすでに、お喜世が生んだ新太郎がすくすくと育っていたので、

(なれど、後つぎには困らぬ)

ほっとしたおもいも、ひそんでいなかったとはいえぬ。

新太郎はこのごろ、亡き平四郎そっくりの顔かたちになってきている。

祝いの席に招かれた山口右近が、酒の酌《しゃく》にまわって来たお喜世へ、

「ああ……今日が日まで、内田勘兵衛を生かしておきたかったのう」

「はい。それにしてもあのとき、父は何故に、あのような、むごい死様《しにざま》を……？」

「さて、わからぬ。いまもってわからぬ」

同じ夜……。

湯島横町の鰻屋〔森山〕の二階座敷で、音羽の半右衛門が、医師の秋山高庵と向い合っていた。

高庵は、めっきりと老けこんでいるが、半右衛門は十年前とあまり変らぬ。強《し》いていえば髪の毛に白いものが増えただけのことで血色もよろしく、小さな体躯もきびきびうごくし、声の張りも五十を越えた老人とはおもえない。

「ね、先生。十年ぶりにむりをいうのですぜ。さ、この半金の三十両をうけ取っておくんなせえ。今度はね、どうしても毒薬が要るのだ」

「この年になって、まだ、おぬしとは縁が切れなかったのか……」

「なにも、そんなにふといためいきをつくにゃあおよばねえ。先生。ね、先生。あなたが十七、八年も前に、お茶の水へ屋敷をかまえ、三年もたたねえうちに、あれだけの評判をとったのも、元はといえば金だ。金があったからお前さん、売り出せたの

さ。むかしのお前さんに、金になる仕事をおさせ申したのは、このわしですよ。こいつはもう忘れようといっても、たがいに忘れられねえことさ。え、そうでございましょう」

「よ、よし……明日、八ツごろ、屋敷へ取りに来てもらいたい」

「承知いたしました。よろしく、たのみますよ。え、お帰りになる……そうですかえ。それなら駕籠を呼ばせましょう。いいえさ、わしと先生の間で遠慮はいけませんや。ねえ先生」

音羽の半右衛門は、勢いよく手を打って女中をよんだ。

どこかで、蛙《かえる》の声がしていた。

殺しの掟

一

音羽《おとわ》の半右衛門《はんえもん》が、伊勢屋勝五郎に会うのは十年ぶりのことであった。

伊勢屋は、日本橋・通《とおり》二丁目にある蠟燭《ろうそく》問屋で、主人の勝五郎は四十五歳になっているはずだが、さすがに大店《おおだな》の主《あるじ》としての貫禄が顔にも体にもみっしりとつき、

「おお。久しぶりですね、元締《もとじめ》。さ、こちらへ」

廊下へあらわれた半右衛門へかけた声にも侵《おか》しがたい重味があって、

「これは、どうも……」

おもわず半右衛門は、腰を屈《かが》めてしまった。

（十年前の、あのときのことを、ちっとも悪びれてはいねえ。大したものだ）

と、半右衛門はおもった。

あのときのこと、というのは……。

半右衛門が伊勢屋勝五郎にたのまれ、金五十両で人ひとりを殺したことなのであ

る。

殺したのは、勝五郎の養父で、先代の伊勢屋の主人であった。

音羽の半右衛門は、小石川の音羽九丁目で〔吉田屋〕という料理茶屋の主人におさまっているが、実は、小石川から雑司《ぞうし》ヶ谷《や》一帯を縄張《なわば》りにしている香具師《やし》の元締なのだ。

名刹《めいさつ》・護国寺をはじめ、雑司ヶ谷の鬼子母神《きしもじん》など、江戸城北の名所や寺社、それにつながる盛り場の物売りや見世物興行にいたるいっさいの利権に、半右衛門の息がかかっている。

こうした稼業《かぎょう》柄、江戸の暗黒街における半右衛門の〔顔〕も相当なもので、事情と金しだいで、人知れず殺人を引きうけることなど、めずらしくなかった。

伊勢屋の先代は、六十をすぎても、養子の勝五郎に店をゆずらなかった。

それればかりではない。

先代の女狂いは常軌《じょうき》を逸《いっ》したもので、妾宅が五つもあったという。

それればかりではない。

長年の遊蕩《ゆうとう》で、あたまが変になってきて、めったやたらに金をまき散らすのである。

それでいて、性欲と食欲は人一倍に旺盛《おうせい》なのだから始末におえなかった。そのため、伊勢屋の経営が危なくなり、養子の勝五郎は、ついに先代の殺害を決意したのであった。

「ごもっともだ」

と、勝五郎から相談をもちかけられ、うなずいてくれたのは、浅草一帯の香具師を束《たば》ねている聖天《しょうでん》の吉五郎《きちごろう》という元締で、吉五郎は伊勢屋の先代から可愛《かわい》がられて出入りも長かった。

その吉五郎が、

「恩をうけた旦那だが、こうなっては、遠からず伊勢屋がつぶれてしまう。ようござんす、引きうけましょう。だが、恩のある旦那をわしの手にかけるわけには行かねえから……」

といい、音羽の半右衛門を勝五郎に引き合せてくれたのだ。

聖天の吉五郎から事情をきいた半右衛門は、十日後に、伊勢屋の先代を殺してしまった。

根岸《ねぎし》に囲っていた妾《めかけ》のお浜の家で、先代は絞殺《こうさつ》された。となりにお浜がねむりこけていて、すこしも気づかなかったというから、半右衛門の命令で殺しを引きうけた岬《みさき》の千蔵の手なみは、すさまじいものだったといえよう。

当時……。

伊勢屋勝五郎は鋭い風貌《ふうぼう》をしており、養父を暗殺してまで伊勢屋の〔のれん〕をまもりぬこうとする気魄《きはく》に、みちあふれていたものだ。

その勝五郎が十年後のいま、でっぷりと肥え、柔和そのものの顔つきで、音羽の半右衛門を迎えたのであった。

ここは、三十間堀《さんじっけんぼり》八丁目（現・銀座八丁目）裏河岸《うらがし》の料亭〔菊千〕の奥座敷である。

「ま、ゆっくりとして下さいよ」

と、伊勢屋勝五郎がいった。

音羽の半右衛門は、かるく頭を下げたのみで、

(殺しをたのんだ人は、二度とこのわしに会いたくはねえはずだが……)

と、伊勢屋の胸のうちをはかりかねていた。

酒や料理が出る前に、茶だけがはこばれた。

初秋の夕暮れどきで、中庭の木犀《もくせい》の花の香りが、この奥座敷にまでただよってきている。

中庭に面した障子は、わざと開けはなったままで、このほうが密談をかわすのには却《かえ》ってよい。立ち聞きをされるおそれがないからだ。

「元締。こうして、十年ぶりにお前さんに来ていただいたのは、なんのことか、おわかりですかえ？」

「伊勢屋さん。それがさっぱりわかりません」

と、半右衛門は小人《こびと》のようにちいさな体を尚更《なおさら》にちぢめ、老人くさい声でいった。

伊勢屋勝五郎と、それほど年齢もちがわぬ半右衛門なのだが、十も老《ふ》けて見える。

「ねえ、元締。実はねえ……」

「へ……？」

「もう一度、たのみたいのですよ」

「え……殺し、を？」

「はい」

半右衛門の両眼が針のように細く光った。

「今度は、七十両で引きうけてもらえませんかね、元締」

「伊勢屋さん……」

「はい？」

「事と次第によっては引きうけましょうが……わしはね、この世の中に生きていても仕方がねえ人、生かしておいては世のため人のためにならねえ人、それでなくては殺しませぬよ」

「わかっていますともね。だからこそ、元締におねがいするのですよ」

「相手は？」

「それが、さむらいなので……」

「ふうむ」

「その上、ひどく腕がたちます」

「ま、それはともかく……先ず、はなしをうかがいましょうか」

二

その浪人は、名を松永彦七郎といい、白金一丁目の源明寺《げんみょうじ》という寺の物置小屋に住んでいるそうな。

がっしりとした体軀の大男で、

「顔をひと目でも見れば、どんな奴か、すぐにわかりますよ、元締」

と、伊勢屋勝五郎がいった。

右の眉のあたりから頬、あごへかけて凄い刀痕《とうこん》があり、

「人を殺《あや》めた、その血を、茶がわりに飲むような面《つら》がまえをしています」

伊勢屋は、松永彦七郎の風貌を、そう表現した。

「ふむ、ふむ……」

きき入りながら、音羽の半右衛門は、

(だいぶんに強そうな奴らしい。だれをさし向けたらいいかな?)

と、手もちの〔殺し屋〕の顔をつぎつぎにおもいうかべていた。

「で、伊勢屋さん。これは、御自分の?」

「いや、私からではない。別の人のために殺《や》ってもらいたいのですよ」

「別の人、と申しますと?」

「その人のことをいわなくてはいけませんかえ?」

「きいておかねえと困ります。それでないと、お引きうけするわけにはまいりません」

「はい、はい。わかりました」

「御念にはおよびません。きいたところで、そのお人に迷惑をかけるようなことはご

ざいません。音羽の半右衛門がすることでございますからね」

「そうだった、そうだった」

「ところで、その松永なにがしという浪人を、何故、殺めなくてはならねえので？」

「元締。ま、こういうわけだ、きいて下さい」

と、伊勢屋勝五郎が語るには……。

南鞘町《みなみさやちょう》に住む町医者・木下玄竹《げんちく》が、親密にしている伊勢屋へ、ひそかに、

「なんとかならぬものか……？」

相談を、もちかけてきたのだという。

「玄竹先生のおかげで、私の子が二人も、重い病《やまい》を助けられていましてね。それだけに捨ててもおけず……それに、わけをきいてみると、その松永彦七郎という奴、どうにも憎い奴なものだから、これならひとつ、元締におたの申したらとおもったのですよ」

そういう伊勢屋勝五郎の顔には、これまでの微笑も消え、親しい人の苦境を救おうとする緊張がみなぎっている。

松永彦七郎は、遠州掛川《えんしゅうかけがわ》五万石・太田備中守《びっちゅうのかみ》の元家来で馬廻役《うままわりやく》をつとめていたそうだ。

彦七郎は剣術も馬術も、藩中では〔ならぶもの〕がないといわれたほどの男であったが、酒色に惑溺《わくでき》することははなはだしく、掛川藩でも、

「もてあまし者」

だったとか。

それが八年前の夏の夜に……。

同僚の鳥飼《とりかい》三左衛門の妻女・やすに恋慕《れんぼ》し、鳥飼の留守をねらっては酒気をおびて家へ押しかけ、執拗《しつよう》にいい寄った。

当時、二十七歳だった松永彦七郎は、まだ妻を迎えていなかった。それというのも、酒乱の彼に縁談がもちこまれることなど全くなかったからだという。

「近ごろの武家方は、だらしのないもので……その松永が、なにかというと刀を引きぬいて暴れるものだから、御家中の上役《うわやく》も、すっかり怖がってしまい、見て見ぬふりをしていたのだそうですよ」

と、伊勢屋が、

「それでも、今度ばかりはというので、御家老の須貝三郎兵衛様が、殿さまへ申しあげ、松永彦七郎を追放にしてしまいました」

そのとき、彦七郎は意外に反抗もせず「こんな、つまらぬところで禄を食《は》んでいる

のは、もう飽《あ》き飽きした」といい、さっさと浪人になり、掛川城下を去ったというのである。

ところで……。

町医者の木下玄竹は、十年ほど前に、掛川藩の藩医・滝沢道伯の屋敷へ滞在していたことがあり、その隣に松永彦七郎が住んでいたので顔見知りの間柄であった。

それが今年二月の或《あ》る日に、浪人となった彦七郎と玄竹が江戸橋の上で、ばったりと出合った。

そこで玄竹が、何気なく南鞘町の自宅へさそうと、彦七郎は大よろこびでついて来て酒食のもてなしをうけ、玄竹の妻女にも会った。

「さ、それがいけなかったのですよ、元締」

「その玄竹先生の御新造《ごしんぞ》へ、松永が懸想《けそう》をしたとでも？」

「そのとおり」

「ははあ、これは何ですね、旦那。その松永という奴、病気だねえ」

「いったん、これい《ヽ》と想いこむと、することなすことが気ちがいじみてくるらしい。それからというものは、毎日のように押しかけて来て、玄竹先生がいようがいまいが、御新造の手をつかんだり腰へさわったりする。先生が怒って何かいうとなぐりつけるというわけで……」

「これは、お上《かみ》へとどけたらどうなんで？」

「そりゃ、むろん、とどけた」

「へへえ……」

「すると、顔を見せない。ほとぼりがさめたころ、また、やって来る。想いをとげるまでは、玄竹先生が何処《どこ》へ逃げようと、御新造を追いかけて行くからそうおもえ、こういったそうですよ」

「なるほど……」

「それが、この夏。とうとう御新造が松永の奴に、手ごめにされてしまった」

「えっ……」

木下玄竹が往診に出たすきを、ねらってあらわれた松永彦七郎が、下男や女中に当身《あてみ》をくらわせて気絶させ、妻女のおりよを力ずくで犯《おか》した。

こうなっては仕方もなく、妻女はいま、米沢町の実家へ帰り、かくれているのだそうな。

彦七郎は、その後もやって来て玄竹に、

「どこへかくしてもだめだぞ。きっと、見つけ出し、おれの女房にする」

と、息まいているし、玄竹が外出をすると、うしろを尾行して来ることもあるらしい。

木下玄竹が、たまりかねて伊勢屋勝五郎に、

「私に、力があるなら、あの松永を殺してやりたい」

こういって、くやし泣きに泣いたそうである。

伊勢屋は、知合いの御用聞きにたのんでもみたし、いろいろと松永浪人の身辺をさぐってもらったけれども、犯行の現場を見たわけではないのだから、どうしようもない。

「それに、お上では、こんなことに手をかけている暇《ひま》はないというのですよ、元締。ですから、とてもたのみになりません。それにさ、実家の御新造も、あの浪人がいるかぎり、とても生きてはいられないと……」

実家で二度も、自殺をはかったそうである。

木下玄竹も、いまは半病人のようになってしまい、患者を診《み》る気にもなれないとか……。

「いま、おっしゃいましたことに、間ちがいはございませんね」

すべてを聞き終えてから、音羽の半右衛門が伊勢屋勝五郎に念を押した。

「いうまでもないことだ。私も、おもいあぐねて、お前さんに来てもらったのですから……」

「ようございます」

「引きうけて下さるか？」

半右衛門が大きく、うなずいた。

伊勢屋は泪《なみだ》ぐんでよろこび、金七十両のうち、四十両を半右衛門へわたしたが、半右衛門は半金がきまりでございますといい、五両を伊勢屋に返し、

「ま、十日ほどは待って下さいましよ」

と、いった。

「たのみますよ、元締」

伊勢屋は手を打って女中をよび、酒の仕度をいいつけた。

酒も料理もよかった。

新栗の甘煮をそえた川海老の付焼《つけやき》に舌つづみを打ちつつ、音羽の半右衛門は、

(今度の殺しは、西村左内《さない》先生にたのもう)

と、決めた。

三

西村左内と音羽の半右衛門とは、もう十五年に近いつきあいであった。

いまは、五十をこえた左内だが、殺しの手なみはむかしとすこしも変らず、あざやかなものである。

半右衛門は、左内の前歴を知らぬし、また、知ろうともおもっていない。

浪人・西村左内は、浅草の橋場《はしば》に小さな家をもち、妻と子と暮している。

五十に近くなってから迎えた妻が生んだ男の子だから、まだ幼い。

半右衛門は左内に殺しをたのむとき、手紙をやって、下谷の湯島横町にある鰻屋《うなぎや》〔森山〕の二階座敷へ呼び出す。

殺しの仕事をしていることは、妻のお清に知らせていない西村左内なのである。

半右衛門が左内にたのむときは、よほどにむずかしい殺しのときで、三十両から四十両ほども報酬《ほうしゅう》を出す。他の殺しの相場が十五両から二十両なのにくらべると、左内の場合は別格といってよい。

つつましく暮していれば、一年が十両ですむ。だから左内は二年に一度、殺しをすればらくらくと暮して行けるはずであった。

半右衛門は、伊勢屋の依頼をうけた翌日の午後に、湯島横町の〔森山〕へ、西村左内を呼び出した。

左内は、さっぱりとした服装《みなり》であらわれた。平凡な顔だちの、おとなしそうな、体格も尋常な浪人である。

「元締。一年ぶりだな」

と、左内がいった。

「さよう。そうなりますねえ」

「仕事かね？」

「四十両で……」

いいつつ半右衛門が、早くも半金の二十両を出し、左内の前へ置いた。左内は、だまって金をふところに入れ、

「さ、きこうではないか」

「今度の的は、だいぶんに強《きつ》いらしいが、かまいませんかえ？」

「殺しは、いつも、どんな相手でも、強いものだ」

「では、おはなしいたしましょうかね」

半右衛門は、左内に必要なことだけを語った。

事情は、くわしくのべても、伊勢屋勝五郎や木下玄竹の名も住所も告げない。それが、この世界ではきまりのことなのだ。

「わかった。明後日の暮れ六ツに、また、此処《ここ》で会おう」

「へい。承知いたしました」

それから、酒が出て、焼きたての鰻がはこばれる。

「先生。御新造さんやお子さんに、お変りはござんせんか？」

「元気でいる」

「御新造さんやお子さんのためにも、うまくやって下せえましよ」

「ああ。そのつもりだ」

西村左内は、淡々とこたえた。

半右衛門は、帰宅する左内のために駕籠《かご》をよばせた。

当時の白金一丁目というと、現・港区白金今里町の北端になろう。

このあたりは寺院が多かった。

源明寺は、坂道を南へ入ってしばらく行った左側にあり、三百坪ほどの空地をへだてて、徳明院という寺があった。

られている。

空地は、徳明院と源明寺の地所であり、その境界をしめすところに木の柵《さく》がもうけ

空地には雑草が生い茂ってい、木立もかなり深い。

西村左内が、この空地の木立の中へ入ったのは、音羽の半右衛門と会って殺しをたのまれた翌日の午後であった。

この日は、ぬぐったような秋晴れで、空に雲ひとつなかった。

今日の左内は、髪のかたちから着ているものまで、すっかり変っていた。

このあたりの町家か大百姓の主《あるじ》といった風体で、それがまた穏和な左内の風貌にぴったりとはまっているのである。

空地と源明寺の境には古びた土塀があった。

土塀が、くずれかけている箇所があり、そこをくずれたままにして、空地から出入りが出来るようになっているのを、左内は知った。

そこは、源明寺の裏手であった。

銀杏《いちょう》の大樹が、くずれた土塀の向うに見えた。

樹蔭に、物置を改造した小さな小屋がある。

浪人・松永彦七郎は、この小屋に住んでいるらしい。

左内は、空地の木蔭へ腰をおろした。

小屋の出入口が、よく見える。

そして、空地の芒《すすき》の群れに、左内の体はすっぽりとかくれてしまっている。

昼の虫が、か細く、草むらのどこかで鳴いていた。

左内は、ゆっくりと煙草入れを腰から取った。今日は松永浪人を斬るつもりではない。偵察に出て来たのである。

どれほどの時間《とき》がすぎたろう……。

芒の中の西村左内の眼が、きらりと光った。

小屋の出入口が開き、浪人ふうの男があらわれた。

(あれが、松永か……)

まさに、きいたとおりの凄まじい顔つきをしている。おもったより小ざっぱりとした身なりをしているけれども、右半面の刀痕や伸びた月代《さかやき》が陰惨をきわめていた。

体格は非常にすぐれてい、身のこなしにいささかの隙もない。

(ふうむ……あの男を斬るのは、こいつ、だいぶんに骨が折れそうだ)

と、左内はおもった。

松永浪人は、軒先につるしてあった下帯《したおび》や肌着などの、かわいた洗濯物を取りこみ、また小屋の中へ入って行った。

松永彦七郎が、別の男と小屋から出て来たのは、それから間もなくのことであった。

(や……？)

左内は、彦七郎と共にあらわれたその男の顔を見て、瞠目《どうもく》した。

男は、六十前後の老人である。白髪を茶筅《ちゃせん》にむすび、筒袖《つつそで》の着物に軽衫《かるさん》ふうの袴《はかま》をつけ、竹の杖《つえ》を手にしていた。一見、隠遁《いんとん》中の老学者のように見えた。

いずれにしても、松永浪人にはふさわしくない老人なのである。

(間ちがいない。たしかに、中根先生だ)

と、西村左内は息をのんだ。

松永彦七郎は、老人へ丁重に頭を下げ、そのうしろにつき従い、本堂の方へ去った。

左内は、急いで腰をあげた。

四

ちょうど、そのころ……。

芝・神明宮《しんめいぐう》の門前にある寄合《よりあい》茶屋〔美濃万《みのまん》〕の奥座敷で、伊勢屋勝五郎が医師・金子安斎《あんさい》と面談している。

〔法眼《ほうげん》〕の位をもつ金子安斎は、幕府から二百俵の禄を受け、将軍家の診察にもあたる〔奥詰《おくづめ》御医師〕の一人であった。

まっ白な髪が清らかに肩へたれてい、その七十一歳の老顔は、医師として最高の地位がもたらす権威と富を享受することによってあらわれる近よりがたい威厳の色をたたえていた。

「伊勢屋。くどいようじゃが、このことは万が一にも失敗《しくじり》はゆるされぬ。わかっていような」

と、法眼・金子安斎が、前にかしこまっている勝五郎へ、

「わしと、お前の間柄ゆえ、すべてをまかせたが、大丈夫なのだろうな？」

「御念にはおよびませぬでございます」

「わしもな、将軍家の御脈を拝す身ゆえ、いささかも体面にかかわるようなことになっては困る」

「それはもう、じゅうぶんに承知いたしております」

「かならず、松永彦七郎を殺せるか」

「音羽の半右衛門のすることでございます。どのような手段《てだて》をいたしましても、きっと、松永の息の根をとめずにはおきませぬ」

「ふうむ……そのような男が、いたものかの」

「ひろい江戸の中には、さまざまな人間が泳いでおりまする」

「ま、よい。松永さえ死んでくれれば……」

「御案じなされますな」

「わしものう、妾《しょう》に生ませた息子だけに、かえって可愛《かわゆ》くてならぬのじゃ。察してくれよ」

「はい、はい」

「これを、な……」

いいさして金子安斎が、ふところからふくさ包みを出し、ひらいた。中に小判百両があった。

「さ、約定《やくじょう》のものじゃ、取っておいてもらいたい」

「いえ、これは万事、片《かた》がつきましてからで結構にございます」

「お前は、万が一にも失敗はない、と申したではないか。それならば受け取っておいてよい」

「さようで……では、伊勢屋がたしかに、おあずかりいたしましてございます」

「うむ、うむ」

「御子息さまには、お変りもなく……？」

「なれど、わが屋敷から一歩も外へは出せぬゆえ、ついつい気鬱《きうつ》にもなってまいるし、まだ若い身で可哀相《かわいそう》になってしまう。わしがもとへ逃げこんで来てから、もはや足かけ三年にもなるのじゃもの」

「ごもっともにございます」

「ともあれ、一日も早う、松永をあの世へやってもらいたい。松永は、うすうす、わしと友二郎のことをかぎつけたと見え、わしの屋敷のまわりをうろうろしはじめた。不安でならぬ」

金子安斎の妾腹の子・友二郎は、十歳の折、掛川藩士・原田長太夫の養子となり、いまは二十九歳になっている。

安斎は、友二郎を原田家の養子にするとき、莫大な持参金をつけてやったし、子のない原田長太夫は大いによろこび、たいせつに育てあげたはずである。

六年前、長太夫が病歿《びょうぼつ》したので、友二郎は三百石の原田家をついだ。

その友二郎が、いま、ひそかに実家の金子屋敷へかくまわれ、つけねらう松永彦七郎の眼を避けていることになる。

これは、どうしたことなのか……。

やがて、〔美濃万〕から駕籠へ乗り、西ノ久保の自邸へ帰る金子安斎の耳もとへ伊勢屋勝五郎が口をさし寄せ、

「十日ほど後には、万事、片がつきましょう」

と、ささやいた。

次の日の昼すぎになって……。

音羽の半右衛門が、湯島横町の鰻屋〔森山〕へやって来た。

左内は、いつもの座敷で、しずかに酒をのんでいた。

「西村先生。どうしなすったえ？」

「うむ。それが、な」

「よほどに、手強《てごわ》い相手と見える」

「どんなに手強くとも、殺しは闇討ちにすればいいのだから、わけもないことさ」

「それじゃあ、いってえ、どうしたといいなさる？」

「昨日、源明寺の松永浪人を見張ったよ」

「ふむ、ふむ」

「あいつはできる。相当なものだ」

「では、先生。やっぱり……」

「待て。そのとき、松永の小屋に客がいてな。その客が帰って行くところを見て、おれもびっくりした」

「客を見て……？」

「松永の客は、むかしの、おれの剣術の師匠だったお人で、中根元十郎《もとじゅうろう》といわれる」

「へへえ……」

「ま、きいてくれ、元締。おれは昨夜、中根先生の家へ行き、いろいろと松永彦七郎のことを耳にしたのだ」

二人の密談は一刻ほどつづき、音羽の半右衛門は待たせてあった駕籠へ乗り、小石川へ帰っていった。

西村左内は、それから夕暮れになるまで、ひとりで二升ほどの酒をのみ、足もとも乱さずに橋場の自宅へ帰った。

翌日。

音羽の半右衛門の命令をうけた配下の岬の千蔵が、日本橋・南鞘町に住む町医者・木下玄竹の身辺をさぐりに出かけた。

千蔵の報告がとどいたのは、二日後の夜であった。

半右衛門は、小石川音羽九丁目で〔吉田屋〕という料理茶屋を経営している。

もっとも、店を一手に切りまわしているのは女房のおくらで、これは小さな半右衛門とは対照的な大女である。

奥の小部屋で、半右衛門は千蔵の報告をうけた。

「たしかに、木下玄竹てえ医者は南鞘町におりますし、玄竹先生が伊勢屋さんのかかりつけなのも本当でござんしたが……だがね、元締。玄竹先生の御新造というのは、護国寺の門前で売っている餡《あん》ころ餅《もち》みてえな女で、とてもとても一目惚《ひとめぼ》れして通いつめるような女には見えませんがね。え……へえ、へえ。御新造は実家《さと》へなんか帰っていやしません。玄竹先生の家《うち》で暮していますよ」

と、千蔵はいった。

「で、千よ。玄竹先生の顔色を見たか？」

「見ましたとも。そりゃもういそがしい先生でね。家を出たり入ったりしています。へえ、もう、顔の色つやもいいし、元気なお人でございますぜ」

「よし。すまねえが、もう二、三日、さぐってみちゃあくれめえか」

「ようござんすとも」

「すくねえが、これを持って行ってくれ。片がついたときには、また、ちゃんと礼をするつもりだ」

千蔵が帰ったあとで、女房のおくらが帳場からやって来た。

「旦那。お酒をつけますかえ」

「ああ、寝床《とこ》の中で、寝っころがって飲みてえ」

「あい、あい」

「つれてっておくれ」

と、半右衛門が甘え声を出し、両手をさしのべた。

三十女のおくらは、でっぷりと肥えた体を屈めて、半右衛門の矮軀《わいく》を両腕ですくいあげた。

女房に軽がると抱きあげられ、寝間への廊下を運ばれて行きながら、半右衛門が、

「今夜はむしゃくしゃしてならねえ。うんとのむよ。お前、相手をしておくれよ」

そういって、細い両腕を女房のふとやかなくびすじへ巻きつけた。

五

翌朝になって、半右衛門は店の若い者を、橋場の西村左内の家へ使いに出した。

ひるどきに、湯島の〔森山〕で、

「いっしょに御飯をいただきたいから、おいで下さるように……」

と、つたえさせたのである。

左内は、約束の時刻に〔森山〕へあらわれた。

「元締。肚《はら》は決ったかね？」

「先生。どうもね、こいつは、わしらのする仕事ではねえような気がする……ですがね、どうにも他人からきいたはなしばかりなので、なっとくができかねることもあるし……」

「おれのいうことが信用できぬと？」

「そういっているのではねえ。わかって下せえよ、左内先生。ねえ、先生。ひとつ、よかったらその、お前さんの剣術の御師匠さんの、何とやらいう……」

「中根元十郎先生」

「そうそう。その元十郎先生に、会わせていただけませんかね」

「それ見ろ。やはり、おれのいうことを信用していない」

「ですがねえ、こいつはその、人ひとりのいのちがかかっていることだ。わしも、この眼と耳で、たしかめてえのだ」

「そうか……よし。では連れて行こう。そのかわり、うまく、はなしをもちかけてくれ。よいな」

「いいともね。そうだ、わしがお前さんからはなしをきいて、松永彦七郎の身の上に同情し、よかったら、わしのところで暮すように、と、そういったら……？」

「ま、いいだろう」

「わしは、小網町《こあみちょう》の薬種《やくしゅ》問屋で丸屋弥兵衛ということにしておこう」

「なるほど、今日はよい着物を着ているな。馬子《まご》にも衣裳というやつで、元締もこうして見ると、立派に大店の主《あるじ》に見える」

「先生。からかってはいけませんよ」

二人は昼飯をすまし、駕籠で〔森山〕を出た。

西村左内の師・中根元十郎は、麻布仙台坂の松平（伊達）陸奥守《むつのかみ》・下屋敷内の長屋に住んでいる。

中条流の剣客である中根は、いま、奥州・仙台五十九万五千石、伊達家の庇護《ひご》をうけ、余生をつつましく送っている。

あの日。

源明寺の松永彦七郎を訪ねての帰途、あとをつけて来た西村左内に呼びとめられた中根元十郎は、町人姿の左内におどろきつつ、

「もはや、おぬしと別れてより二十年にもなろうか……」

と、いったものだ。

西村左内は十八歳の夏から、中根元十郎の弟子となり、

「中根先生について、十何年も旅をまわって修行にはげんだものだ。その後、先生の推挙によって、おれは、ある大名家に仕官をしたが……一年と、もたなかった。つまらん事件《こと》から飛び出してしまい、それからはもう、元締が知ってのごとくひどいものさ」

左内は半右衛門に、そう語っている。

左内の亡父も剣客で、

「おれが親父と中根先生とは、むかしむかし、いっしょに剣術を修行した仲でな。親

父が死んだので、先生はおれを手もとに引き取って下されたのだ」

そうである。

左内が、仕官をした先で「つまらん事件」から脱藩したということを、はっきりとは知らぬ音羽の半右衛門だが、

(左内先生のことだ。二人や三人の血をながしてのことにちげえねえ)

と、おもっている。

だが、一度も左内の前歴をきこうとはしなかったし、半右衛門の前半生も左内は知らない。

知ろうとせぬのがこの世界のしきたりというものであった。

半右衛門と左内を乗せた駕籠が、仙台坂の伊達藩邸へ着いたとき、雨がふり出してきた。

中根元十郎は、下屋敷内の西側の長屋に住んでいた。

西村左内が、門番に通じると、すぐに中へ入れてくれた。

正式の官邸というべき上屋敷とはちがい、下屋敷は大名の別邸であるから、邸内の建物はすくない。そのかわり木立がひろく、深かった。

「左内か。ようまいったな。今日は、武士の姿をしているのか?」

「先生。むかしをおもい出しましてな」

「いまは、すっかり町人《まちびと》になっていると、先日は申していたが……」

「ま、そのようなものですが……ときに先生。ここにおいでのお人は、薬種問屋の丸屋弥兵衛どのといい、私がいろいろと御世話になっております」

「おお、さようか」

と中根老先生、音羽の半右衛門の前へきちんと両手をつき、

「左内が御厄介を……ありがとうござる。いまの世の剣術つかいなぞは、なんの役にもたちませぬでな」

こうあいさつされたときには、さすがの半右衛門が冷汗をかいた。

半右衛門は、おそるおそる松永彦七郎の、

「めんどうを見させていただきたい。おはなしをきいて、あまりに、お気の毒なので……」

と、申し出た。

「かたじけない」

中根元十郎は、またも頭を下げ、

「松永彦七郎は、もと掛川藩士にて、それがしが掛川に滞留中、剣を教え申した者。

まことに正直無類の男でござってな」

「はい、はい」

「左内から、おききおよびでござろうが、彦七郎の妹・みねが、同じ掛川藩士の原田友二郎に手ごめにおうた。城下外《はず》れの野原へ草つみに出た折のことで、みねにつきそうていた女中と若党は友二郎に木刀でなぐりつけられ、気をうしない、そのまま、みねは木立の中へ引きこまれて、はずかしめをうけたのでござる。それを知って、彦七郎の父・松永彦兵衛が、友二郎の屋敷へ出かけて、きびしく詰問《きつもん》したるところ、友二郎はこれを殺害して、掛川城下を脱走したのでござる」

「はい、はい。松永彦七郎さまは、つまり、親の敵《かたき》を討つ身だと、うけたまわりましたが……なるほど、さようでござりましたか」

「彦七郎は、すぐさま後を追いましたが……この原田友二郎、実は養子でのう。実父は、いまをときめく奥詰御医師の金子安斎なのでござる。そこで安斎は、追われている我が子の友二郎をかばい、金をつかって浪人どもをやとい、松永彦七郎を何度も襲わしめたのじゃ」

「ふうむ……」

「彦七郎の顔に残る刀傷も、そのときのものでござる」

「さ、さようで、ござりましたか……」

「彦七郎が屈《くっ》せずに後を追って来るので、たまりかねた友二郎は、いま、実父の金子安斎の屋敷にかくまわれているらしい。彦七郎も必死で様子をさぐっているのじゃが……はっきりと、たしかめたわけではない」

「ふむ、ふむ」

「なんにせよ、いまの彦七郎は暮しに困り、源明寺の小屋を借りてはいるが、一文の金もない始末。なにともしてやりたしとおもえど、このわしも、伊達家の食客《しょっかく》ゆえ、おもうままにならぬのでござる」

「お気の毒でござりますなあ……ときに、松永彦七郎さまの妹さまは、いま、どうしておられますので？」

「原田友二郎にはずかしめられたる日の夜ふけに、喉《のど》を突いて自害いたした」

六

その翌日。

音羽の半右衛門が、伊勢屋勝五郎を三十間堀八丁目の料亭〔菊千〕へ呼び出し、

「伊勢屋さん。松永彦七郎は、昨日から、この世の人ではござんせんよ」

と、いった。

「やっておくんなすったか……」

伊勢屋は飛びあがらんばかりに喜色をあらわし、

「いや、ありがとう、ありがとう。さすがは元締だ」

しきりに礼をいい、後の半金の三十五両を半右衛門へわたした。

半右衛門は、

「旦那に、よろこんでいただけて、何よりでございますよ」

といい、すぐに帰って行った。

この日の夜になって、伊勢屋勝五郎が西ノ久保の金子安斎をおとずれ、

「片がつきましてございます」

「そりゃ、まことか?」

「音羽の半右衛門のすることに間ちがいはございません。なれど念のため、白金の源明寺へ人をやってさぐらせましたところ、松永彦七郎は、昨夜、外へ出たきり、帰って来ないそうで……」

「そうか、そうであったか……」

「もう、大丈夫でございます。それにしても安斎様。この御屋敷のまわりをうろついていた松永浪人に気づき、後をつけさせ、源明寺に住んでいたことをおつきとめになりましたのは何よりのことでございました。松永の居どころが知れたので、こうも早く、片がついたのでございます」

「うむ、うむ……伊勢屋。この礼はきっとする。わしのちからで、他の大名家へも出入りがゆるされるよう、かならず、はからってつかわそう。これはすくないが、金五十両。わしのこころざしじゃ。うけてくれ、たのむ。たのむ」

そのときから、何日も日がすぎ去って行った。

秋が、深まってきている。

白金の源明寺・境内の小屋に、松永彦七郎は帰って来ていない。

源明寺でも、

「松永さんが、行方知れずになってしもうた」

と、いっている。

伊勢屋勝五郎は、

(音羽の半右衛門は、間ちがいなく、松永浪人を殺《や》ってくれた)

確信をもつにいたった。

どこで、どのような方法で殺したのか、それはわからぬが、いずれにせよ、手強い松永彦七郎を殺したからには、半右衛門独自の方法で〔暗殺〕したものにちがいない。

伊勢屋は、金子安斎の紹介により、越前・福井三十万石、松平家への出入りがかなうようになった。

こうなると伊勢屋勝五郎は、ねらいをつけた松平家の役人たちを巧妙に買収し、近いうちに大量の商品をおさめるようになることが、

「眼に見えている」

のである。

これで、伊勢屋が出入りをする大名屋敷は、掛川藩邸をはじめ四を数えることになった。

「御礼ごあいさつのしるしに、ぜひとも、一献《いっこん》さしあげとうございます」

と、伊勢屋勝五郎が、金子安斎を浅草橋場の料理茶屋〔不二楼《ふじろう》〕へ招待した。

「さようか。よし、招《よ》ばれよう」

金子安斎も、息・友二郎を〔父の敵〕とつけねらう松永彦七郎があの世へ行ってくれたものだから、はればれとした面持であった。

伊勢屋は、前に安斎からもらった礼金の百両を、そのまま、

「越前さま御屋敷へ御出入りがかなった御礼」

として、安斎へさし出すつもりでいる。

伊勢屋勝五郎が金子安斎に取り入ることができたのは、町医者・木下玄竹の紹介によるものだ。

玄竹は、金子安斎の弟子だったのである。

「先代とちがって養子の勝五郎さんの代となってからは、伊勢屋さんの気張りようは、恐ろしいばかりだ」

と、同業の蠟燭問屋では、伊勢屋の発展ぶりに目をみはっているという。

「安斎さま。いかがでございましょう？」

「何が、じゃ？」

「友二郎さまも、御いっしょに〔不二楼〕へおはこびねがえませぬか。〔不二楼〕は酒も料理も、こう申しては何でございますが大変に結構なものでございますし……それに、秋の大川の景色をぜひとも見せてさしあげたく、また、美しい女たちも多勢、つれてまいりますれば……」

「そうじゃのう。もはや、松永彦七郎の眼を恐れることもないゆえ……」

「さようでございますとも」

「友二郎も、よろこぶであろう」

「はい、はい」

「さて、これから友二郎の将来《ゆくさき》のことも考えてやらねばならぬ。まだまだ、これからいくらでも身を立てることができる年齢《とし》でもあるしな」

「さようでございますとも。およばずながら伊勢屋勝五郎、おちからにならせていただきとうございます」

「何かと、たのむ」

それから五日後に、金子安斎と友二郎父子が、橋場の〔不二楼〕へ招ばれて行った。

父子は立派な駕籠に乗って、左衛門河岸《さえもんがし》の船宿〔よしのや〕へ着き、ここから伊勢屋がさしまわしの屋形舟へ乗り、神田川から大川(隅田川)へ入った。

安斎父子の供をして来た者は〔よしのや〕で待機することになったが、剣客・矢野要《かなめ》のみが〔不二楼〕までつき従った。

矢野は、安斎が友二郎警護のために雇《やと》い入れた剣客五人のうち、最後まで残った男である。

他の四人は、松永彦七郎を襲うたびに、彦七郎の反撃をうけて斬り殺されている。

（松永が死んだいまとなっては……）

矢野要にも用はなくなったわけだが、

（矢野は最後まで、友二郎をまもってくれたのじゃ。無下《むげ》にはできぬ。なにともして、身を立てるようにしてつかわそう）

と、金子安斎は考えているようだ。

将軍の侍医のひとりである安斎は、大名家への出入りも多く、大身旗本を患家にしているし、その診察料は破格のものであった。

矢野ひとりを、どこぞへ奉公させることなど、わけもないことだ。

舟が〔不二楼〕につき、宴がたけなわとなったとき、月が冴え冴えと大川の上に浮かんだ。

七

招宴は夕暮れ前からはじまり、六ツ半（午後七時）すぎに終った。

〔不二楼〕は大川に面した料理茶屋で、専用の舟着場があるし、舟もあった。

川べりには、武家や富豪の別荘が多く、大川も浅草をすぎてこのあたりまで来れば、両岸に田園の風趣が濃く、市中の都塵が、

「嘘のように……」

おもわれるのである。

〔不二楼〕の裏手は今戸《いまど》からの道で、その道をへだてて、西に浅茅《あさじ》ヶ原《はら》がひろがっている。

このあたりは、かの梅若丸の伝説で知られた妙亀塚《みょうきづか》や鏡ヶ池などの古跡《こせき》もあり、松林と草原と田圃《たんぼ》と、わら屋根の農家とが渾然《こんぜん》と溶け合った風景の中に、総泉寺や法源寺の名刹があって、江戸市民行楽のところとしても名高い。

西村左内の橋場の家は、〔不二楼〕のすぐ近くにあった。竹藪《たけやぶ》にかこまれた百姓家を買いうけたものである。

そのころ……。

左内は、居間でひとり、酒をのんでいた。

妻は、となりの部屋で幼な子に添い寝をしながら、しずかに子守唄をうたっている。

〔不二楼〕の宴席からの、にぎやかな弦歌が微かにきこえてくるのを左内は耳にしな

がら、好物の豆腐で飲んでいたのである。

弦歌とざわめきが絶えたとき左内の、口へふくみかけた盃の手がぴたりと止った。

それでも尚、強いて落ちつき、飲みつづけようとしたが、ついにたまりかねて立ちあがり、隣室の妻へ、

「清《きよ》、ちょいと出て、風に吹かれて来る。帰ってから飯にしよう」

といい、左内は大刀を腰に家を出て行った。

金子安斎父子が、伊勢屋が新吉原からよんだ男芸者、女芸者、踊子たちに見送られ、〔不二楼〕の舟着場の上へあらわれたのは、それから間もなくのことであった。

石垣を組んだ岸の上から、舟着場への通路が大川へ下りていた。

先に、伊勢屋勝五郎、つづいて金子安斎、友二郎、最後に剣客・矢野要の順で通路を下った。

舟着場には、屋形舟が待機している。

「さ、お乗り下さいまし」

と、伊勢屋が安斎にいった、その瞬間であった。

舟着場の下から、黒い影がひとつ、はね飛ぶようにしてあらわれ、

「父の敵《かたき》、原田友二郎。覚悟いたせ。われは松永彦七郎!!」

と叫んだ。

伊勢屋勝五郎が愕然《がくぜん》としたとき、伊勢屋は強いちからで突き飛ばされ、屋形舟へのめりこんでいたし、金子安斎も同様に、舟着場へ転倒していた。

骨張った体軀の友二郎が、

「ああっ……」

細面《ほそおもて》の顔をゆがめ、刀へ手をかける間もなかった。

「鋭《えい》」

と一声。

ふみこんだ松永彦七郎の大刀が、風を切って友二郎の脳天へ打ちこまれている。

「ぎゃあっ……」

友二郎の、すさまじい絶叫があがった。

「おのれ……」

あわてて、友二郎の背後から右手へすりぬけた矢野要が腰刀《ようとう》を抜きはなったときには、早くも彦七郎が倒れかかる友二郎の体を体当りにはね退けて、

「たあっ!!」

必殺の一刀を浴びせかけていた。

○

西村左内が家へ帰ったのは、それからしばらくしてのことであった。

妻の清が出迎えて、

「何やら、近所《あたり》がさわがしいようでございますが？」

「おう」

うなずいた左内が、にっこりと笑い、

「いまどき、めずらしいことよ」

「なんでございます？」

「敵討ちが、〔不二楼〕の舟着場であった。父の敵だそうな」

「まあ……」

「みごとに敵を討った。ちょいと見物をしてきたが……敵のほうが美《い》い男で、敵を討ったほうが、見るからに憎々しく見えるやつでな。人間、顔かたちではわからぬものよ」

「さ、さようで……」

「飯よりも、いますこし酒をのみたい。今夜は妙に、こころがはずむ」

「それは、敵討ちを見物なさいましたからで？」

「そうかな……いや、そうとも。そうとも」

次の日の夕暮れに、音羽の半右衛門が伊勢屋勝五郎からの呼び出しをうけ、三十間堀・裏河岸の料亭〔菊千〕へやって来た。

伊勢屋は、座敷へ入って来た半右衛門を見るや、いきなり、茶わんを叩きつけ、

「この、うそつきめ!!」

と、わめいた。

あたまを振って茶わんをかわした半右衛門の肩のあたりに、入っていた茶が掛った。

半右衛門は手ぬぐいを出して肩のあたりをぬぐい、立ちはだかったまま、じろりと伊勢屋を見た。

小人のような半右衛門の矮軀から、殺気がふき出していた。

平常は細くて小さな半右衛門の両眼が顔いっぱいにひろがって見え、伊勢屋勝五郎は、

「う、う……」

わずかにうめいたのみで、浮かしかけた腰がくずれるようにへたりこみ、おもわ

ず、うつむいてしまったのである。

「伊勢屋さん、うそつきはお前さんだ」

と、半右衛門が、

「ほんらいなら、わしにうそをついて殺しをさせようとした、お前のいのちはねえところなのだぜ」

ゆっくりと、いった。

その声に、伊勢屋は戦慄《せんりつ》した。

「二度と、こんなまねはしねえことだ。もし、またやったら、今度はお前、御陀仏《おだぶつ》だぜ」

いうや、音羽の半右衛門が七十両の小判を伊勢屋のあたまへ叩きつけ、さっさと座敷を出て行った。

伊勢屋勝五郎は、あたまを抱えて、そこにうずくまったまま、まるで死んだようにうごこうともしなかった。

恋文

一

……親のきめたえんだんなれど、どうしてもどうしても、わたしはいや。ただ一度も、くちをきいたこともないお前さまなれど、なにやらお前さまもわたしのことを、こころにおもうてくれるように、わたしにはおもえますゆえ、おもいきって、このてがみ、新七さんへたのみます。

どうぞどうぞ、わたしをつれて、にげてくださいまし……。

まさに女文字の、この手紙を読んだときには、

(こ、こりゃ、夢じゃあないのか……)

音松《おとまつ》は、土蔵わきの石畳の通路でわなわなとふるえ出した。

今年二十二歳。この浅草・御《お》蔵前片町《くらまえかたまち》の筆墨硯問屋《ひっぽくすずりどんや》へ奉公をして十余年にもなり、

「来春にはお前さん、番頭にしてあげるよ。これはそっと私のこころづもりをうちあ

けたのだから他人にもらしちゃあいけない、よござんすね」

と、主人の丁字屋《ちょうじや》徳兵衛から、先日もうれしいことばをかけてもらったほど実直な手代《てだい》の音松であったが、

「じゃあ、いいんですね。明日の夜、きっと行ってやっておくんなさいよ」

と、同じ町内の鳥越橋《とりごえばし》際にある鰻屋《うなぎや》〔伊豆金《いずきん》〕の料理人、新七が念を押すと、

「へい。かならず……か、かならずまいりますと、そう、おそのさんにおっしゃって下さいまし」

音松は、ずんぐりとした躰《からだ》をまだふるわせつつ、ひげあとの濃い、どちらかといえば厳《いか》つい顔貌に血をのぼらせ、ふきあがってくる汗を単衣《ひとえ》の袖でぬぐいながら、

「行きます。きっと行きます」

きっぱりと、こたえた。

音松に〔つけ文《ぶみ》〕をしてよこしたおそのは、これも同じ町内の足袋《たび》屋で〔さる屋〕喜八の姉むすめである。

細っそりとした美女なのだが、目鼻だちにも躰つきにも肉がうすい感じだし、むしろ陰気なほどのおとなしさで、町内のむすめたち同士でも、めったに声をきいたことがないという。おそのは十九歳であった。

よほどのことがないかぎり、外へも出ぬし、芝居見物にも行かず、凝《じっ》と内へこもっているだけに、その美しさが音松にとっては、一種の〔神秘〕をともなってさえ感じられてくるのであった。

同じ町内であるから、音松も小さいころ〔丁字屋〕へ奉公に上ってからというもの、何度も彼女の顔かたちを見て来ているし、いまでも道で会えば目礼の一つもかわすが、口はきいたことがない。

少女のおそのが、音松にとっては町娘とはおもえぬ﨟《ろう》たけた美女に成長してゆく過程を、彼は息をのむようなおもいで、何年もひそかに見つめ、こがれつづけてきていたのである。

その、おそのが自分に〔つけ文〕をしてきた。

とりもちをしたのが鰻屋の新七だというのは、どうも場ちがいのようにおもわれるが、おそのの父〔さる屋〕喜八は、うなぎが大好物で、とき折、客をするときなどは、可愛いがっている新七が出かけて行き、〔さる屋〕の台所で、うなぎを焼いたり、庖丁《ほうちょう》をとったりするということだから、おもい余ったあげく、おそのが新七へ〔つけ文〕をたのんだのも、うなずけぬことではない。

おそのは、明夜五ツ（午後八時）に、大護院《だいごいん》境内の絵馬堂《えまどう》の裏へ来てくれ、と、書いてきている。

くどいほどに念を押し、新七が丁字屋の裏手から帰って行ったあと、音松は手拭《てぬぐい》をふところへねじこみながら、しばらく土蔵わきに立ちつくしていた。

夏の盛りである。

風鈴売りの声が、ちから弱く、表通りをながして歩いていた。

（こ、こうなったら……もう、こうなったら、仕方もない……）

あきらめきっていた片恋が、おもいもかけず先方からの〔つけ文〕によってかなえられようとしている。このことは天にかけのぼったほどのうれしさなのだが……。

縁談がきまったというおそのを、いま、奉公中の自分が女房にするわけにはゆかぬ。当時は町人奉公も武家奉公と同じようなもので、そのような非礼を第一、音松の主人である丁字屋徳兵衛がゆるす筈《はず》はない。

風鈴売りの声が、全くきこえなくなり、雲にさえぎられていた夏の午後の陽ざしが、かっと通路へ射しこんできたとき、音松の顔は決意に青ざめ、ひきつっていた。

そのころ……。

丁字屋から、五、六町はなれた大護院門前のそばや〔伊勢屋〕へ、

「おい、わたして来たよ」

料理人の新七が、駈けこんで来た。

「叱《し》っ。高い声を出しなさんな」

と、新七を迎えたのは、これも丁字屋の手代で平次郎という男であった。

平次郎は音松より二つ上の二十四歳で、一年先輩ということになる。

なんでも、主人の出身地である近江《おうみ》・長浜から江戸へ出て、丁字屋へ奉公に上ったというのだが、

「あれは、よほどに気をつけないといけません。ちょいとね、女のくさったようなところがある、というのは……いいえ、女房のお前さんの前でこんなことをいうのは申しわけないがね。つまりその、ほめればとたんにつけ上るし、叱《しか》りつければしゅんとしてしまい、蔭へまわっては愚痴《ぐち》ばかりならべたてるというやつだ。とてもとても、蔭日向《かげひなた》なくこつこつとつとめあげている音松とは比《くら》べものになりゃあしません。いえ、そりゃあね。私も同郷のよしみというものだから、平次郎のことはめんどうを見るつもりだ。ま、あと十年もたてば、何とか物になろうけれどね」

と、これは丁字屋徳兵衛が妻のおふさへ語ったことばである。

「で、どうだえ、新さん」

客もいない店の片隅へ新七を引き寄せ、約束のものらしい金包みをわたしつつ、平

次郎が、

「音松、明日の晩……」

「きっと、きっと行きますと、おそのさんへつたえて下さいまし……なぞとお前、野郎、妙な声をふるわせてね、きっぱりといいきったよ」

「ほんとうかえ？」

「ぶるぶる、ぶるぶる、まるで瘧《おこり》にでもかかったようにふるえ出しゃあがった」

「そうかい、やっぱり……じゃあ、やっぱり、あいつ、さる屋のむすめにおもいをかけていやがったのだ」

「そいつをにらんだお前の眼力《がんりき》てえものも大したもんだ」

「いえね。いつだったか、店の前を、さる屋のむすめが通ったとき、ひょいと、帳場にいた音松を見るとね、あいつ、じいっとこう眼をすえて、表通りを通りすぎるおそのさんを……いや、その眼つきのすごさというものはなかった」

「なるほど」

「ま、一つゆこうよ。お前さんは顔へ出ないからいい」

「や、すまねえな。ところで明晩のおたのしみ。首尾よく音松があらわれたら、後金《あとがね》の一分《いちぶ》は間違いなく……」

「わかっているよ」

いやもう、つまらぬことであった。

主人に信頼されている後輩への嫉妬《しっと》が生んだ〔いたずら〕なのである。

〔つけ文〕を書いたのは、深川の富岡《とみがおか》八幡境内にある甘酒屋の茶汲女《ちゃくみおんな》、おもんという女で、これが新七の情婦であった。

おそのに縁談がきまったなどというのも、まったく出たらめのことだ。

翌日の昼すぎ。

この甘酒屋へあらわれた新七が、

「おもん。お前のつけ文は大したもんだ」

と、いった。

「いい年をして罪なことをするねえ」

「なに、今夜、大護院の絵馬堂へやって来る音松を蔭からそっと笑ってやるだけのことだ。どうだ、お前も来て見ねえか、ちょいとおもしろそうだぜ」

二

当夜がきた。

大護院というが、これは元禄年間に台命によって此処《ここ》へ勧請《かんじょう》せられた石清水《いわしみず》八幡の別当《べっとう》号なのである。

門前町は御蔵前の大通りに面して東西へわたり、種々の食べもの屋や、茶店などが軒をつらねている。

だが、平日は六ツ（午後六時）をすぎると、酒を出す店以外は、ばたばたと戸をしめてしまう。

五ツきっかりに、丁字屋の音松が絵馬堂の裏へあらわれたとき、すでに人影はなかった。

そして……。

音松は、苛《い》らだちつつも不安をこらえて、半刻《はんとき》（一時間）を待った。

むろん〔さる屋〕のおそのが、あらわれる筈はなかった。

はじめのうちは、絵馬堂の羽目板へぴったりと身を寄せて屈《かが》みこんでいた音松だ

が、しだいに落ちつかなくなり、きょろきょろとあたりを見まわしつつ、

（もしや……絵馬堂というのは、ききまちがいではなかったろうか？）

と思ったものらしく、不動堂から本殿のあたりまで、境内の闇の中を這《は》うようにして女をさがしはじめた。

「ふ……こいつはおもしろいや」

「ざまあ見やがれ」

不動堂裏の大銀杏《おおいちょう》の蔭から、新七と平次郎の二人が、音松から目をはなさず盗み見ては、ひそかに笑い興《きょう》じている。境内の龍燈や、まわりの町家から洩れる灯《あかり》で、音松の狼狽《ろうばい》のさまは、よくわかった。

二度ほど、音松は大鳥居のところまで出て、蔵前通りの向うを透《す》かして見るようにしたが……。

「ちぇ……」

と、平次郎が舌うちを鳴らし、

「いいかげんに引きあげりゃあいいものを……なんてまあ、執念《しゅうねん》ぶかいやつだろう」

「まったくなあ」

料理人の新七も、いささか、あきれ顔になった。

「新さん。私ゃ帰るよ」

「そうかえ」

「一足先きに帰って、音松のやつが馬鹿面《づら》をして戻って来るところをね、明るいところで、ちゃんと見てやりたいものさ」

「なるほど」

「お前、もう行こうよ」

「うむ」

二人は、まだ境内を去りかねている音松を残し、富坂町《とみさかまち》側の西門から出て行った。

丁字屋へ入って行く平次郎を見とどけ、鰻屋へ戻りかけた新七だが、

(へっ……今頃帰っても、どうで親方の小言《こごと》をくらうばかりだ。約束の後金はもらったし、深川へでも行って、たまには、毛色の変った女《の》を抱きてえものだ)

行きかけて、また、立ちどまり、

(こうなりゃ、いっそのこと、音松の野郎が何をしているか、もう少し見とどけてやろうじゃあねえか)

おもしろくなってきた。

表通りには、この暑いのに味噌おでんを売る屋台やら、麦湯売りなどが、ところど

ころに並んでい、けっこう客が立っている。

　このあたりの商家の若者たちが、夜ふけての腹なぐさめに外へ出て飲んだり食べたりするのであった。

　新七は、裏道づたいに、また西門から大護院境内へ入って行った。

（や……まだ、いやあがる……）

　絵馬堂の裏手に、音松は、しょんぼりと屈《かが》みこんでいた。

　しばらく見ていたが、新七も、ばからしくなって来た。

　この一本気な音松が、あわれにもおもえてきた。

（や……？）

　おもわず、新七は大銀杏の蔭から出た。

　音松が、すすり泣く声をきいたからである。

（よし……こうなっちゃあ仕方がねえ）

　おもいきって近寄ると、

「ああっ……」

　音松はぎょっとなり、大仰《おおぎょう》な悲鳴をあげて逃げようとする。

「待ちな、音松さん。私だ、伊豆金の新七ですよ」

「あ……お前さんで……」

「どうです、まだ見えませんかえ、おそのさんは……」

「……………」

「暑いねえ。や、どうもこりゃ大変な蚊だ。お前さん、ここで二刻……いやその、ずいぶん待っていなすったようだが……」

「へ……蚊に食われ通しで……」

「気の毒に……ねえ、音松さん。こりゃどうも、今夜は先方に何か具合《ぐあい》のわるいことができたにちげえねえ。ま、今夜のところは、とにかくお店へ帰んなすったほうがいい、と、私はまあ、おもうんだがね。え、ええ……どうです、音さん。お前さん……どうしなすった?」

「い、いいえ……」

「なんだ、お前さん、泣いていなさるのか」

「……………」

こんなに思いつめているものを、平次郎もひどいことをしたもんだ。つまらねえことに男らしくもねえ嫉妬《やきもち》なぞをやきゃあがって……と、新七は、二十七にもなった自分が、その〔ひどいこと〕の片棒を担《かつ》いだことなぞ、すっかり忘れてしまい、

「ま、とにかく帰んねえ。私も何だ、さる屋のお嬢から見こまれて手紙をたのまれた縁《えん》もある。ようがす、さっそく明日にも出かけて行き、今夜、お嬢が出て来られねえそのわけを、じっくりさぐって来てあげようじゃあねえか」

と、こいつまたぺらぺらぺらぺらと、心にもないなぐさめを芝居もどきに、

「さ、お帰んなさい、わるいようにはしねえ。私が引きうけたよ」

すっかりいいきもちになって、音松の肩へ手をかけたものだ。

新七のような人間は、よろこびも怒りも悲しみも、その場かぎりのことですぐ忘れてしまい、世の中のすべてが上《うわ》の空《そら》にしか感じられぬので……しかも、そのことを本人が意識をしていないのである。

「さ、行こう。え、音松さん。どうしたんだ、お前……ぶるぶる、ふるえているじゃあねえか」

音松が、新七の腕へしがみついたのは、このときであった。

「な、なにをお前……」

「新七さん……」

「どうしたえ？」

「か、か、帰れません、私あ……もう……もう、お店《たな》には帰れません」

三

そのころ、丁字屋徳兵衛方でもさわぎがおきていた。

この日、年に四度の掛け取りの当日で、自分の受けもちの江戸市中の小売店から集金をした三十五両余の金を持ったまま、音松が逃亡したことがわかったからだ。

平次郎のほうは夕暮れ前に集金をすませ、これを帳場へ差し出しておき、下谷《したや》七軒町《しちけんちょう》にいる姉の病気を見舞うという口実をつくって大番頭・与助《よすけ》の内諾《ないだく》を得て、すぐに外出をし、浅草・本願寺門前のそばやで新七と落ち合い、いっぱいやってから大護院へ引返して来たのであるから、留守中のさわぎを知らぬ。

戻ってみて、びっくりした。

びっくりしたが、真相を打ちあけるわけにはゆかぬ。そもそもの原因は自分の悪質ないたずらによるものだからである。

「すぐにも、お上《かみ》へとどけて……」

と、大番頭がすすめるのへ、

「音松が、そのように大それたことをするとは、どうしても思えない。ま、明日……

明日いっぱい待って見ようじゃあないか。音松が帰って来ないのは、何かきっと、よくせきのわけあってのことにちがいない」

と、旦那がいった。

音松への信頼、絶大なものがあるといってよい。

(畜生め……)

平次郎は妬心《としん》に狂って、あやうく、音松が大護院境内にいたことを洩《も》らしかけたほどだ。しかし、これを洩らしてしまい、音松が捕《つか》まれば、その口から必ず新七の名が出よう。そうなれば新七が口を割らずにはいまい。当時、警吏の追及はきびしく、奉行所の裁きも生《なま》ぬるいものではないことを、平次郎もよくよくわきまえている。

ところで、大護院境内では……。

おもい余った音松の告白をきき、

「そ、そいつはお前、こんなところにいては危《あぶ》ねえ、危ねえ」

新七も瞠目《どうもく》したものだ。

「そりゃあ、わかっていますけれど、私がここを出て行ったあとで、もしも、さる屋さんのお嬢さんがおいでなすったら……」

「そいつはお前、来る筈が……いや、とにかくあぶねえ。こんな近間《ちかま》をうろうろしていたのじゃあ……」

いいつつ、新七の双眸《りょうめ》が異様に光りはじめた。

(こいつ、ふところに三十五両というものを抱えていやがる……)

このことであった。

当時の三十五両。現代《いま》でいえば二百万円に近い金であろうか。

新七は下総《しもうさ》・佐原の生れで、ろくな身寄りもない。料理人としての腕も一通りのものだし、いつなんどき〔伊豆金〕をやめても惜しい気持はなかった。

(それに……こいつが抱えている三十五両は清い金じゃあねえ。こいつにしろ盗んだ金じゃあねえか)

理屈《りくつ》は、どのようにもつくものである。

むりやりに、とにかく、新七は泣きじゃくる音松を大護院境内から引張り出した。

「こうなったら乗りかかった舟だ。私も何とかちからになろうじゃあねえか。ようがす、こうしなせえ。深川の扇橋《おうぎばし》に、おれの兄貴がいる」

などと、口から出まかせの嘘を吐き散らしつつ、

「その兄貴のところへ一先《ひとま》ずかくれていなせえ。なあに気のおけるところじゃあねえ。兄貴といっても病気がちでね。弟のおれが仕送りをしている。大威張りでかくれ

ていてくんねえ」

「では、お前さんが……」

「いいってことよ。まかせておきねえ。さる屋のお嬢のこともな……」

「ありがとうございます、あ、ありがとう存じます」

提灯《ちょうちん》もなしの二人が、裏道をよって、深川へ来たのは四ツ半（午後十一時）をまわっていたとおもわれる。

深川・扇橋。さびしいところだ。

扇橋を東へわたれば、すぐに十万坪の葦原がひろがってい、砂村新田、海辺新田などの田舎景色に、武家の下屋敷がひとかたけほど並んでいるだけであった。

小名木《おなぎ》川にのぞむ松平能登守《のとのかみ》下屋敷前まで来て、

「新七さん、まだでしょうか……」

声をかけた音松へ、

「なに、もうすぐさ」

屈みこんだ新七が、ひとにぎりほどの石塊《いしくれ》をつかんで立ちあがり、ふり向きざま、ものもいわずに音松の脳天《のうてん》をなぐりつけた。

「ぎゃっ……」

すごい声をあげて、音松が、

「な、なにをするのだ……」

よろめくように、新七へつかみかかって来た。

おそろしいほどの音松の腕力である。

はじめは、なぐりつけて金をうばい取り、逃げるつもりだった新七も、相手の死物狂いの腕力ともみ合ううち、とても、そのような余裕《ゆとり》がなくなってしまい、

「畜生め、こん畜生め!!」

めったやたらに、つかんだ石塊で音松のあたまをなぐりつづけた。

「むう……」

ぐらりと、音松がひざをつき、倒れ伏した。

「ち、ちち畜生め……」

胴巻に入った金を、新七が音松のふところからつかみ出した。

音松は息絶えていた。

「し、死にゃあがったか……」

おもくたれこめている夏の夜の闇の中で、新七は胴ぶるいがやまなかった。

この情景を見たものは、だれもいない。

やがて……。

音松の死体が小名木川へ放りこまれ、新七は消えた。

四

翌々日の朝になって、音松の死体が発見された。

現場から、ものの二町もはなれていない阿部播磨守《はりまのかみ》下屋敷前の水杙《みずぐい》に引っかかっていたのが、浮き上ったのである。

これより先、丁字屋方でも、店の金をつかんで逃亡した音松のことを奉行所へ届出ていたから、死体の身もとは、たちまちにわかった。

奉行所から警吏が丁字屋へ出張《でば》って来、御用聞きも近所へききこみにまわるし、当夜の丁字屋の奉公人たちへも、いちいち、するどい〔お調べ〕がかかった。

手代の平次郎が、当夜、七軒町の姉の病気見舞いに出たことがわかり、一応これへあたってみると、姉のおきさは病気どころかぴんぴんしているではないか。

（こいつ、おかしい）

ということになり、同心の山崎貞蔵がびしびし取調べると、気の小さい平次郎だけ

に、たちまち、

「おそれいりましてございます。も、もうしわけございません」

泣声をあげて突伏してしまった。

あとは簡単である。

にせの〔つけ文〕を書いた富岡八幡の甘酒屋の女も捕《とら》えられて白状におよぶ。

ところで……。

〔伊豆金〕の新七だけは、どうしても捕《つか》まえることができなかった。伊豆金の主人も心あたりのことはみなしゃべったのだが、

「もう、江戸にはいめえよ」

十日もたつと、山崎同心がいったそうな。

平次郎は丁字屋を出され、江戸を追放になったが、もっともこれは後のことで、しばらくの間、彼が音松殺しの下手人だとうたがわれたのは科学捜査などというものがなかった二百数十年前の当時として、むりもないところか。

この事件は、むろんのこと近所一帯の評判となった。

〔さる屋〕のおそのの耳へ入ったことも当然で、

「まあ、こともあろうに、うちのむすめの偽手紙《にせ》を書くなんて、あんまりひどい」

女房が嘆けば、主人《あるじ》の喜八も、

「なにか、ふしだらなことでもあったようにとられては、店の信用にもかかわろうじゃあないか」

と、怒った。

丁字屋からも丁重な詫《わ》びを入れてきたが、

「そんなことで、すむものじゃあない。むすめは、あれ以来、食べるものが喉《のど》へ通りゃあしない。内気でおとなしい娘《こ》だけに、まったくほんとうに……」

〔さる屋〕は、こぼしぬいた。

おそのは、もう口をきこうともしない。

あれ以来、めっきりと痩《や》せおとろえ、たしかに三度の食事もろくにとらぬ。

たしかに、彼女にとって音松が殺害されたことは、烈《はげ》しい衝撃《しょうげき》であった。

(あのひと……やっぱり、あたしのことを想《おも》っていてくれたのだ……)

おそのもまた、ひそかにひそかに、音松を慕《した》っていたのである。

少年少女のころから、二人は道で出会ったときの目礼をかわすにすぎなかった間柄ではあるが……。

細い自分の肢体《したい》にも、むすめらしく、ふくらむべきところはふくらみ、しだいに

〔女〕のこころがはぐくまれてゆくにつれて、年に何度か、道で出会う音松の自分にひたと向けられた双眸《りょうめ》のかがやきが、どのような性質のものかをおそのは、すでに感じとっていた。

その、男の無言の訴えは……年ごとに月ごとに、情熱を秘めた音松の眼の光りは強烈なものとなってきていた。

（おそろしい……）

と、おもいもしたが、こうした男の愛の表現ほど、おそのというむすめにとって似つかわしいものはなかったのである。

胸に秘めて秘めつくして……。

行先はどうなるのか、そのようなことを考えても見なかった。

夜ふけに目ざめ、狂おしげな音松の眼の光りをおもい、全身を熱くさせたまま、凝《じっ》と息をころし、夜具にうもれている。

この二年ほどは、おそののような煮えきらぬむすめの胸底《きょうてい》にも、それはそれなりに火がもえていたのだ。

「これはいけない」

折しも、京から江戸見物に来た〔さる屋〕喜八の兄で、これも足袋屋をしている沢

屋四郎兵衛《しろべえ》が、姪《めい》のおそのを見たとたん、喜八を蔭へよび、

「どうしたのだ、お前。おそのは死にますよ」

「兄さん。実はもう、困りぬいていたところなので……」

すべてをきいて、四郎兵衛がいった。

「よろし。私におまかせ」

江戸見物もそこそこにして、四郎兵衛はおそのを連れ、箱根へ湯治《とうじ》に出かけた。

同じ京に生まれても、子供のときから江戸の〔さる屋〕へ養子にもらわれて来た喜八とくらべ、四郎兵衛は六十に近い年齢ながらなかなかの好男子だし、京そだちのやわらかくやさしげな物腰の上に、気性が明かるく、この伯父と暮しているうちに、おそのも、大分に健康をとりもどした。

箱根へ見舞いに来た喜八へ、

「おそのも承知だ。いっそ気を変えて暮させようじゃあないか。京へおよこし。私がめんどうを見ましょう」

と、四郎兵衛がいった。

喜八は、うなずいた。

一つちがいの、おそのの妹のお光に、いま縁談がもちあがってい、

「いっそ、お光の聟《むこ》を店の跡とりに……」

と、喜八夫婦は語りあっていたところなのだ。

あれだけの事件にかかわり合った(かかわり合わされたというべきか)むすめだけに、縁談もむずかしくなって、現に、二、三すすめられていたはなしも、あの事件以後、向うからことわりをいってきた。

(可哀想に……あんなことに巻きこまれて……)

と、だれもがおそのを見ているけれども、その胸にひそんでいる彼女の故音松への思慕を見ぬいたものは一人もいない。

その年の秋も暮れようとするころ、おそのは伯父・四郎兵衛にともなわれて、京へ向った。

寛政九年のことである。

五

翌寛政十年の秋になった。

京の四条と五条の橋の、ちょうど中間に、松原橋というのが鴨川にかかっている。

この橋の手前をながれる高瀬川のほとりに、

〔よろず川魚御料理――いけ亀〕

と染めぬいたのれんをかかげ、繁昌《はんじょう》をしている料亭があった。

江戸を逃げ、諸方を放浪していた新七が、この〔いけ亀〕へ腰を落ちつけるようになってから半歳を経ている。

音松を殺してうばい取った三十五両の金なぞ、どこでどうつかったかおぼえてもいない。

(ばかなことをしたもんだ)

つくづくと、そうおもったものだ。

あくまでも殺さずに、うばい取るべきであったろう。

それなら、音松にとっても盗み金なのだから、新七が追われることもなく、音松はどこかへ逃亡してしまい、それでけりもついたことだろう。

しかも、死体が早くあがりすぎ、身もとが早くわかりすぎてしまった。

あれから、根津権現《ねづごんげん》門前の料理茶屋の亭主で、しかも土地《ところ》の顔役でもある湊屋《みなとや》伊兵衛のところへころげこみ、伊兵衛の世話で、うまく江戸を脱出するのに十両ほどの金をとられた。

旅へ出てからも、あの事件の犯人が自分ときまり、

「だから当分、江戸へはもどらねえほうがいい」

と、湊屋伊兵衛が手紙で知らせてよこした。

だが、以来一年余。別に追手がかかる様子もないし、京の暮しものんびりとしたものだし、酒がいい、女がいい、

（それに、今度の店でも、おれを大事にしてくれるし……）

なので、新七も、あの厭《いや》な事件の思い出を忘れかけることもある。

その日。

昼すぎになって仕込みの手もあいたので、秋晴れのよい天気だし、まだ京へ来てから見物をしていない清水寺の〔舞台〕を見ようとおもいたち、夕方までのひまをもらって、新七は〔いけ亀〕を出た。

鴨川をわたり、建仁寺の南側を行く新七の顔を、

（あっ……）

おそのが、はっきりと見た。

この日、おそのは伯父の沢屋四郎兵衛につれられ、祇園社《ぎおんしゃ》へ参詣《さんけい》をしての帰途、六《ろく》波羅《はら》観音門前の茶店で、伯父と茶をのんでいたのである。

茶店の、のれんの中の人に気づく筈もなく、新七はすぐ前をぬけぬけと通りすぎて行ったものだ。

おそのは、凝《じっ》と茶わんを両手でにぎりしめたまま、身じろぎもしなくなった。

「おその。気分でもわるいのやないか？　顔が青い」

四郎兵衛が気づいて声をかけると、おそのは、

「いえ、なんでもありません」

つよく、かぶりをふった。

このときから、およそ一ヵ月を経た或日のことだが……。

〔いけ亀〕の裏口へ、京でいま流行のむらさき色の御高祖頭巾《おこそずきん》で面《おもて》を包んだ若い女が立ち、

「宗太郎さんがいらっしゃいましたら、ちょいと……」

と、下働きの小僧にいった。

午後からの雨が、京にはめずらしい強さになった夕暮である。

平常《ふだん》なら目がまわるほどにいそがしい時刻なのだが、雨ふりでもあったし、〔いけ亀〕も客が少ない。

「女……ばかいうない」

小僧に知らされて、新七が裏口へ出て行った。

新七、京へ来てからは宗太郎と名を変えている。

なじみの売女も一人二人できていたし、まさかとはおもうが、こころあたりがないわけでもない。

にやにやしながら、

「おい、だれだえ?」

少しひらいていた裏口の障子戸を引きあけ、一歩、外へ足をふみ出した新七の前へ、すっと頭巾の女が立ちあらわれた。

「お前。だれ……?」

いいかける新七の腹へ、鯵切《あじき》り庖丁《ぼうちょう》がおもいきり突きこまれた。

「ぎゃあっ……」

悲鳴をあげ、尻餅をついた新七のまわりへ、〔いけ亀〕の人びとが駈け寄ったとき、すでに頭巾の女はいない。

外は、しぶくような白い雨の幕がいちめんにたれこめてい、追って出た者もいるが、せまい路地が入りこんでいるこのあたりの町なみだけに、どこへ逃げたのか見当もつかなかった。

鰺切り庖丁は、ふかぶかと新七の腹へ突き刺さっていた。

血みどろの新七は、苦痛のうなり声を発し、のたうちまわった。

医者が、よばれた。

手当がおこなわれ、それでもしばらくは生きていたが、夜が明けかかるころ、新七の〔宗太郎〕は死んだ。

これより先、新七を刺したおそのは、びしょぬれとなって仏光寺西入ルところの伯父の家へ帰っている。

「いわぬことじゃない。何もお前、こんな雨ふりにお茶の稽古でもあるまいじゃないか」

「はじめたばかりやのに、ずいぶんと熱心なのはよいけれど……」

伯父夫婦が、おそのを迎えて、しきりにいたわった。

おそのは、ここへ戻って来たとき、御高祖頭巾をしていない。そのかわり〔いけ亀〕の裏口へ立ったときには手にしていなかった傘をさして戻ってきたという。からだにも着物にも、反《かえ》り血ひとつついていなかった。

「大丈夫、なんでもありません」

意外に、おそのは、はきはきとものをいったし、双眸《りょうめ》が何かぬれぬれと光っているのである。

　夕飯もちゃんとすましたし、おとなしやかな平常より、立居ふるまいが一種の溌剌《はつらつ》さささえともなって四郎兵衛夫婦には見られた。

「だいぶんに、おそのも元気になってきたようだ」

「ほんに……」

　夫婦は、むしろ、よろこび合っていたようである。

　あれから一ヵ月。

　おそのは伯父にたのみ、本能寺うらの宗匠のもとへ茶の稽古に通うことにしてもらった。伯父が店の小僧を供につけてくれたが、十日もすると、おそのは一人で通いはじめた。これをあやしむ者はいない。

　新七の所在は、意外に早くわかった。

　はじめて彼を見た場所の近くだと見きわめをつけたおそのは、料理人の新七だけに、先ず鴨川沿いの旗亭《きてい》をさがしまわったわけだが、ものの七日もたたぬうちに〔いけ亀〕から出たり入ったりしている新七を発見したのである。

　彼が宗太郎と名のっていることを知ったのも、間もなくのことで、これは、新七の変名を呼ぶ女中たちの声が〔いけ亀〕の裏手の小道を行くおそのの耳へ入ったからだ。

何度となく、御高祖頭巾をかぶったおそのは〔いけ亀〕のまわりを往来している。

だが、どうして、

(音松さんのうらみをはらしたらよいのか……)

彼女は、このことに思いあぐねた。

思いあぐねた結果が、ああした思いきった行動となってあらわれたのである。

江戸にいたころの彼女を知るものなら、

(まさか？)

本当にはできぬほどの、それは、すさまじいものであったといえよう。

(もういい。いつ、捕まえられてお仕おきになっても……もう、あたし、おもいのこすことはない。でも、私はやりましたよ、音松さん……みんな、あなたが草葉の蔭から手を引いて下すったのね……)

新七が息を引きとったころ、おそのは、ぐっすりと眠りこんでいた。

○

〔いけ亀〕の料理人殺害事件については、むろん奉行所の取調べがあったけれども、これを仏光寺の足袋屋にいるむすめとむすびつけるべき何物もない。

江戸とちがって、京都では他国者が殺害されたとて、大げさにさわぎたてることもないし、すべてに冷淡なあつかいで、その年が暮れるころには、奉行所も簡単に〔迷宮入り〕にしてしまったようだ。

いずれにしても痴情の果て……と、いうことで〔いけ亀〕でも、女遊びには目がなかった新七……いや宗太郎だけに、一日も早く、この事件を忘れてしまいたいらしい。


それでも……。

おそのは、まる二年、伯父がすすめる縁談をことわりつづけた。

そして、享和《きようわ》元年の正月に、五条通り高倉西入ルところの扇子問屋・御影堂《みかげどう》の主人、利助の妻となった。

後妻である。男の子が二人いた。

この婚礼には、はるばる江戸から〔さる屋〕喜八夫婦が京へやって来て、京見物かたがた、不幸だったおそのへ、やっとおとずれた幸福を、

「後妻とはなあ……」

かなしんでよいのやら、よろこんでよいのやらといった面持ちで祝ったものだ。

これから三年後の文化元年の春に、父親の喜八だけが、今度はひとりで、むすめの様子を見に京へあらわれた。

喜八は、むすめの変貌《へんぼう》に目をみはった。

あんなに細かったおそのの肢体にはみっしりと肉がつき、腰まわりもふとやかに、みなぎるような血色で二十六歳になった彼女の肌は照りかがやいている。

すでになじんだ京ことばが江戸前にはきはきとして明るく、おそのは、自分が生んだ女の子を二人も育てながら、先妻の子たちもさばさばとあしらい、亭主の利助も気さくな人柄だけに、女房の尻にしかれてよろこんでいる。

「いやもう、こんなにむすめが、しあわせになってくれようとは……」

一夜を御影堂に泊った翌日、兄の家をおとずれた〔さる屋〕喜八がうれし泪《なみだ》をうかべつつ、

「それにつけても兄さん。おそのが、あんな女になってくれようとは、夢にもおもいませんでした」

感に耐えず、こういい出すと、四郎兵衛は、

「何や、嫁に行く二年ほど前から、急に、瘧《おこり》が落ちたように人が変ってきてなあ。私もおどろいたものやけど……」

「へへえ……」

「けれどなあ、喜八。女という生きものは時と場合によって、むかしのことはみんな忘れてしまう、つよいつよい生きものゆえ、別におどろくことはないのや」

夢の茶屋

一

木立をぬけて来た二つの駕籠《かご》が、浅草・奥山裏《おくやまうら》にある茶屋〔玉《たま》の尾《お》〕へ着いた。

日もあかるい晩春の午後である。

葉桜の間を白い蝶が一羽、はらはらとたゆたっていた。

茶屋という名目《めいもく》ではあるけれども、奥山裏の百姓地にあるこの家は、飲食の商売をしているようにも見えない。

金龍山・浅草寺《せんそうじ》境内の北面、本堂の裏手一帯を俗に〔奥山〕とよぶが、ここを一歩出ると、浅草田圃《たんぼ》が北へひろがり、浅草寺境内のにぎわいが、まるで嘘《うそ》のようにおもわれる。

茶屋〔玉の尾〕は、道に面して店をひらいているわけでもない。

自然のままの木立の中に、柴垣《しばがき》でかこまれたわら屋根の、風雅《ふうが》な造りの小さな家が三戸《さんこ》ほど肩を寄せ合ってい、これらの家は二つの庭をへだてて建てられていた。中へ入ると物音ひとつしない。

駕籠から下りたのは、男と女であった。

女は、町家の女房ふうの身なりをしており、細面《ほそおもて》の美しい顔だちであった。

男は侍《さむらい》である。

四十がらみの立派な風采《ふうさい》をしているし、

「ふうむ……このような場所に、このような……」

いいさして、あたりを見まわした口調にも、なかなかに貫禄《かんろく》がある。

どこぞの大名の、しかるべき家臣か、それとも旗本か……いずれにせよ、女づれで此処《ここ》へ駕籠を乗りつけて来るような男ではない。

「ここは……」

と、女が侍の手をとって、これをおのれのふところへ抱きこむようにしながら、

「十年ほど前までは、夢の茶屋とか、夢茶屋とか、そういっていたのでございますよ。ごぞんじでございましょうか……」

「いいや、知らぬ」

「ここへ入って、男と女が、つかの間の夢を見るのだそうでございますよ」

「つかの間の夢とは、どんな?」

「まあ……何も彼も、ごぞんじのくせに……」

「どこから入る？」

「さ、こちらへ……」

この家には、別に店がまえもなければ、入口もないように見えた。

柴垣の枝折戸《しおりど》を開け、二人はもつれ合うようにしながら奥へ入って行った。

これを、見ていた男がいる。

男は、二つの駕籠が入って来るのを小さな窓の障子の隙間《すきま》から見まもっていたのだが、中年の侍が駕籠からあらわれたとき、

（おや……？）

細い両眼が、針のように光った。

「野郎……飯沼新右衛門《いいぬましんえもん》ではねえか。こいつは、おどろいたな」

二人が奥へ入るのを見とどけ、障子を閉めてから、男は口に出してつぶやいた。

「こいつは、おもしろい」

〔玉の尾〕の内では〔見張り所〕とよばれている小さな部屋へ寝そべり、男は煙草を吸いはじめた。

この男、名を矢口仁三郎《やぐちにさぶろう》といい、年齢《とし》は二十五歳。まだ若いのだが頬骨《ほおぼね》の張ったひ

げあとの濃い顔つきが十も老《ふ》けて見える。

それは悪事・曲事の老け、だともいえよう。五十俵二人扶持《ににんぶち》の御家人《ごけにん》の次男坊に生まれた仁三郎の悪事といっても高《たか》が知れているが、それだけに、危《あぶ》ない目を何度もくぐりぬけて来た疲労が顔かたちへ浮いて出るのだろう。悪事が大きければ、仁三郎のような薄暗い老け方はしないものだ。

（どれ、飯沼の面《つら》を見てくるか……）

仁三郎は立ちあがった。

はしくれながら〔さむらいの家〕の子に生まれたおもかげは、いまの仁三郎の風体《ふうてい》にも、口のききようにも態度物腰にも残っていない。

それでも縞《しま》の着物に角帯《かくおび》をきちんとしめ、足袋をはき、身ぎれいにしているのは〔玉の尾〕の主人《あるじ》が口やかましいからである。

「おう、友七。ちょいと替《かわ》ってくんねえ。妙に、腹がへってきやがった」

と、仁三郎が小廊下の向うの部屋へ声をかけ、廊下を突き当って左へ折れた。

まったく、この家の造りはふしぎをきわめている。座敷女中もいないではなく、料理人もいて、客の酒食のもとめにも応じる。

それでいて、そうした気配がほとんど感じられないのだ。

すべてが、ひっそりとおこなわれ、部屋の間仕切りや廊下の戸にも凝《こ》った仕掛《しかけ》がほどこされてい、外面から見たのでは、屋内のくわしい様子がわからぬようになっていた。

〔夢の茶屋〕とは、よくいったものである。

こうした茶屋が、浅草や下谷の諸方に生まれたのは十五年ほど前のことで、一口にいうなら男女の〔密会〕専門の茶屋なのだ。男女が密会するためには他に〔出合茶屋〕も〔水茶屋〕もあるし、船宿もある。近年は〔汁粉《しるこ》屋〕や〔蕎麦《そば》屋〕にも、そうした設備がほどこされているそうな。

しかし〔夢の茶屋〕と俗によばれる場所では、たがいに見知らぬ男女が情痴の一時《いっとき》をすごし、たがいの名も住所《ところ》も知らぬままに別れるという、つまり、種々雑多な女が男を外からくわえこんで来たり、または〔夢茶屋〕そなえつけの女へ客を運んで来たりするわけで、いわば一種の〔売春宿〕なのである。

それを〔夢茶屋〕などとよんで、何やら秘密めかした環境と手数《てかず》をもうけ、客の好きごころをそそうのは、相手をする女たちが、一様に娼婦と片づけてしまえぬところもあり、それにまた趣向《しゅこう》を凝らして客から高い金を取るのが目的なのである。

二度と、同じ女を相手に出さぬのも特徴といってよいだろう。

徳川将軍が天下を統一し、日本に戦乱が絶えてから百七十年ほども経《へ》たいまとなっては、地方は知らず、江戸・大坂などの大都市の繁栄《はんえい》は底知れぬものとなり、人心の緊迫《きんぱく》はうしなわれて、新奇・珍奇の流行を追う風俗が人びとの暮しのあらゆる場所を侵《おか》し、武士も町人も男も女も、

「何事も金の世の中」

と、なってしまい、そのくせ、米が国の経済の主体なのだから、天候不順で米が取れないとなれば、何千何万もの餓死者が出る。

といっても、飢饉《ききん》のない国の大名は、

「われ関《かん》せず」

であるし、都市の町人は飢饉に乗じて金もうけをする始末であった。

先年……。

幕府老中に任じた奥州白河《おうしゆうしらかわ》十一万石の城主・松平越中守《えつちゆうのかみ》は、

「武士は質実剛健《しつじつごうけん》のむかしにもどれ」

の方針を押しすすめ、

「何事にも倹約を第一に……」

と、幕府政治を切り替え、年毎に金銀のちからを町人にうばい取られつつあった武

家階級をきびしく監視すると同時に、町人たちへも、

「ぜいたくな着物、男女のことをあつかった読みものや絵の売買、風俗をみだす茶屋などをきびしく取り締る」

断を下した。

「芝居見物も、ほどほどにせよ」

と、いうのである。

事実、官憲の取り締りも非常にきびしい。

その中で、かつての夢の茶屋の一つであった〔玉の尾〕がそのすじの手入れもうけずに、ひっそりと営業をつづけているのであった。

仁三郎が〔飯沼新右衛門〕だと見きわめた中年の侍は、女のおきたの案内で、奥の棟《むね》の座敷へ庭づたいに入った。

音もなく、酒肴《しゅこう》がはこばれ、さしつさされつするうちにどちらからともなく手をさしのべ、抱き合って倒れた。奥の小部屋には夜具をのべてあり、香がたきこまれている。

女の細くて白い躰が蛇のようにくねり、侍の肥《ふと》った躰に組みしかれると、押しつぶされてしまいそうに見えた。

寝間は雨戸に閉《し》めきられてい、行燈《あんどん》がともっている。小さな床ノ間の地袋《じぶくろ》戸棚の戸の隙間から、矢口仁三郎はこのありさまを凝視《ぎようし》していた。

「会いたい。これからも会いたい。な、女。どうじゃ……どうじゃ、会うてくれるか……たのむ、たのむ」

と、飯沼新右衛門が年甲斐《としがい》もない甘い声で、おきたへささやきかけつつ、半狂乱の態《てい》で女体をむさぼりはじめた。

仁三郎は、わざと舌うちをもらしてやったが、無我夢中の飯沼は気づくどころではない。

(あきれ返って、ものもいえねえ)

この地袋戸棚は、丈《たけ》が少し高い。

一旦、官憲が踏みこんで来たときの脱出口なのであった。

戸を開け、身を横たえて戸棚の中へころがりこむと壁の向うの〔隠し廊下〕へ出られる。こうした仕掛けなどは、当時、この種の家にはいくらもあったのだ。

二

女は、名をおきたといい、浅草寺・境内の西側に立ちならぶ茶屋の一つで、若宮稲荷の前にある〔よしのや〕という菜飯《なめし》茶屋ではたらいている。

むろん、ここは参詣人の酒食のための茶屋であるから、女たちが客をとるわけにはまいらぬ。

〔よしのや〕の茶汲女のうち、三人ほどが〔玉の尾〕で客をとっている。これは菜飯茶屋の亭主も知っていて、別の経路から客がつくと、女に暇《ひま》をあたえて商売をさせ、分け前をとっていた。

茶汲女に町家の女房の姿をさせるのも〔夢の茶屋〕の技巧のひとつであるし、また事実、ほんとうの町家の女房がひそかに客をとることもあるのだ。

何やら秘密めいた、猟奇《りょうき》的な仕組みにつられて来る上客が絶えない。このごろのように、お上《かみ》の風紀取締りがきびしくなればなるほど、しかるべき身分のある武士たちや、名の通った商家の主人などは、うっかりと、おのれの〔好色〕を満たすことができにくくなる。

事が終ると……。

「いま、すぐにもどりますから……」

と、おきたがくちびるを飯沼新右衛門の耳へつけてささやき、寝間を出て行った。

それきり、おきたはもどらない。

かわりに〔玉の尾〕の雇人《やといにん》が、勘定を取りにあらわれるのであった。

「女は、みんな、ちゃんとしたところのひとばかりでございますから、早く家へもどりませぬと大変なことになりますので」

と〔玉の尾〕では客にいう。

まさに一時の夢であった。それが、はじめからの約束だから、客も文句はいえない。勘定をはらってぼんやりと外へ出て行くことになる。

飯沼新右衛門は、駕籠をよばせた。

駕籠も〔玉の尾〕と特約をむすんでいる。浅草山之宿《やまのしゆく》・六軒町の駕籠屋〔河辰《かわたつ》〕からよぶのであった。

飯沼が駕籠から下りたのは、駒形堂《こまがたどう》前であった。

ここで〔河辰〕の駕籠を帰し、悠然として飯沼は、すぐ目の前の船宿〔小玉屋〕へ入って行った。

大川（隅田川）に面した、このあたりの船宿の中でも小玉屋はもっとも格式が高く、かまえにも風格がある。小玉屋の先代の主人は、なんでも幕府の御船手《おふなて》方の同心をつとめていたのが、わけあって退身し、船宿をはじめたというだけあって、武家の客が多い。

「これは、これは、飯沼様」

と、主人の伊兵衛が出迎えるのへ、

「酒をな、半刻《はんとき》ほどもしたら駕籠をよんでもらいたい」

「承知いたしましてございます」

飯沼は、二階座敷へあがった。

七ツ（午後四時）ごろだろうが、めっきりと日も長くなり、大川の水はまだ陽ざしにふくらんでいる。

酒肴をはこんで来た女中を去らせてから、飯沼は、肥《こ》えた体軀に似合ぬ細《ほ》っそりとした右の手ゆびを鼻孔《びこう》へ当てて見て、くすりと笑った。先刻、女の躰を執拗《しつよう》にまさぐってきた手ゆびなのである。

飯沼が酒を一口、二口とのみ、煙草入れを取り出そうとして、

（無い……）

はっとした。

（あの茶屋へ置き忘れてきた……）

らしい。

(これは、いかぬ)

夢の間の情事というので、女の名も知らぬし、こちらの身分も名も、茶屋では知っていないはずだが、煙草入れも煙管《きせる》も定紋入りの立派な品だし、亡父の形見でもあった。

(ともあれ、引き返して……)

腰をあげかけたとき、襖《ふすま》が開いた。

矢口仁三郎が、飯沼新右衛門の煙草入れを見せながら、座敷へ入って来た。

「お忘れもので」

「おのれは、矢口……」

「久しぶりで」

船宿の内儀や女中の顔が、廊下でおろおろしている。ここへあげる前に飯沼へ通じておこうとしたのを、仁三郎が押し通って来たのであった。

愕然《がくぜん》としながらも飯沼は、女たちへ目顔で、

「去れ」

と、いった。

「先刻は、おたのしみでございましたね」

「…………」

「私も、ちょうど、奥山裏の玉の尾におりましたので」

「み、見たのか……」

「見ねえわけにゃあいきませんよ」

と、仁三郎が居直った。

「あなたがお抱きあそばした女は、私の女房なので」

「な、なにを、ばかな……」

「どうしてくれますね？」

むろん、おきたなどとは口をきいたこともない仁三郎なのだが、しゃべっているうちに嘘の中へ没入《ぼつにゅう》してしまい、額《ひたい》に青筋が浮いて出た。

「お前さんには、これで二人も、自分《てめえ》の女をひどい目にあわされたのだ。こうなれば後へ引くわけにはいきませんよ。出るところへ出ようじゃございませんか。それまでは、この煙草入れをあずかっておきましょうよ。女房も可哀相《かわいそう》だが、お前さんを道づれにしてやる。私もいのちがけさ。お前さんに食らいついて地獄へ落ちこんでやるつもりだ。

いまを時めく奥御祐筆組頭《おくごゆうひつくみがしら》・飯沼新右衛門様が他人の女房と、事もあろうにあんな汚《きた》ねえ場所で乳くり合っていたことを、お上《かみ》が知ったらどうなるか……おもって見ただけでもたまらねえ。さ、どうしなさる。覚悟をきめて返事をしてもらいたい」

飯沼は蒼白《そうはく》となって、仁三郎をにらんでいるが、袴《はかま》をつかみしめた両手が微《かす》かにふるえていた。

今日の〔遊び〕の手引きをしてくれたのは、屋敷へ出入りしている道具屋で、下谷広徳寺《こうとくじ》前通りに店舗をかまえている山城屋長助である。

骨董《こっとう》が好きだった亡父に可愛いがられた山城屋が、神田小川町の屋敷へ出入りをするようになってから十五年ほどになる。

飯沼新右衛門の〔かくれ遊び〕に、山城屋長助は、なくてならぬ男であった。

先日あらわれた山城屋が、

「おもしろいところが見つかりました。ま、おまかせ下さいまし」

といい、手はずをつけてくれた。

今日の昼すぎ。ひとりで、この船宿で待っていた飯沼へ、河辰の駕籠が「山城屋さんからのお迎えでございます」といい、迎えに来てくれた。

山城屋はあらわれず、玉の尾へ着いて見ると、うしろの駕籠から女が下りて、すぐさま、こぼれんばかりの愛嬌《あいきょう》をたたえ、親しげに口をきいてきたのだ。

山城屋の紹介だけに、まさか悪事がからんでいるともおもわれないが、

(山城屋とて、気づかなかったことやも知れぬ)

そう考えられぬこともない。

(それにしても、矢口仁三郎に見られたとは……な、なんたることだ)

であった。

いま、飯沼新右衛門がつとめている奥御祐筆という御役目は、幕府最高機関である老中・若年寄の秘書官ともいうべきもので、種々の機密にたずさわるし、その組頭ともなれば、三、四百石の旗本ながら権威は非常なものとなる。

それだけに収賄《しゅうわい》の機会も多い。

諸大名なり幕臣なりが、幕府や将軍に対して事をはかろうとするとき、先ず、奥御祐筆を、

「抱きこむ」

ことが常識とされていた。

現・老中筆頭(幕府の首相)である松平越中守は、就任以来、奥御祐筆の入れ替えをおこない、

「こころ正しきもの」

を人選して役目に就《つ》かしめたが、さいわいに飯沼新右衛門は、引きつづいて奥御祐筆組頭に居残ることを得た。

なにしろ、

「奥御祐筆を一代つとめれば、蔵が建つ」

といわれたほどの御役目であるから、飯沼の内証《ないしょう》は実にゆたかなものなのだ。

それを飯沼は、

「気ぶりにも見せぬ」

のである。

御城でも自邸でも、謹厳そのものであって、若党侍《わかとうざむらい》として奉公にあがっていたときの矢口仁三郎が、屋敷の女中のおすみへ手をつけ、これを身ごもらせたとき、

「不義者めが!!」

激怒した飯沼新右衛門が、二人を庭先へ引出し、木刀をふるってめったやたらに打ち叩き、

「手討ちにいたすところなれど、犬畜生を斬る刀は持たぬ。出て行け!!」

と、いった。

左腕の骨が折れたおすみを背負い、当時二十歳の仁三郎が泣き泣き、冬の雨の夜の

中を飯沼屋敷から追い出されてから、五年を経ている。

「旦那。おすみは、あれから間もなく死にましたよ。お前さんになぐりつけられ、骨を折られたのが原因《もと》だ……とはいいませんがね」

仁三郎の細い眼が、殺気に光っている。

飯沼は、声もなかった。

もしも、奥御祐筆の自分の、今日のことが老中の耳へ達したなら、取り返しのつかぬことになる。前の田沼政権のころなら問題にもされぬことだし、もみ消しもたやすいことなのだが、いまの松平政権は、

「重箱《じゅうばこ》の隅を楊子《ようじ》でせせる」

ように、末端《まったん》までの監視がきびしく、うるさい。

うかつにはうごけないのである。

「か、金で……」

と、ようやく飯沼新右衛門がいった。

「すむことか？」

仁三郎が口をゆがめて、

「すませてもいいが、そのかわり、下手《へた》に身うごきはなりませんよ。あなたが、ひと

りで金を持って来るのだ」

「む……わかった」

「百両、お出しなさい」

「え……」

「安すぎるほどだ」

「む……出す」

「明日、持っておいでなさい」

「明日は、御城へ上らねばならぬ」

「では、明後日。小石川の伝通院《でんずういん》前の坊主蕎麦《ぼうずそば》で待っていますよ。時刻は八ツ。間違えたら、ただごとじゃあすみませんぜ」

三

矢口仁三郎が去ったあとで、飯沼新右衛門は船宿から使いを出した。

一つは、広徳寺門前の山城屋長助へ、

「すぐに、駈けつけて来てもらいたい」

といい、一つは神田小川町の自邸の用人に、

「駕籠をたのんで迎えにまいるよう」

と、いいつけたのである。

山城屋長助が、駕籠で駈けつけて来るまでに一刻（二時間）とはかからなかった。

それから間もなく、飯沼家の若党と中間《ちゆうげん》が迎えに来た。

飯沼はこれを待たせておいて、山城屋との密談をつづけたのである。

山城屋は一語もさしはさまずに、すべてを聞き終えてから、

「これは、あの茶屋の主人が仕組んだことではございますまい」

と、いった。

平常、人ざわりのよい微笑の絶えたことがない山城屋長助だが、さすがに、むずかしい顔つきになっている。

「山城屋、どうしたらよい？」

「さよう……」

「百両で、すべてが片づくのならよいのだが……」

「百両、お出しなされますか？」

「それですむのなら、いたし方もあるまい。だが、後へ尾を引くようになっては困

る」

「さようで」

「このまま、矢口仁三郎のいうがままに、金をわたしてさしつかえないだろうか？」

「ふうむ……あの矢口さんが、玉の尾にいた、というのでございますね」

「そう申した」

「よろしゅうございます」

「な、なんと？」

「金は、明後日に？」

「そうだ」

「それまでに、私が玉の尾をしらべて見ましょう。その上で、もしも、玉の尾があなたさまを目当てに、仁三郎をつかって仕組んだ狂言なれば、その百両はお出し下さるにはおよびませぬ。いいえ、それは私がお引き合せをいたしたのでございますゆえ、私の責任《せめ》にございますから……なれど、もしも仁三郎ひとりの考えでしたことならば、これはあなたさまの蒔《ま》いた種でございます」

「わかっている……が、それにしても、けしからぬやつだ」

「ま、おまかせ下さいまし」

山城屋が、はじめて笑った。

世間の裏も表も知りつくしている山城屋なのである。

飯沼新右衛門も役目柄、顔もひろいし、これが以前のことなら、

（なんとでも手段《て》はあるのだが……）

なんといっても、いまの幕閣は監視の目がうるさい。これまでに飯沼たち奥御祐筆が自由自在にあやつっていた書類を、老中筆頭・松平越中守はいちいちみずからの目をもってたしかめ、微細にわたって指示をあたえるほどだ。

飯沼も、うっかりと妙なまねはできない。

あの殺気と憎悪にみちた矢口仁三郎の眼の光りも不気味であった。

（やつめ、何を仕出かすか、知れたものではない）

のである。

幕府政道の中枢《ちゆうすう》ともいうべき御役目にたずさわる身で、あのような〔隠れ遊び〕をしていることがお上《かみ》の耳へもれたなら、場合によっては、

（切腹をおおせつけられるやも……？）

であった。

つまり、それほどに、松平老中は綱紀《こうき》にきびしい。

こうなれば、山城屋長助ひとりがたよりであった。

山城屋は、こういった。

「明後日は御屋敷からお出になりませぬよう」

「かまわぬのか？」

「金をわたすようになれば、私が代りに仁三郎へ……」

「大丈夫か？」

「おまかせ下さい。年は老《と》りましてもぬかりはございませぬ」

「よろしゅうたのむ」

飯沼新右衛門を屋敷へ帰してから、山城屋長助は、

「酒を、たのみますよ」

といい、この船宿へ居残ったのである。

山城屋は、小玉屋の者を使いに出した。

山城屋の呼び出しをうけて、間もなく小玉屋へあらわれた男の顔を、この浅草界隈《かいわい》で知らぬものはないといってよい。

土地《ところ》のものが、

「聖天《しょうでん》の元締《もとじめ》」

とよんでいる、この男は名を吉五郎《きちごろう》といい、浅草一帯の香具師《やし》の束《たば》ねをしていた。

金龍山・浅草寺や本願寺をはじめ、浅草には著名な寺社が多く、したがって盛り場の繁昌《はんじょう》はいうまでもない。

こうした盛り場で客を呼ぶいっさいのことに、吉五郎は顔を売っているし、屋台店や物売り、見世物興行などで稼《かせ》ぐ香具師を一手に束ねている聖天の吉五郎の威勢は大変なものだそうな。

それでいて吉五郎は、浅草聖天町の小さな家に娘のお半《はん》と二人きりで暮している。

六十をこえた小柄な吉五郎が朝早く、自分の家のまわりの道を掃き清めている姿などを見ていると、どこの町の片隅にもころがっている変哲《へんてつ》もない老爺としかおもえない。

服装《みなり》も粗末《そまつ》なものだし、だれに対しても腰が低く、ていねいな口ぶりであった。

「浅草《ところ》の盛り場を、あんなにおだやかな元締がたばねていてくれるのだから、こんなけっこうなことはない」

と、浅草の人びとは、吉五郎を自慢にしているらしい。

香具師の元締といえば、裏へまわると得体《えたい》も知れぬ暗黒面を持ち、

「金しだいで人殺しも引きうけるそうな」

などといわれている。

それだけに、聖天の吉五郎の人柄が高く買われているのであろう。

「元締。わざわざ、すまなかったねえ」

と、山城屋長助が、小玉屋の二階座敷へ吉五郎を迎えて、

「いつも、達者でけっこうだ」

「旦那も、おすこやかで……」

「ありがとう。ま、こっちへ寄って下さい。久しぶりだ。ゆっくりとやりたいね。ま、ひとつ」

「これは、どうも……」

「いまね、熱い酒《の》が来ますよ」

「で……？」

「あ、さっそくですがね。ほれ、奥山の裏の玉の尾。先日、二度ばかりお世話になりましたよ。いや、なかなかに結構。しずかだし、木が茂っていて、まるでその箱根の温泉《ゆ》へ女でもつれて行ったような気分になってしまった」

「おさかんなことでございますねえ、旦那」

「若い女の肌は、私のような年寄りにはいちばんの薬さ」

「お気に入りましたか？　お相手をさせましたのは、茶汲女なぞじゃあございませ
ん。まだ肌の荒れていねえむすめたちを……」

「ありがとう、ありがとう」

「世の中が、ばったりと不景気になってしまったもので、あんなむすめたちまで躰を
投げ出すのでございますよ」

「人助けをしているようなものさ」

「こいつは、どうも……」

「さ、そこでね」

「へ……？」

「今日、私が引き合せたさる御方を玉の尾へ……」

「さようで。たしかお相手は、よくえらんでおいたはずでございますがね」

「いえ、そのほうは御まんぞくなのだよ。女のことじゃあない、ともいえないのだが
……」

「なにか、不都合《ふつごう》なことでも？」

「玉の尾の亭主は、たしか、元締の片腕だとかいわれた才兵衛《さいべえ》さんだね」

「さようで、年を老《と》りましたので、玉の尾を仕切らせておりますが……」

「若い者《の》もいるのかえ？」

「そりゃあもう、女とお客との連絡《つなぎ》やら……それに、こんな小むずかしい世の中になりますと、お上の目をはばかるのに、いろいろと手数もかかります。ですから旦那、どうしても、お遊びの金が高くなるのでございますよ」

「玉の尾に、仁三郎という若いのがいますか」

「え……仁三《にさ》というのはおります。しっかりした男で、二年前に私のところへころげこんでまいりました」

「ふうん、そうかえ……」

「旦那。いやでございますねえ。奥歯《おくば》へものがはさまったような……」

「客へ出す女と、お前さんのところの若い者とが、くっついているようなことはないだろうね？」

「とんでもねえ。そんな場ちがいを、この吉五郎がするとおもっていなさる？」

「そうだろうねえ。まして、二十年前に、お前さんが金ずくで、浅草の縄張りをひろげなすったとき、三百両の金を用だてたのは私だ。いえ、その金は利息をつけて返してもらいましたよ。そのことをいっているのじゃあない。私の大事なお客のことをいっているのだ」

「それが、今日の？」

「ま、きいておくれよ、元締」

にやりとして山城屋長助が、

「事と次第によったら、元締に腹を切ってもらわなくてはなりませんよ」

と、いった。

四

この夜、矢口仁三郎は〔玉の尾〕へもどらなかった。

翌々日の八ツ（午後二時）前に、仁三郎は小石川・伝通院の境内へ姿を見せた。

無量山《むりようざん》・伝通院は、徳川初代将軍・家康の生母・お大《だい》の方が葬られている名刹で、応永《おうえい》年間の創建といわれる。

幕府の庇護《ひご》もなみなみでなく、堂宇《どうう》・寮舎《りようしや》が百におよぶという広大な境内である。

この日は、朝から雨がふりけむっていた。

仁三郎は一抱《ひとかか》えの風呂敷包みを手にして、伝通院の裏門に近い〔多久蔵主稲荷《たくぞうすいなり》〕の境内へ入り、日野屋という茶店で、酒を一本のんだ。

「すぐもどるが、この包みをあずかっておいて下さい」

と、仁三郎が茶店の亭主にたのみ、伝通院の境内へ出て、中門の手前にある鐘楼《しょうろう》の下へ立ち、傘をすぼめた。

総門からの参道を中門へ入って来た女が、これを見て、

「仁三郎さん、もう、見えていますよ」

と、声をかけた。

女は、門前の〔坊主蕎麦〕の女中で、おなかという。

三十がらみの、気性《きしょう》のしっかりした女で、仁三郎とはもう三年ごしのつきあいであった。

つきあい、といっても二人の間は客と女中のそれにすぎないが、仁三郎にとってはいろいろと、おなかが居てくれなくては困る事があるのだ。

「野郎、ひとりで来たか?」

「いえ、お武家さまじゃあない。どこぞの大店《おおだな》の旦那衆のような、年寄りの……なんでも、代りにお金を持って来なすったそうです」

「ふうん……ひとりか?」

「ひとりきりです」

「お前が、ここへ来たのをだれにも知られてはいまいね？」

「大丈夫ですよ、仁三さん」

「よし。先へ帰っていてくれ」

「よござんすか」

「いいとも。おれは、すぐに行く」

おなかが去った後で、仁三郎は、しばらく考えこんでいた。

雨が強くなってきている。

やがて、傘をかたむけて仁三郎が歩き出した。中門をぬけ、総門を出て表町の通りを突切り、右側の横道へ入ると、左手に〔坊主蕎麦〕があった。

小体《こてい》な店だが、丸坊主の亭主・為蔵《ためぞう》が打つ蕎麦のうまさは、このあたりで評判のものだ。

二階に、小座敷が二つある。

その一つに、山城屋長助がぽつねんとすわっていた。

仁三郎が入って来て、するどく山城屋を見た。

「お前さんか……」

もとは、飯沼屋敷に奉公をしていた矢口仁三郎が、山城屋を見知っているのにふしぎはない。

「矢口さん。しばらくでしたね」

「そうだね」

山城屋が二度、玉の尾へ遊びに来たとき、仁三郎は女とのつゝなぎをつけに外へ出ていたので、これを知っていなかった。

「飯沼様の代りにまいりましたよ」

笑って山城屋が、ふくさ包みを出してひろげた。

小判で百両。まさにあった。

「わ、わけはききなすったのか、山城屋さん」

「別に……ただ、この金をあなたにわたすよう、飯沼様からいいつかりましたので。あ、ちょっとお待ち下さいまし。飯沼様は今後、あなたさまとは何事も……」

「なかったことにしろというのだね。わかっているよ」

「まことに？」

「う、うそはいわねえ」

「それでは、おうけ取り下さいまし」

「証文《しょうもん》を書こうか」

「要《い》りませんよ、そんなものは……」

「ふうん……」

仁三郎の頬骨がぴくりとうごいた。

暗い眼の色になって、仁三郎が凝《じっ》と山城屋を見まもった。

「では、金と引きかえに、飯沼様のお煙草入れを返していただきましょうかね」

「よし」

仁三郎が出した煙草入れを受け取るや、

「では、ごめんを……」

山城屋長助は、呆気《あっけ》ないほどに淡々と腰をあげ、仁三郎を見送りもせず、座敷を出て行った。

待たせてあった駕籠に乗った山城屋が去って行くのを、二階の窓から見送った仁三郎は目の前の百両へ手をのばした。

仁三郎が、これだけの大金を手につかんだのは、生まれてはじめてのことだ。

しかし、微笑の一片も彼の顔には浮かんでいない。むしろ陰鬱《いんうつ》にだまりこんだまま、仁三郎は百両の小判をいくつかに分けて懐紙《かいし》に包み、これをふところへしまいこんでから、女中のおなかをよんだ。

入って来たおなかへ、仁三郎は小判一両を出して、

「これを店へわたしておいてくれ」

「こ、こんなに……いいんですか」

「かまわねえ。それから熱い酒と、紙と筆がほしい。それと……そうだな、どこかで桐油紙《とうゆがみ》と紐《ひも》を買って来てくれ。それがすんだら半刻《はんとき》ほど、おれをひとりにしておいてくれ。半刻たったら、お前が天ぷら蕎麦《そば》と酒をはこんで来てくれ。そのときに、お前にたのみたいことがある」

おなかは、うなずいた。

仁三郎の顔が異様な緊張におおわれているのを、おなかは見逃さなかったけれども、それがどうしてなのか、すこしもわからなかった。

おなかは、いいつけられたとおりにした。

仁三郎は、黙念と酒をのんだ。

五

〔坊主蕎麦〕を出たとき、

（これで、いいのだ）

仁三郎の口もとへ、はじめて、さびしげな微笑がただよった。

桐油紙へくるんだ金七十両を厳重に紐でむすび、さらに風呂敷へ包み、手紙をそえた。

文面は、簡単なもので、およそ、つぎのごとくであった。


これまで、いろいろとめんどうばかりかけてきたが、これからは二度と顔を見せない。おれは遠いところへ旅に出て、二度と、江戸へ帰って来ぬつもりだ。

お初のことは、よろしくたのむ。

お前たちで、お初の身をうまくはからってもらいたい。お初も幼ないことゆえ、おれがことも忘れてくれるだろう。父親も母親も死んでしまったことにしておいてくれ、たのむ。

この金は汚れた金ではない。安心をして、お前たちやお初のために用立ててもらいたい。

仁三

孫六どの

お初は、死んだおすみが生んだ仁三郎の子で、五歳になる。

孫六は、仁三郎が少年のころまで、本所・石原町《いしわらちょう》の父の家にいた下僕であった。おすみと不義をして、飯沼屋敷を追い出されたとき、仁三郎は先ず、父・与十郎のもとへ帰ったのだが、

「馬鹿め。おれがところに、きさまたちが住む余裕《ゆとり》はねえのだ。どこへなりと、消え失せてしまえ」

父は口汚くののしり、母亡きのち、父が家へ引きずりこんでいる妾のおのえも、うす笑いをしながら冷やかに傍観《ぼうかん》しているのみであった。

兄の彦太郎は、父同様に手のつけられぬ道楽者だし、このときは家にいなかった。いたところで、とても仁三郎の味方をしてくれるような男ではない。

五十俵二人扶持の御家人といえば、徳川将軍の家来の中でも、

「まるで、滓《かす》のような……」

存在であり、しかも御役にもつけぬ小普請《こぶしん》ともなれば、当てがいぶちの安い俸給をもらい、ぶらぶらと自堕落に日を送るのが大半であって、ろくなことをおぼえはせぬ。

そうした家の次男坊に生まれた仁三郎が、それでも懸命に書物を読んだり、手習いをしたりしているのを見た遠縁の幕臣で馬杉庄左衛門という人が、

「仁三郎は、あわれな……」

と同情をしてくれ、飯沼家へ若党奉公ができるように口をきいてくれたのであった。

飯沼家へ奉公をしてからも、よいことはなかった。

主人の飯沼新右衛門は口やかましいばかりでなく、

「おのれの父のようなやつどもが、御公儀を食い荒しているのだから、たまったものではない」

露骨に軽蔑《けいべつ》し、事あるごとに、仁三郎へ当てつけがましくいうのだ。

矢口仁三郎は、いよいよ陰鬱な若者となっていったのである。

女中のおすみは、この無口でおとなしく、いつも沈んだ眼の色をしている若者に、むすめらしい同情をよせた。

屋敷内の蔵の中で、物置で、おすみとあわただしくもとめ合ったことが、いまの仁三郎の脳裡《のうり》へ火花を埋めこんだように、鮮烈なかたちで残されている。

おすみは、京橋・弓町《ゆみちょう》に住む弓師・小左衛門の三女であるが、不義で身ごもった躰

では、

「とても、もどれませぬ」

と、おすみがいった。

おすみは、小左衛門の妾腹に生まれていたし、飯沼家へ女中奉公にあがる前も、肩身せまく暮していたらしい。

そうしたおすみの身性《みじょう》に、若い仁三郎は同情もし、こころをひかれたのであろう。

父の家を出て、矢口仁三郎がおもい出したのは、自分が飯沼家へ奉公中に暇《ひま》をとり、目黒の甥《おい》夫婦のもとへ帰った老僕の孫六のことであった。

孫六は、仁三郎の祖父の代から奉公にあがり、ずっと独り身のまま矢口家にいて、仁三郎のめんどうを実によく見てくれた。

父の代になってからも、亡母のいよがやさしい人柄だったので、

「辛抱《しんぼう》をした」

とのことである。

いよが亡くなって、父は得体の知れぬ女を引きずりこむ、借金は増えるで、乱脈をきわめたが、それでも尚、孫六がいてくれたのは、少年の仁三郎のことが気にかかったからだという。

仁三郎は、孫六からよく小づかいをもらって、筆や紙を買ったものだ。

その仁三郎も、いよいよ家をはなれ、飯沼家へ奉公に出たので、孫六は安心をして甥に引き取られたのである。

おすみをつれてあらわれた仁三郎を、

「よく、此処《ここ》へ来なさいました」

と、孫六はよろこんで迎えてくれた。

甥夫婦は、中目黒村の百姓をしている。

そして、おすみがお初を生むと間もなく亡くなったのちも、子のない甥夫婦が、お初を育ててくれている。

矢口仁三郎が、お初をあずけたまま、行方知れずになったのは、そのときからだ。

以来、仁三郎の人生が一変した。

博奕《ばくち》も酒も、すぐに悪事とむすびつく生き方が、百姓にはなりきれぬ仁三郎の、必然、落ちて行くべきところであった。

年に数度、仁三郎は目黒へ出かけて、蔭ながら、お初を見ていた。

顔を見せなかったのは、

(いまに、なんとかして、むすめと二人で暮せるようになってから……)

というよりも、むしろ、自分が名乗り出るよりも、孫六や、その甥夫婦にお初をまかせておくことが、

（お初のしあわせなのだ）

と、考えていたからにちがいない。

〔坊主蕎麦〕の、おなかにたのみ、とどけた手紙と金七十両が、

（生きているおれが、最後に、してやれることだった）

のである。

仁三郎は、飯沼の代りに山城屋があらわれたことで、

（おれのいのちはねえ）

と、直感した。

道具屋の山城屋長助は大金持だし、高利貸しもしている。

いま、仁三郎が世話になっている聖天の吉五郎をはじめ、両国一帯の盛り場をたばねている香具師の元締・羽沢《はねざわ》の嘉兵衛《かへえ》も、山城屋から大金を借りたというし、武家方でも山城屋にあたまがあがらぬ人びとが、ずいぶんといるそうな。

〔玉の尾〕の黒幕が聖天の吉五郎だということは、むろん、仁三郎もわきまえている。

(金をわたしておき、おれが坊主蕎麦を出るのを見て、きっと、殺そうとするにちげえねえ。聖天の元締も山城屋にたのまれたのでは、いやとはいえまい。それに、おれは玉の尾に傷をつけた男だものな)

仁三郎が、多久蔵主稲荷境内の茶店へもどったころ、おなかは坊主蕎麦から駕籠で出ていた。

主人のゆるしを得て、仁三郎の使いに中目黒村まで行くのだ。

たっぷりと、こころづけをはずんであるので主人もいやとはいわなかったし、おなかへは金二両をあたえておいた仁三郎である。

これまでにも数度、仁三郎はおなかに目黒の孫六のところへ使いに行ってもらっている。もっとも一両とまとまった金をとどけたことはない。お初の玩具《おもちゃ》に一分《いちぶ》を包んで送るのが精いっぱいだったのだ。

(金は、無事にとどく)

聖天一味も、まさかに、おなかへ金をあずけたとは知るまい。

おなかも、たのまれた風呂敷包みの中に七十両もの大金が入っていようとは、おもってもいまい。

仁三郎のふところには十五両ほどが入っている。

聖天一味の暗殺をまぬがれたときは、江戸をはなれて上方《かみがた》へ行くつもりでいるからだ。

茶店の奥の小部屋で、仁三郎はあずけておいた包みを開いた。中に旅仕度が入っている。道中差もととのえてあった。

「すまなかったね」

旅姿となった仁三郎は茶店の亭主へ〔こころづけ〕をわたし、境内を出て行った。

雨が激しくなっていた。

まだ七ツ前なのだろうが、あたりは薄墨をながしたように暗かった。

仁三郎は強い雨に笠を打たせ、前かがみの姿勢で、それでも油断なく、伝通院裏門の傍道をすすんだ。

左側は伝通院の土塀。右手は杉木立である。

その杉木立から、ものもいわずに躍り出した男が仁三郎の前へ立ちふさがった。

(来やがったな……)

仁三郎は道中差を引きぬき、男へ叩きつけた。

やぶれかぶれで、やれるところまでやってみようという覚悟は、すでにきまっている。

仁三郎の刀は空を切った。

「畜生……」

わめいたが、どうにもならぬ。さむらいのはしくれだが矢口仁三郎は、剣術のけの字も知らない。

その男へ向って、やみくもに刀を振りまわしている仁三郎へうしろから、別の男が音もなくせまって来た。

別の男は棍棒をふるって、仁三郎の足をなぐりつけた。

「うわ……」

突き飛ばされるように倒れた仁三郎のくびすじを、先の男がなぐりつけた。

仁三郎は気をうしなった。

ぐったりとした仁三郎の躰を二人の男が杉木立の中へ担ぎこんで行った。

これを見たものは、だれもいなかった。


その夜。

浅草・駒形堂近くの船宿〔小玉屋〕で、山城屋長助と聖天の吉五郎が密談をかわしていた。

「そうかえ、そうかえ。いや御苦労さん。矢口仁三郎は、もう、この世にはいないのだね」

と、山城屋。

「わしのすることでございます。ちゃんと始末はつけておきましたよ、旦那」

山城屋が、金十両を出した。

「殺しの相場は二十五両ときいているが、私とお前さんの仲だ。これでいいね」

「へい」

吉五郎は眉毛《まゆげ》ひとつうごかさずに、十両をふところへしまい、

「では、これで」

と、立ちあがった。

「御苦労さん、御苦労さん」

その翌朝になって……。

山城屋長助が、神田小川町の飯沼屋敷を訪《おと》ずれた。

「で、どうであった？」

飯沼新右衛門が急《せ》きこんできいた。

「矢口仁三郎は、あの世へ行きましてございますよ」

「そ、そうか……たしかに、だな?」

「私のしたことでございます」

「む、そうであった。そうか、そうか……これでよい、これでよい」

山城屋は十五両の金を出して、飯沼の前へ置き、

「ところが、百両のうち、これだけしか仁三郎は持っておりませなんだそうで」

「金はいい。金など、どうでもよい。矢口が片づいてしまえば……」

「なれど、あの百両はあなたさまから出たものゆえ、これは御返しをいたしておきまする」

「念の入ったことだな」

「ところで……」

「む?」

「人ひとり殺しまして、大分に金がかかりましてございます」

「あ、そうか。心得ている。いかほどじゃ?」

「二百両」

「なんと……」

「お安いものでございます。仁三郎は、これこの……」

と、山城屋が飯沼の煙草入れを取り出して、

「この煙草入れに訴状《そじょう》をつけて、仁三郎はお上の御評定所《ごひょうじょうしょ》か、または御老中様の御屋敷へ訴《うった》え出るつもりでおりましたそうな」

「さ、さようか……」

「お安いものでございます」

「ま、仕方もないことじゃ」

と、飯沼新右衛門が苦《にが》く笑い、奥から二百両の小判を出して来て、山城屋長助へ渡した。

「あるところには、あるものでございますな」

「いうな。そのうちお前は、どれほど上前《うわまえ》をはねるのじゃ？」

「とんでもございません。私はただ、飯沼様御身の上のことをおもえばこそ、してのけたのでございます」

「ま、よい。ま、よい。ともあれ、矢口仁三郎は、あの世へ行ってくれたのだからのう」

「さようでございますとも」

六

この年の夏がすぎようという或日に……。

突如、山城屋長助が急死をした。

山城屋は、この日の午後に、同業者の寄合《よりあ》いがあって、浅草石浜の真先《まさき》稲荷の社前にある武蔵屋という料亭へ出かけた。

寄合いが終ったのは、六ツ半ごろであったそうな。

十八人の道具商たちは、舟や駕籠で、それぞれ帰途についたのだが、そのうちに、山城屋がよんだ駕籠だけが残ってしまい、

「山城屋の旦那は、まだですかえ？」

と、駕籠かきが武蔵屋の女中にいったので、

「あれ、どこへ？」

武蔵屋のものが、広い料亭の内外をさがしはじめた。

山城屋は、寄合いがあった奥座敷の外廊下を突当ったところにある便所から出て来た。

生きて出て来たのではない。

念のため、女中が便所の戸をあけると、中に山城屋が背中をまるめてうずくまっていた。

便所の中は、血の海であった。

武蔵屋では、大さわぎとなった。

山城屋長助は、心ノ臓を一突きに鋭利な刃物で刺され、息絶えていたのである。

山城屋殺しの捜査《そうさ》は、この年が暮れても、いっこうにすすまなかった。

町奉行所ばかりか、盗賊改方も出張《でば》って来て、ずいぶんと手をつくしたのだが、山城屋殺害の理由もつかめなかったし、武蔵屋の主人夫婦や奉公人たちを、いくら洗ってみたところで、なんの手がかりも得られなかった。

いっぽう、山城屋の妻子や奉公人からも得るところはない。

山城屋の出入り先へも調べが行った。

飯沼新右衛門も、その対象となったが、

「ただ、父の代よりの出入り商人、というだけのこと」

と、飯沼はこたえた。

しかし飯沼も、仁三郎事件の後だけに、何やら不気味であったようだ。

年が明けた寛政二年の春。飯沼新右衛門は、病気を理由に、奥御祐筆の役目を辞し、幕府はこれをゆるした。

こうして無役になった飯沼だが、金銀はしっかりとためこんであるから、別だん、困ることもない。

ただ飯沼は、幕府の官僚としての栄達をあきらめたのではあるまいか。

自分の秘密をにぎっていた山城屋が死んだことには、飯沼も胸をなでおろしたろうけれども、その死にざまが異常であるだけに、不安がつのってきて、これ以上、要職にとどまっていることに堪えられなかったのであろう。

(山城屋は、仁三郎を殺したと申していたが……もしや、仁三郎は生きていたのではあるまいか？　……山城屋を殺したのは仁三郎なのではないか？　……山城屋は仁三郎を殺さずに、わしから大金をかすめとったのではないか……山城屋なら、やりかねぬことだ)

と、飯沼新右衛門は感じていたやも知れぬ。

退職してから、飯沼は急に心身がおとろえ、四年後に病死している。

そのことはさておき……。

飯沼新右衛門が役目を辞して間もなくのことであったが、浅草・奥山裏の〔玉の尾〕が廃業をして、好色のなじみ客をひどく嘆かせた。

春が、すぎようとしていた。

飯沼新右衛門が山城屋長助の手引きで、はじめて〔玉の尾〕へ遊びに来てから、ちょうど一年の歳月がすぎ去ったことになる。

雇い人も去って、森閑としずまり返った〔玉の尾〕の奥の一間で、聖天の元締・吉五郎が、玉の尾の主人・才兵衛と酒をくみかわしていた。

吉五郎が、香具師の元締だなどとは、

(とても、おもえぬ)

ような風貌をそなえているのと同様に、才兵衛も、

(これが聖天の元締の片腕といわれた男には、とても見えない)

のである。

でっぷりと肥《ふと》った才兵衛は、もう七十をこえていよう。小柄な吉五郎とは対照的な大男で、血色のよい顔が元気いっぱいに見えるし、陽気な人柄であった。

才兵衛は若いころ、

〔仏《ほとけ》の才兵衛〕

といわれたそうで、自分より年下の吉五郎をもりたて、浅草の縄張りをひろげ、自

分は蔭のちからになっていて、すこしも不満をもらしたことがない。

　若いころの吉五郎は、深川一帯をたばねている香具師の元締で〔不動の仙蔵《せんぞう》〕という親分の下ではたらき、修行をつんでから、仙蔵の差金《さしがね》で浅草へ喰いこみ、先代の聖天吉五郎の養子となった。

　ここへ漕ぎつけるまでの苦心は大変なもので、

（いまはあんなにおだやかな爺さんになってしまったが、むかしの吉五郎どんときたら、何人殺《あや》めたか知れたものじゃあねえ）

　と、香具師仲間の長老たちは蔭でもらしていた。

　そうした長老たちも、いまは、ほとんど死絶えてしまっているから、若いころの吉五郎を知っているものは、片腕の才兵衛ぐらいなものであろう。

「さて、才兵衛どん……」

　と、吉五郎が才兵衛の盃へ酒をみたしてやりながら、

「この玉の尾を店仕舞《みせじま》いにしたからは、当分、聖天町のおれがところで骨やすめをしておくれ」

　と、いった。

「ええ、そうさせてもらいましょうよ」

才兵衛は、いささかもこだわるところがなかった。

「店をたたむにもおよばなかったが、いったんけちがついたからには危《あぶ》ねえことだ。それに、お上《かみ》のお取締りもいよいよ強くなる一方だし、女の肌身を客に売って、諸方へつながりをつけたところで、もうどうしようもねえわさ」

「おたがいに、こう年を老《と》っちゃあね」

「そのことよ。もう、この稼業にもあきてしまった」

「だからといって、こうなってはお前さんも、勝手に身を引くわけにもいきませんねえ」

「跡目《あとめ》を、だれにつがせるか……おれも、もう六十四だ。むすめのお半に養子をもらって跡目を、と思っていても、いってえ、だれをもらおうかというと、こいつなかなか……」

「ざっと見たところ、子分の中に八人はいますからねえ」

「さ、その八人のうちから一人をえらぶ。この仕事を、これから才兵衛どんにしてもらいてえのだ」

「めんどうだなあ、元締」

「たのむぜ。くされ縁《えん》だとおもってくんねえ」

「ふ、ふふ……」

「それがすんだら、お前と二人で、川向《かわむこう》の、どこかしずかなところへわら、ぶき屋根の家でもつくり、草や花でもいじりながらのんびりと暮してえな」

「よござんすね、元締。そのときに入り用の金は、ちゃんと別に、とってありますよう」

「いや、まったく、お前なりゃこそだ。ありがてえ。ありがてえ。そうなったら才兵衛どん。縄張りも、むすめのことも、おれは忘れちまうよ。それよりもお前と二人で、こころしずかに死ぬ日を迎えようじゃあねえか」

「よござんすね」

「ま、ひとつ」

「へ……すみませんねえ」

「しずかだのう」

「女のにおいが、ようやく消えましたよ」

「ときに、才兵衛どん。山城屋殺しも、どうやらうまくいったねえ」

「捜査《おしらべ》は打ち切りになったそうで……」

「それにしても、すまなかった」

「なあに……だが、七十をこえて、久しぶりに殺しをやって見ましたが、まだ、いけますよ、元締。もっとも、この通り肥っちまったので、便所の中で山城屋を殺《や》るのが、ちょいと骨でござんした」

「いや、まったく見事というよりほかに、いいようがねえやな」

「ま、山城屋なぞは、あの世へ行ったほうがいい。世のため人のためというやつで」

「そうともね。なまじ、こっちの稼業へ首を突っこみ、顔をきかせて恩を売るものだから、両国の羽沢の嘉兵衛や深川の二代目もうるさがっていたことだしなあ」

「それはそうと、元締」

「なんだえ？」

「お前さん、あの、仁三郎をなんで逃してやったので？」

「そうよなあ、仁三は、おれたちに傷をつけて、客にゆすりをかけた。こいつは稼業の掟《おきて》でゆるせねえことだったが……ま、かんべんしてくんねえ。あのとき仁三を、伝通院の裏手で引っさらい、そのまま上方へ逃したわけは……」

「その、わけは？」

「仁三の子供を育てている中目黒村の百姓爺いで、孫六というのがいてねえ」

「ふむ、ふむ……」

「この孫六、実は、おれの実の兄なのさ」

「そいつは、はじめてききましたが……」

「いや、兄が一人いることは、前にもいったぜ」

「そんな気もするが……」

「兄きは、仁三郎の実家へ長い間、奉公をしていてね。まるで仁三を自分《てめえ》の子のように可愛いがっていたのさ」

「じゃあ、それで仁三郎を手もとへ引き取りなすったので？」

「仁三にはいってねえがな。なにしろ仁三郎はあのころ、すっかり自棄《やけ》になっていて諸方のごろつきどもとつきあい、つまらねえ悪事をつみかさねていたものだから、兄きも心配してな。それならいっそ、お前が引き取ってめんどうを見てくれ、とこうたのんで来た」

「なるほど」

「そこでおれは手をまわし、鳥越《とりごえ》の松浦《まつら》様の中間部屋の賭場《とば》にいた仁三郎へ、友七をさしむけてさそいをかけ、うまく手もとへ引き取ったところが、あのさわぎを引き起してしまやあがった……ま、こういうわけだよ、才兵衛どん」

「そうか……それで、すっかりわかりましたよ、元締」

「仁三郎も、いまごろ、どこで何をしていやがるか……」

「江戸へ、いつかは帰って来ましょうねえ」

「たった一人のむすめがいるのだからね。だが、もうこれからは知っちゃあいねえわい、これからは一日も早く、お前と二人で隠居をすること、こいつを考えなくちゃあ、な……」

「それにつけても、早く跡目を決めねえと……だが、こいつ、なかなかにむずかしい。身内一統《みうちいっとう》をまるくおさめるまでが大変だ」

「たのむよ、才兵衛どん」

「いつもいつも、ひどい役目ばかりだ」

「これも、くされ縁、くされ縁」

「おや……？」

「どうした？」

「元締。ごらんなせえ、窓から虻《あぶ》が入って来た……もうすぐに、夏でござんすねえ」

不忍池暮色

一

「相手が女だからといって、気をゆるしてはいけねえ。相手が相手だけに、充分に気をつけて、この殺しを他人に見せてはならねえ。そこのところは弥吉《やきち》、お前がする殺しだけにぬかりはあるめえが……」

と、羽沢《はねざわ》の嘉兵衛《かへえ》が小判二十両を弥吉の前へ置いた。

殺しの報酬の半金である。

とすれば、

(合せて四十両か……女ひとりの殺しにしては、大きい金だ)

嘉兵衛の前へ、きちんと膝をそろえている目吹《めぶき》の弥吉は、胸の内で北叟笑《ほくそえ》んだ。

羽沢の嘉兵衛は、もう六十をこえているが、本所・両国一帯の盛り場を縄張りにしている香具師《やし》の元締《もとじめ》である。妾《めかけ》のおかねに、本所の回向院《えこういん》近くで〔河半《かわはん》〕という料理茶屋を経営させてい、女房が死んでからの嘉兵衛は、ほとんど〔河半〕に住み暮していた。

千に近い香具師たちを束《たば》ねて、縄張り内の物売りから見世物の興行にいたるまで、いっさいの権利をつかんでいる嘉兵衛の、羽ぶりは大きい。

それだけに裏へまわると、江戸の暗黒街と、

「切っても切れぬ……」

羽沢の嘉兵衛なのである。

欲得ばかりではなく、下総《しもうさ》の漁師の子に生まれ、江戸へ出て来て、これだけにのし上るまでには、いうにいえない過去があるし、退《の》き引《ひ》きならぬ義理が絡み、金ずくで、ひそかに人を殺《あや》めることも仕てのけねばならない。

むろん、自分の手は血で汚さぬ。請《う》け負《お》った金の半分をわたし、他人に仕掛けさせるのである。

こうしたとき、目吹の弥吉は、嘉兵衛にとって、

「なくてはならねえ男……」

であった。

常陸《ひたち》も下総に近い、利根川辺りの村に生まれたということだが、目吹の弥吉の過去を、羽沢の嘉兵衛もよくは知らない。

見たところ細《ほ》っそりとした躰《からだ》つきの、年齢は三十だというが五つ六つは老けて見える弥吉は、口のききようもおとなしく、いつも火鉢の灰のような冴えない顔色《がんしょく》をしている。

だが、殺しの巧妙さと、的《まと》を外《はず》さぬことにおいては、折紙つきの男であった。

「それで元締。殺める女は、どこの……？」

「浅草茅町《かやちょう》の小間物問屋・伏見《ふしみ》屋《や》の内儀《ないぎ》だよ」

「伏見屋の……」

茅町の伏見屋といえば、目吹の弥吉の耳へもきこえているほどの大きな商家だ。

その伏見屋の主人《あるじ》・長次郎《ちょうじろう》の妻お孝《こう》を、だれかが暗殺しようとしているのであった。

「だから、ぬかい、ぬかりのねえようにと、念を入れたのだ」

「わかりました。元締」

「たのむぜ」

うなずいた弥吉は、すぐに立ちあがり、河半の奥の一間から出て行った。

だれが、どんな事情でお孝を殺そうとしているのか……それは弥吉に関わり合いのないことだ。大金の報酬をうけ、たのまれた相手を人知れず殺してしまうことだけが、彼の仕事なのである。

河半を出た弥吉は、両国橋を西へわたった。

先ず、手はじめに浅草へ出て、伏見屋の店構えを、あらためて見ておこうとおもったのだ。

羽沢の嘉兵衛は「殺せ」といっただけで、その手段までは示唆《しさ》してくれぬ。

手段は、弥吉が見出さなくてはならぬ。

大川（隅田川）の水は黒みを増し、川面を行き交《か》う大小の舟足までが重く見えた。

秋も暮れようとする或る日の昼前のことで、空は厚い雲におおわれ、風は絶えていたが、まるで冬のように底冷えが強《きつ》かった。

茅町の伏見屋の前へあらわれた目吹の弥吉は、伏見屋の真向いにある〔小玉庵《こだまあん》〕という蕎麦屋《そばや》へ入って行った。

いい、きっちりと帯をしめ、羽織も着ている目吹の弥吉は、どこぞの小さな店の主人のようにも見える。

茅町は、浅草御門外の蔵前通りをはさむ両側に、わかれている。

伏見屋は西側の一丁目にあり、目吹の弥吉が二階の小座敷へあがった小玉庵は、東側の一丁目にあった。

弥吉は、二本の酒をのみながら、窓を細目に開け、伏見屋の店先をながめている。

江戸中にのみならず、駿府《すんぷ》（静岡市）や甲府などの小間物屋からも仕入れに来るというだけあって、間口五間の店先の、人の出入りがはげしい。

酒のあとの蕎麦を口に入れかけて、弥吉は、

（おや……？）

店の横手に見える塀《へい》の潜門《くぐりもん》から、中年の女中をうしろに、通りへ出て来た女を見て、

「もし、ちょいと……」

蕎麦を運んで来た小女が、出て行きかけるのを呼びとめ、

「ほれ、あの、いま、あそこへ行く二人づれの女の、こっちのほうは、たしか伏見屋さんのお内儀だったたね？」

「ええ、そうでございますよ」

気にもとめず、小女は、そうこたえた。

「どうもね、酒をのんだものだから、蕎麦へ口がまわらなくなってしまった……」

すばやく、勘定をすまし、弥吉は小玉庵を飛び出した。

伏見屋の内儀・お孝は、女中をつれ、神田川に沿った道を左衛門河岸《さえもんがし》へ出た。

弥吉は、すぐに追いついた。

お孝は二十七歳。夫・長次郎との間に二人の女の子をもうけている。

嫋《たお》やかな、女にしては背丈《せたけ》の高い躰つきなのだが、腰のあたりの肉置《ししお》きに、女のさかりがみなぎっていた。


そのころ、伏見屋の奥座敷では……。

主人の長次郎が黙念と茶をのんでいる。

長次郎は三十五歳。

この年齢にしては、ひどく肥ってい、顔も躰も肌が白く、冬の最中でも鼻の頭へうす汗をにじませている長次郎であった。

童顔の、長次郎の小さな眼が妖《あや》しく光っている。

このところ、妻のお孝は十日に一度ほど、諸方の神社へ参詣に出かける。

五つになる次女のおきみの躰が、一年ほど前からあまりおもわしくなく、病床につくことが多い。

「おきみの躰を、なんとか丈夫にとおもいまして……」

お孝は、信心の理由を、長次郎にそういった。

だが実は、神仏への信心、参詣に事よせて、お孝は或る男と或る場所で、

「忍び逢っている……」

ことを、長次郎は知っているのだ。

或る場所とは、上野の、池《いけ》の端仲町《はたなかちょう》にある〔よし本〕という小さな水茶屋《みずぢゃや》の二階座敷だそうな。

或る男とは……むかしから伏見屋へ出入りをしている大工の棟梁・芳五郎《よしごろう》の下ではたらいている伊太郎《いたろう》であった。

このことを知ったとき、愕然《がくぜん》となって、しばらくは口もきけなかった伏見屋長次郎であったが、しばらくすると、真底《しんそこ》からの怒りが胸にこみあげてきた。

(畜生《ちくしょう》……よくも……)

と、その怒りは、妻の間男《まおとこ》である大工・伊太郎へ向けられたというよりも、お孝が憎くて憎くてたまらないのである。

お孝は、神田・相生町《あいおいちょう》の小間物屋・吉野屋清蔵のむすめで、吉野屋が伏見屋から商品の仕入れをすることもあって、

「どうしても、吉野屋のむすめと夫婦になりたい」

と、いい出してきかなかった長次郎に、父も母も根負けがしてしまい、

「どうもうちにはつり合わない縁談《はなし》だけれども、そこまでいうのなら仕方がない」

父母は、一人息子のねがいをゆるしてくれた。

吉野屋にとっては、それこそ、

「ねがってもない……」

玉の輿《こし》だったといえよう。

たちまちに縁談がととのい、お孝は長次郎の妻となり、それから四年の間に、伏見屋の父と母が亡くなってしまったのだから、当時の商家の妻としては、めぐまれすぎていた。

「同じ女に生まれるのなら、吉野屋のむすめのような、よい器量の女に生まれてくるものだ」

と、当時は外神田界隈《かいわい》で、人びとがそういい合ったそうな。

お孝の実家の吉野屋は、いま、伏見屋の〔支店〕のようなかたちとなり、商売も繁《はん》昌《じょう》するし、店舗もひろげている。

(畜生。お孝は何ということをしてくれたのだ。私が実家にまで目をかけてやっている恩を忘れて、よくも……よくも、私を踏みつけにしたものだ)

このことであった。

絶対に、自分を裏切ることはない貞淑《ていしゆく》な妻だと信じきっていただけに、長次郎の憎悪は、大工・伊太郎から逸《そ》れ、ひたと妻へ射つけられている。

（生かしてはおけない……）

ついに、長次郎は決意をした。

決意したからには、これを、おもてに出してはならぬ。店の奉公人にも知られてはならぬ。見て見ぬふりをよそおっている長次郎の胸の底には、陰惨な憎悪が烈《はげ》しく昂《たか》まっているのだ。

夫が、わざと騙《だま》されているのも知らぬ妻は、依然、伊太郎との逢いびきを熄《や》めようとはせぬ。

それはさておき、伏見屋長次郎は、以前から妻に隠れての女遊びは相当なものなのだ。

現に、それと知らずにお孝と伊太郎が逢引きをしている出合茶屋〔よし本〕へも、長次郎は女と逢うために、何度も通っていたことがある。

お孝の逢いびきを長次郎へ密告したのは〔よし本〕の女あるじ・お吉《きち》であった。

それとわからぬように、羽沢の嘉兵衛へ、お孝暗殺の手引きをしてくれたのも、お吉だ。

四十をこえてから、水茶屋のあるじにおさまったというお吉は、以前、谷中《やなか》・茶屋町の岡場所で何年も客をとっていたことがあるといううわさを、長次郎も耳へはさんだことがある。

（いまに……見ているがいい）

茶をのみ終えた長次郎は、ゆっくりと店の帳場へ出て行った。

二

この夏から秋にかけ、

（もし……もし、だれにもわからないように、あの女を、この世から消してしまったら……そうしたら、うちの人は、きっと私のところへ、もどって来るにちがいない……）

ふと、おもいついたそのことが、日毎に、お清の胸の内でちからを加え、

（そうだ。それよりほかに、道はないのだもの）

殺意が、ぬきさしならぬものとなってきている。

お清は、大工・伊太郎の女房であった。

伊太郎との間に、お茂《しげ》といって、四つになる女の子があった。

この夏までは、お清にとり、何ひとつ不足のない月日が、たしかな重味となって感じられていたのである。

伊太郎は、外神田の〔大芳《だいよし》〕とよばれる大工の棟梁・芳五郎の下で、はたらいている。

年齢は二十八で、子供のころから大芳で叩きあげただけに、親方の信頼も厚かった。

伊太郎の父親も、先代の大芳の下ではたらいていた大工だったが、

「おれが十《とお》のときに、足の小さな怪我《けが》がもとで、あっけなく死んじまった……」

と、伊太郎はいった。

その傷から黴菌《ばいきん》が入り、破傷風《はしようふう》を起したらしい。しかも、その前の年に、母親が病殁《びようぼつ》している。

そこで、孤児となった伊太郎を、大芳の親方が引き取り、一人《ひとり》前の大工にしてくれたのであった。

さて……、
大芳は、諸方の商家へ出入りをしているが、浅草茅町の小間物問屋・伏見屋も、先

代からの出入り先で、この春から夏にかけて、伏見屋が店舗の一部と、奥の家族の居住部分を、

「建て直したい」

ということになり、大芳は、すぐさま、仕事にかかった。

伊太郎も、毎朝、元鳥越の住居《すまい》から、茅町の伏見屋へ通うことになったわけだが……。

その改築工事の折に、伏見屋の内儀・お孝と通じ合い、普請《ふしん》が終ったあとも、いまだに密会をつづけているらしい。

このことを、ひそかに、お清の耳へ入れたのは、伊太郎と同じ〔大芳〕ではたらいている岩五郎《いわごろう》であった。

岩五郎は四十に近い年齢だし、四人の子持ちだけに、分別もあり、お清は伊太郎と世帯をもったときも、いろいろ世話になっている。

「このことに気づいているのは、いまのところ、おれだけだ」

と、岩五郎は、お清にいった。

「おれも、ずいぶん、伊太郎にいってやったが、聞き入れてはくれねえのだ。なに、こんなことを女房のお前の耳へ入れるなんてことは、まったく、ばかげている。何も

知らねえお前に、だ。だがなあ、お清さん。こうなったら、もう、早いうちに、お前から伊太郎へいってもらい、けむりが立たねえうちに、火を消してしまわなくてはいけねえ。出入り先の大店《おおだな》のおかみさんと伊太郎が、人目を忍ぶ深い仲になっているなぞということが、大芳の親方に知れたら、こいつ、とんでもねえことになってしまうぜ。親方が伏見屋への出入りをさし止められることはもちろん、たとえ伏見屋で、事を内密《ないしょ》にしてくれても、伊太郎は、もう江戸の大工としてやっていけねえ」

おもいあぐね、おもいきって、岩五郎はお清に打ちあけたのだ。

岩五郎がいうには、

「二人は、子供のころから知り合っていたらしい。というのは、それ、大芳の親方の住居が外神田の松永町で、伏見屋のおかみさんの実家《さと》とは目と鼻の先だ。だから、親方のところへ引き取られていた伊太郎は、おかみさんが子供のころから見知っていたらしいのだ」

その二人が、十年ぶりで再会し、家も、妻も夫も忘れて情炎に狂いはじめた。

そういわれてみると、お清にも、いちいち、うなずけることがあった。

そこは夫婦の間のことで、これまでの生活が微妙に変りつつあることを、お清は感じとっていたのである。しかし、それが何か、よくわからなかった。まじめに、はたらきつづけてきた夫の伊太郎が何かの拍子に……たとえば、夕餉《ゆうげ》の膳に向っていて、ふと、箸《はし》を持つ手をとめ、ぼんやりとあらぬ方を見つめているときがあった。そんな様子を、かつて、お清に見せたことのない伊太郎である。うつろな眼の色でありながら、何か、妙に気味のわるい光が凝《こ》っていたのを、お清はおぼえている。

たまりかねて、

「お前さん。どうしたの？」

尋《き》くと、伊太郎は、

「いや、別に……何でもねえ。ちょいと考え事をしていたものだから……」

と、こたえた。これが、一度や二度ではなかった。

伊太郎の腕に抱かれているときも、お清は、これまでにはなかった何か、を、肌で感じとっていた。

(そうだったのか……)

おどろきもし、哀しみもしたが、そのときのお清は、伊太郎を説き伏せる自信があったといえよう。

或る夜、お茂を寝かしつけてから、お清はいきなり、伊太郎にいった。

「お前さん。此間《このあいだ》ね、お前さんが伏見屋のおかみさんと歩いているところを見ましたよ」

伊太郎は青くなった。

顔を伏せたまま、沈黙した。

みごとに、お清のかけた幼稚な罠《わな》にかかって、いいわけもできぬ。伊太郎とは、そうした男なのだ。

「何をいっていやがる」

と、笑いに誤魔化《ごまか》すことも、

「どこで見たというのだ？　嘘もやすみやすみいえ」

と、反撃する術《すべ》も持たない。

このとき、お清は、

（こんな正直な、うちの人に手を出したのは、きっと、伏見屋のおかみさんのほうからだ）

と、おもった。

お清は、岩五郎からいわれたように、伊太郎を説き伏せた。伊太郎は泪を浮かべて、

「もう、二度と、会わねえよ」

誓ってくれた。

だが、このごろ、伊太郎は、また伏見屋のお孝と密会しはじめたらしい。

お清も、こうなると、前のときのように、おだやかな口をきいてはいられなくなり、伊太郎も血相を変えて、たがいにののしり合った。

いまの伊太郎は、三日に一度ほどしか、家へ帰って来ない。

岩五郎の家へ泊っているのでもなかった。

「どうも困った。伊太郎が仕事を怠《なま》けるので、親方も気にしていなさる。おれも、ずいぶんいってやったが、聞き入れてくれねえのだ」

岩五郎も、あぐねきっている。

お清は、すでに、二人の密会する場所をつきとめていた。

三

「もう、冬だねえ……」

細身だが、筋肉の引きしまった大工・伊太郎を、伏見屋のお孝は、ふとやかな双腕《もろうで》に抱きしめ、ためいきのようにつぶやいた。

「師走《しわす》（十二月）に入ったら、私の身も自由にはならなくなる。毎年きまっていることだけれど、それこそ毎日、目がまわるように、いそがしくなってしまう……」

蒲団《ふとん》の中の伊太郎の躰は、まだ汗をにじませている。鞣《なめ》し革《がわ》を張ったような男の肌からたちのぼる濃い体臭を、お孝は胸いっぱいに吸いこみながら、

「師走に入る前に、逃げておくれかえ」

と、ささやき、その自分の声に唆《そそ》られ、やわらかい太腿を、男のそれへ差し入れ、

「お金は、もう、仕度をしてあるのだよ、伊太郎さん……」

「うむ……」

伊太郎も、この日、ようやく心が決まったようだ。

「逃げよう、おかみさん……」

「お孝とよんでおくれ、と、この前、約束をしたじゃないか」

無口な伊太郎のこたえは、お孝の乳房へ顔を埋めることであった。

「そう。それじゃ、いいのだね？」

「いい」

「ありがとう。よく、決心をしておくれだった……でも、もう、こうするよりほかに、仕方がないのだものねえ」

「うむ……仕方がない……」

「大坂へ行きましょう、伊太郎さん。すこしは手づるもあるし……」

「うむ……」

「私は、もう、二人の子を捨てることも、胸の内できっぱりと片づけてしまったけれど、お前さんは辛《つら》いだろうねえ」

「……」

「でも、私はいい。もう、うちの旦那に恩を着せられることもないのだもの。何かにつけて、恩を売られるときのたまらなさ。これが夫婦なのだろうか、と、いつも口惜しくて……ほんとは伊太郎さん。私、伏見屋なぞへ行きたくはなかったのだよ。お前さんといっしょに、なりたかった……」

「そりゃあ、おれも……」

「でも、あのころのお前さんは、取りつく島もなかったじゃあないか。何をいっても黙りこんでしまって、何の手ごたえもないのだもの。私だって、まだ小娘だったし、これではもう望みはない……だから、あきらめるより仕方がなかったのだよ」

「おれは、お孝さんが、おれのことを、そんなふうに、おもっていてくれるとは、夢にもおもっていなかったよ」

「それに、あのころ、私の実家《さと》は金繰りがつかなくて、たとえ冗談にもせよ、お父さんが、首をつろうかなぞと、いっていたこともあったほどで……だから、つい、伏見屋からの縁談《はなし》を断り切れなかった……」

「わかっている、よ」

「ひどいのだよ、伊太郎さん。うちの旦那は……」

「何が？」

「私の躰を、はじめから、まるで玩具のようにして……」

「もう、よせよ」

「だって、そうだもの」

しゃくりあげながら、お孝は、伊太郎の胸肌を唇でまさぐりはじめた。

「私の男は、お前さん、ひとり……」

「お孝……」

伊太郎の躰が激しくうごいた。

お孝は、喘《あえ》ぎを昂め、伊太郎の躰のうごきに合せ、身をくねらせつつ、

「でも、お前さんのおかみさんに、すまない……」

「なにもいうなって……」

「おかみさんの身寄りは、あるのかえ？」

「うちの女房《やつ》は、常陸《ひたち》の目吹というところで生まれて、兄貴が一人いるらしい。おれは一度も会ったことはねえが、二年か三年に一度、たずねて来るといっていたっけ……」

「そう……」

「もう二度と、たがいに、過去《まえ》のことはいわねえことにしよう」

「そう……ええ、そうだとも」

「約束だぜ」

「あい……うれしい……」

「ああ、お孝……おれは、もう、躰中が、溶けてしまいそうだ……」


二人が、池の端仲町の茶屋〔よし本〕を出たとき、霜月《しもつき》（陰暦十一月）中旬の日ざしは消えて、水の底のような夕闇《ゆうやみ》がただよいはじめている。いつも、こうして別れるときよりも、たしかに半刻（一時間）は遅くなっていたが、お孝は動じなかった。

夫の伏見屋長次郎は、何もいわずにいるが、それだけに、不気味である。霜月へ入ってからは、六日か七日に一度は外出《そとで》をしているのだが、これをとがめようともせ

ぬ。ちらりと上眼《うわめ》づかいに見て、

「ああ、いっておいで」

と、長次郎はゆるしてくれる。

口やかましい夫の、こうした態度を、お孝はいま、はかりかねているのだ。もし、伊太郎との密通を知っているのだとしたら、

(だまっている旦那ではない……)

はずだからである。

お孝と伊太郎は、不忍池に沿った道を黒門前の広場まで来て、目と目を合せ、うなずき合って別れた。

十日後に会うときは、

(もう、こんなに辛い別れをしなくともいいのだ)

であった。

その日、伏見屋を出たら、二度と帰らぬつもりだ。

いま伊太郎は、大芳の仕事をしながら、諸方の旅籠《はたご》や友だちの家を転々と泊り歩いている。お孝のほうも、この上の密会は、どうしても無理になってきていたし、伊太郎もまた、棟梁の芳五郎が、

「伊太郎のやつめ、何か、おれに隠し事をしていやがるにちげえねえ。いまになって、悪い遊びでもおぼえやがったか……」

と、もらしていたそうだが、このままで済むはずがなかった。

夕暮れの広小路は、ひとしきり、人通りがはげしい。

その人混みの中へまぎれこんで行く伊太郎の後姿を見送ってから、お孝は物蔭から出て、伊太郎が去った方向とは反対の、上野山内と不忍池にはさまれた道を北へ行く。

不忍池に突き出ている小島（中島《なかじま》）に祀《まつ》られてある弁天社を左にながめ、尚も池畔をたどって行くと、御花畑とよばれる池畔へ出る。

ここにも風雅な料亭や茶屋があり、その中に〔松月庵《しょうげつあん》〕という汁粉屋がある。

浅草・新堀端の〔松月庵〕の支店で、不忍池を借景《しゃっけい》にした奥庭があり、小座敷がいくつもあり、男の客のために酒の仕度もしてある。

ここに、お孝の供をして来た中年の女中・おせきが待っているのだ。

おせきは、お孝の実家から伏見屋へついて来た女中であった。何度も、お孝の不倫をいさめたが聞きいれないので、やむなく、お孝を庇《かば》い、助けている。

二人して伏見屋を出て、お孝は伊太郎が待つ〔よし本〕へ急ぎ、おせきは〔松月庵〕へ来て、密会を終えたお孝があらわれる時刻をはかり、ちょうど、そのころに、車坂の駕籠屋〔駕籠伝《でん》〕から町駕籠が二挺《にちょう》やって来る。お孝とおせきは伏見屋の近くで駕籠を捨て、何喰わぬ顔で帰って行く。これが、いつもの例であった。〔松月庵〕へも〔駕籠伝〕へも、たっぷりとこころづけを渡してあるので、万事うまく運んでくれるのだ。

いま、お孝は、中島の弁天社へ渡る池の中の細道の前へさしかかった。

右側は、鬱蒼《うっそう》とした上野山内。左は、

「広さ方《ほう》十丁《ちょう》ばかり、池水《ちすい》深うして旱魃《かんばつ》にも涸《か》ることなし。ことに蓮《はちす》多く、花のころは紅白咲きみだれ……」

という不忍池の、彼方の西空へ、血のような夕焼けが一刷毛《はけ》残っていたが、あたりの夕闇は、いよいよ濃さを増し、道行く人影もなかった。

(おせきが、さぞ、じりじりしていることだろう)

と、足を速めつつ、

(おせきに迷惑をかけるのも、今日かぎりだ)

お孝は、おせきのために二十両ほどの金を用意してある。

自分が伏見屋を出奔するのと同時に、おせきも姿を隠してしまわなくてはならない。

おせきには、まだ、告げてはいないが、

（間ぎわになってからのほうがいい）

と、お孝は考えている。

四

（来た……）

と、お清は、穴《あな》の稲荷《いなり》の先の木立の蔭から、不忍池に沿った道を急ぎ足に、こちらへ近づいて来るお孝をみとめ、鯵《あじ》切り包丁《ぼうちょう》の柄をつかみ直した。

ここまで漕《こ》ぎつけるために、何日かかったろう。

四つになるお茂を、となりの女房にたのみ、お清は辛抱づよく、池の端仲町の〔よし本〕を見張りつづけ、これまでに二度、亭主の伊太郎とお孝が別々に入って行き、共に出て来るのを見た。

そして、伊太郎と別れた後のお孝の行動が、いつもきまっていることをつきとめた。

五日ほど前から、お清は鰺切り包丁を用意し、〔よし本〕を見張っていたのである。

（お孝を殺すなら、此処《ここ》だ……）

と、お清がえらんだのは、上野山内の不忍池に面した穴稲荷の木立の前あたりである。

お清は腕力に自信があった。少女のころからはたらきつづけてきているので、お孝へ組みつき、押し倒して、

（喉笛《のどぶえ》を掻《か》っ切ってやる……）

つもりであった。

だが、いざとなると、我ながら、だらしがないほどに手足がふるえ出した。

お清が考えていたように夕暮れどきの、このあたりは、黒門下や広小路のにぎやかな灯火や人通りが、

「まるで嘘のように……」

おもえるほどのさびしさである。

池畔の茶屋の灯りがのぞまれても、人通りはめったにない。ことに今日は、お孝が

〔よし本〕を出る時刻が、いつもより遅かった。

お清の喰いしばったつもりの歯が、カチカチと音をたてている。

(畜生。よくも、うちの人を……)

這うようにして木蔭から出たお清は、道端へ屈みこんだ。お孝が傍へ近づくのを待ち、飛びかかるつもりであった。道に屈みこんでいる女を見たところで、まさか、お孝は、自分のいのちに関わり合いがあるとはおもうまい。

お孝が、
近づいて来る。

夕闇ともいえぬ暗さになっていた。

お清のあたまへ血がのぼり、手足のふるえがとまった。

お清は横眼づかいに、近づいて来るお孝を睨《にら》みすえつつ、袂《たもと》で隠した鯵切り包丁の位置を移そうとした。

そのときである。

(あっ……)

お清が、はっとなった。

お孝のうしろへ、いつの間にか男がひとり、歩いて来るのを見たからである。

（あ……いけない……）

通行人があったのでは、お孝を殺すことはできない。

（畜生……せっかく、ここまで……）

だが、仕方もなかった。

お清は、また、這うようにして木蔭へ隠れた。

すぐに、お孝が目の前を通りすぎた。

その瞬間であった。

お孝のうしろから、音もなくやって来た男が、いきなり、お孝へ飛びかかった。

「う……」

素早く、うしろから伸ばした男の手に口をふさがれ、お孝は叫び声もあげずに、く、たくたと倒れかかった。

そのお孝の躰を、男は背後から抱きかかえるようにし、あたりを見まわした。

木蔭で、男の顔を見たお清が叫び声を必死で押えた。夕闇の中で見ても、お清が見あやまることのない顔である。

男は、このところ二年ほど会っていない兄の弥吉であった。

弥吉の手に、細長く光るものがあった。

（兄《あに》さんが、お孝を殺した……）

のである。

ぐったりとなったお孝の躰を、弥吉は不忍池のほとりへ運んで行き、池の水の中へ押し放した。

そして、また、あたりを凝《じっ》と見まわしている。

お清は茫然《ぼうぜん》と、兄の姿を木蔭から見つめていた。

そして、弥吉の姿が不忍池畔から消えたのちも、しばらくは、木蔭から身動きができなかった。

伏見屋の内儀お孝の死体が発見されたのは、翌朝になってからである。

その夜……。

本所・回向院近くの料亭〔河半〕の奥座敷で、羽沢の嘉兵衛が目吹の弥吉へ、残る半金の二十両をわたしていた。

「弥吉。相変らず冴えた手の内だのう」

「とんでもねえことで……」

「すくねえが、これは、おれの志《こころざし》だ。受けてくれ」

と、嘉兵衛は別に十両を出して、弥吉の前へ置いた。

「すみませんねえ、元締」

「なあに……」

「それにしても、女という生きものは怖い。伏見屋の内儀におさまって、二人も子を生んで、何ひとつ不足のねえ暮しをしていながら、あんな、薄汚ねえ、得体《えたい》の知れねえ男と、人目を忍んで乳繰《ちちく》り合うのだから、あきれたものだ。ねえ、元締……」

「ふうん……」

と、羽沢の嘉兵衛は苦笑をうかべているのみだ。

「元締。もしやすると、この殺しを元締にたのんだのは、伏見屋の旦那じゃあござんせんか？」

「おれは知らねえ。おれは、別のところから請け負ったのさ」

「なるほど……」

うなずいた目吹の弥吉が、

「すこし上方へでも行って、骨やすみをして来ますよ」

「あ、そうしてくれ。今年は、ずいぶん、お前に無理をさせてしまったからのう。ときに弥吉、ちかごろは、たった一人の妹というのに、会うこともあるのかい？」

「いいえ、もう会わねえつもりですよ」

「こっちの手が、血に汚れすぎちまった……」

「なんのことはねえやな」

「妹のやつは、しっかりした職人と夫婦になっています。むかしから悪いことをしつづけている兄のことなんか、もう忘れていますよ、元締」

そのころ……。

元鳥越の裏長屋で、お清は、お茂と共に、おそい夕餉《ゆうげ》の膳に向っていた。

鰺の干物に、豆腐のお汁。それに、お茂へは炒《い》り卵をつけて、

「さ、おあがり」

お清は、久しぶりの笑顔を幼いむすめに見せ、

「明日からは、もう、お母《つか》ちゃんは、どこへも行かないからね」

「ほんと？」

「ああ、ほんとだとも」

「お父《とっ》ちゃんは、いつ、かえるの？」

「もう直《じ》きに……直きに帰って来るだろうよ」

夕餉を終えてから、お茂を寝かしつけ、お清は伊太郎の袷《あわせ》の縫い直しにかかった。

風が戸障子を叩いている。

（それにしても……兄さんは、なぜ、お孝を殺したのだろう。きっと、兄さんも、伏見屋のお孝に騙《だま》されたんだ。もしかすると、お孝がうちの人へ手を出したので、兄さんは怒ったのかも……？）

だが、弥吉は伊太郎と一度も会ったことはない。

お清は、十四のときに故郷の目吹から江戸へ出て来て、旅籠町《はたごちょう》の扇問屋〔井筒屋清兵衛〕方へ下女奉公にあがった。

よくはたらいて、主人夫婦からも目をかけられ、二十一の秋に、出入りの〔大芳〕の棟梁の世話で、伊太郎と夫婦になったのだ。

この間に、故郷の両親が亡くなり、百姓仕事を嫌った兄の弥吉が村を飛び出した。

弥吉は、どこかの後家と関係が出来て、村に居たたまれなくなったといううわさを聞いたこともある。

弥吉が、お清の前にあらわれたのは、伊太郎と世帯を持ってからのことで、

「井筒屋さんから聞いて来たよ」

と、伊太郎が仕事に出ている留守に、二、三度、元鳥越の長屋へ訪ねて来て、

「兄さんは、いま、何をしているの？」

お清が尋ねると、

「なあに、旅をまわって、小さな商いをしているのさ。めったに会えまいが、いつまでも達者でいてくれ」

こういって、弥吉は来るたびに、一両ほどの金を置いて行ったものだ。

(この前、兄さんが此処へ来たのは、二年前だったっけ……)

どう考えてみても、弥吉が伊太郎を知っているとはおもわれない。

(やっぱり、お孝に騙されたんだ、兄さんは……うちの人よりも前に、騙されて、捨てられたにちがいない。それを兄さんは恨みにおもって……)

針を運ぶ手をとめ、お清は泪ぐんだ。この上は弥吉が無事に逃げてくれることのみを祈るだけであった。

「兄さん。ありがとうよ……」

お清はつぶやき、また、せっせと針を運びはじめた。

『殺しの掟』の思い出

山本一力

いくら胸を張ったとて、始まらないのは承知している。分かってはいるが、それでも言いたい。

「わたしは長男を大治郎と名づけた。一郎ではなく治郎と。それほどに、池波作品に夢中であります」と。

来年（二〇〇八年）には還暦を迎えようかというおっさんが、こと池波正太郎のことになると、われを忘れてしまう。

さりとて気が昂《たか》ぶるあまりに、頬を朱に染めるわけではない。むしろ逆である。

もはや丸みの度合いを増す一方の猫背が、池波作品に接するたびに、シャキッと伸びる。気の昂ぶりというよりは、荘厳な神殿に足を踏み入れた信者のごとくだ。

尊敬が呼び起こす心身の緊張、といえば当たっているだろうか。

本書は池波正太郎の、独立した短編九作を編んだ一冊。編集者から、個々の作品の初出を教えてもらった。


「恋文」昭和四十二（一九六七）年。小説現代九月号掲載。

「おっ母、すまねえ」昭和四十三（一九六八）年。小説現代一月号掲載。

「梅雨の湯豆腐」昭和四十五（一九七〇）年。小説現代八月号掲載。

「夜狐」昭和四十五（一九七〇）年。小説現代十二月号掲載。

「顔」昭和四十六（一九七一）年。小説新潮二月号掲載。

「強請《ゆすり》」昭和四十六（一九七一）年。小説新潮七月号掲載。

「夢の茶屋」昭和四十六（一九七一）年。小説現代十月号掲載。

「殺しの掟」昭和四十六（一九七一）年。小説新潮十一月号掲載。

「不忍池暮色」昭和五十（一九七五）年。週刊小説一月十日・十七日合併号掲載。


氏が四十四歳から五十二歳までの八年間に著わされた九作ということになる。

個々の作品についての文芸評論は、わたしの任に余る。それはプロの文芸評論家諸兄が、すでに見事な仕事をなされている。

わたしは池波正太郎の熱い読者として、読後に感じたままを書かせていただく。

九作いずれも、もちろんかつて読んでいた。なかには、数回読み返したものもある。

あの短編を初めて読んだのは、いつだったのか……初出一覧を見詰めているうちに、過ぎた日々に向かって想いが駆け戻った。

きわめて個人的な話だが、昭和四十二年の「恋文」から昭和五十年の「不忍池暮色」までの期間、わたしは旅行会社に勤務していた。

高卒の十八で入社したのが昭和四十一年。二十七歳になった昭和五十年に自己都合で退社した。本書九本を池波さんが書かれたとき、わたしは旅行会社に勤務していたことになる。

出張だの団体引率だのの途中で何作も読んでいたなあと、さまざまに思い出した。

昭和四十五年の日本は、国を挙げて『大阪万博』に沸騰していた。

あの年の夏は猛暑だった。

新幹線は東京駅の始発から超満員。新大阪から万博会場までは、バスが数珠繋ぎに渋滞していた。

会場に着いたら着いたで、人気パビリオンに二時間の入場待ち。当節のテーマパークでは、人気アトラクションにひとが並ぶ。あの順番待ちの走りは、大阪万博にあった。

旅の疲れをいやす宿は、どこも定員の相部屋。知らぬ者同士が布団を並べて眠った。それでも旅館に泊まれれば、幸運。客室がとれず、ラブホテルや、建築途中の公団住宅に泊まる者が続出したという時代である。

わたしは大阪に向かう新幹線で「梅雨の湯豆腐」を読んだ。

家の門口の、青々としげった柿の木の下を、豆腐屋が悲鳴をあげて……

読み終えたとき、新幹線は浜松を過ぎて弁天島に差しかかっていた。

列車は、午前六時半東京駅発のひかりである。車窓左側には、弁天島の松林が見えた。朝日を浴びた七月の松は、枝の焦げ茶色と葉の濃緑とを際立たせていた。

読んだばかりの「柿の木の青々としげった葉」の描写を、弁天島の松林に重ね見していた、あの朝。

初出の時期を知ったことで、遠い昔の情景をありありと思い出した。

当時のわたしは二十二歳。万博添乗を務めながら、先の人生になにを思い描いていたのかと自問した。

すっかり忘れていて、答えを思い出せなかった。それほどに、すでに遠い日となってしまったということだろう。

しかし、はっきりしていることもある。

あの日もいまも、変わらず池波正太郎作品の熱き読者であるということだ。

読者諸兄姉のなかにも、この初出一覧から過ぎし日を思い出されるひとも少なからずいることだろう。

さらに言えば。

九作品最後の「不忍池暮色」初出の年に誕生したひとも、今年（二〇〇七）ではや三十二歳である。ということは、本書が初読みであっても、なんら不思議はないということだ。

還暦を間近に控えた者と、三十代初めの者とが、同じ短編を熱く語り合う。

片方は、初めて読んだ日の思い出を胸に抱きつつ。

他方は、いま初めて読んだ短編の感想を。

初読み読者の口調が熱ければ熱いほど、わたしは、過ぎ去った日を鮮明に思い出す。

熱く気を昂ぶらせた若い読者に、かつてのおのれの姿を重ね見しながら。

■本書は、『完本池波正太郎大成26時代小説短編3』（二〇〇〇年八月小社刊）『完本池波正太郎大成27時代小説短編4 信長と秀吉と家康 戦国と幕末』（二〇〇〇年九月小社刊）を底本としました。

■作品のなかには、今日の観点からみると差別的表現ととられかねない箇所があります。しかし作者の意図は、決して差別を助長するものではないこと、作品自体のもつ文学性ならびに芸術性、また著者がすでに故人であるという事情に鑑み、表現の削除、変更はあえて行わず底本どおりの表記としました。読者各位のご賢察をお願いします。

〈編集部〉

|著者|池波正太郎　1923年東京生まれ。『錯乱』にて直木賞を受賞。『殺しの四人』『春雪仕掛針』『梅安最合傘』で三度、小説現代読者賞を受賞。「鬼平犯科帳」「剣客商売」「仕掛人・藤枝梅安」を中心とした作家活動により吉川英治文学賞を受賞したほか、『市松小僧の女』で大谷竹次郎賞を受賞。「大衆文学の真髄である新しいヒーローを創出し、現代の男の生き方を時代小説の中に活写、読者の圧倒的支持を得た」として菊池寛賞を受けた。1990年5月、67歳で逝去。

新装版《しんそうばん》　殺《ころ》しの掟《おきて》

池波正太郎《いけなみしようたろう》

2007年5月15日第1刷発行
2025年2月4日第21刷発行

発行者――篠木和久
発行所――株式会社　講談社
東京都文京区音羽2-12-21　〒112-8001
電話　出版（03）5395-3510
　　　販売（03）5395-5817
　　　業務（03）5395-3615

Printed in Japan

講談社文庫
定価はカバーに
表示してあります

KODANSHA

デザイン―菊地信義
本文データ制作―講談社デジタル製作
印刷―――株式会社KPSプロダクツ
製本―――株式会社KPSプロダクツ

ISBN978-4-06-275723-2

講談社文庫刊行の辞

二十一世紀の到来を目睫に望みながら、われわれはいま、人類史上かつて例を見ない巨大な転換期をむかえようとしている。

世界も、日本も、激動の予兆に対する期待とおののきを内に蔵して、未知の時代に歩み入ろうとしている。このときにあたり、創業の人野間清治の「ナショナル・エデュケイター」への志を現代に甦らせようと意図して、われわれはここに古今の文芸作品はいうまでもなく、ひろく人文・社会・自然の諸科学から東西の名著を網羅する、新しい綜合文庫の発刊を決意した。

激動の転換期はまた断絶の時代である。われわれは戦後二十五年間の出版文化のありかたへの深い反省をこめて、この断絶の時代にあえて人間的な持続を求めようとする。いたずらに浮薄な商業主義のあだ花を追い求めることなく、長期にわたって良書に生命をあたえようとつとめるところにしか、今後の出版文化の真の繁栄はあり得ないと信じるからである。

同時にわれわれはこの綜合文庫の刊行を通じて、人文・社会・自然の諸科学が、結局人間の学にほかならないことを立証しようと願っている。かつて知識とは、「汝自身を知る」ことにつきていた。現代社会の瑣末な情報の氾濫のなかから、力強い知識の源泉を掘り起し、技術文明のただなかに、生きた人間の姿を復活させること。それこそわれわれの切なる希求である。

われわれは権威に盲従せず、俗流に媚びることなく、渾然一体となって日本の「草の根」をかたちづくる若く新しい世代の人々に、心をこめてこの新しい綜合文庫をおくり届けたい。それは知識の泉であるとともに感受性のふるさとであり、もっとも有機的に組織され、社会に開かれた万人のための大学をめざしている。大方の支援と協力を衷心より切望してやまない。

一九七一年七月

野間省一

講談社文庫 目録

天野純希　雑賀《さいか》のいくさ姫《ひめ》
青木祐子　コーチ！〈はげまし屋・立花ことりのクライアントファイル〉
秋保《あきう》水菓《すいか》　コンビニなしでは生きられない
相沢沙呼　medium《メディウム》 霊媒探偵城塚翡翠
相沢沙呼　invert《インヴァート》 城塚翡翠倒叙集
新井見枝香　本屋の新井
碧野　圭　凛として弓を引く
碧野　圭　凛として弓を引く〈青雲篇〉
碧野　圭　凛として弓を引く〈初陣篇〉
赤松利市　東京棄民
赤松利市　風致の島
五木寛之　ソフィアの秋
五木寛之　狼のブルース
五木寛之　海峡物語
五木寛之　風花のひと
五木寛之　鳥の歌(上)(下)
五木寛之　燃える秋
五木寛之　真夜中の望遠鏡〈流されゆく日々'78〉
五木寛之　ナホトカ青春航路〈流されゆく日々'79〉

五木寛之　旅の幻燈
五木寛之　他力
五木寛之　こころの天気図
五木寛之　新装版 恋歌
五木寛之　百寺巡礼 第一巻 奈良
五木寛之　百寺巡礼 第二巻 北陸
五木寛之　百寺巡礼 第三巻 京都Ⅰ
五木寛之　百寺巡礼 第四巻 滋賀・東海
五木寛之　百寺巡礼 第五巻 関東・信州
五木寛之　百寺巡礼 第六巻 関西
五木寛之　百寺巡礼 第七巻 東北
五木寛之　百寺巡礼 第八巻 山陰・山陽
五木寛之　百寺巡礼 第九巻 京都Ⅱ
五木寛之　百寺巡礼 第十巻 四国・九州
五木寛之　海外版 百寺巡礼 インド1
五木寛之　海外版 百寺巡礼 インド2
五木寛之　海外版 百寺巡礼 朝鮮半島
五木寛之　海外版 百寺巡礼 中国
五木寛之　海外版 百寺巡礼 ブータン

五木寛之　海外版 百寺巡礼 日本・アメリカ
五木寛之　青春の門 第七部 挑戦篇
五木寛之　青春の門 第八部 風雲篇
五木寛之　青春の門 第九部 漂流篇
五木寛之　親鸞 青春篇(上)(下)
五木寛之　親鸞 激動篇(上)(下)
五木寛之　親鸞 完結篇(上)(下)
五木寛之　五木寛之の金沢さんぽ
五木寛之　海を見ていたジョニー 新装版
井上ひさし　モッキンポット師の後始末
井上ひさし　ナイン
井上ひさし　四千万歩の男 全五冊
井上ひさし　四千万歩の男 忠敬の生き方
井上ひさし・司馬遼太郎　新装版 国家・宗教・日本人
池波正太郎　私の歳月
池波正太郎　よい匂いのする一夜
池波正太郎　梅安料理ごよみ
池波正太郎　わが家の夕めし
池波正太郎　新装版 緑のオリンピア

講談社文庫 目録

井上夢人 ラバー・ソウル
池井戸 潤 果つる底なき
池井戸 潤 架空通貨
池井戸 潤 銀行狐
池井戸 潤 仇敵
池井戸 潤 空飛ぶタイヤ(上)(下)
池井戸 潤 鉄の骨
池井戸 潤 新装版 銀行総務特命
池井戸 潤 新装版 不祥事
池井戸 潤 ルーズヴェルト・ゲーム
池井戸 潤 半沢直樹1〈オレたちバブル入行組〉
池井戸 潤 半沢直樹2〈オレたち花のバブル組〉
池井戸 潤 半沢直樹3〈ロスジェネの逆襲〉
池井戸 潤 半沢直樹4〈銀翼のイカロス〉
池井戸 潤 半沢直樹 アルルカンと道化師
池井戸 潤 花咲舞が黙ってない〈新装増補版〉
池井戸 潤 ノーサイド・ゲーム
池井戸 潤 新装版 BT'63(上)(下)
石田衣良 LAST[ラスト]

石田衣良 東京DOLL
石田衣良 てのひらの迷路
石田衣良 40《フォーティ》 翼ふたたび
石田衣良 sex
石田衣良 逆《さか》島《しま》断《たつ》雄《お》〈進駐官養成高校の決闘編1〉
石田衣良 逆島断雄〈進駐官養成高校の決闘編2〉
石田衣良 逆島断雄〈本土最終防衛決戦編1〉
石田衣良 逆島断雄〈本土最終防衛決戦編2〉
石田衣良 初めて彼を買った日
井上荒野 ひどい感じ―父・井上光晴
飯田譲治 協力 梓河人 神様のサイコロ
稲葉 稔 椋鳥の影〈八丁堀手控え帖〉
いしいしんじ プラネタリウムのふたご
いしいしんじ げんじものがたり
池永 陽 いちまい酒場
伊坂幸太郎 チルドレン
伊坂幸太郎 サブマリン
伊坂幸太郎 魔王〈新装版〉
伊坂幸太郎 モダンタイムス(上)(下)〈新装版〉

伊坂幸太郎 PK〈新装版〉
絲山秋子 袋小路の男
絲山秋子 御社のチャラ男
石黒 耀 死都日本
石黒 耀 忠臣蔵異聞〈家老 大野九郎兵衛の長い仇討ち〉
犬飼六岐 筋違い半介
犬飼六岐 吉岡清三郎貸腕帳
石川大我 ボクの彼氏はどこにいる?
石松宏章 マジでガチなボランティア
伊東 潤 国を蹴った男
伊東 潤 峠越え
伊東 潤 黎明に起《た》つ
伊東 潤 池田屋乱刃
石飛幸三 「平穏死」のすすめ〈口から食べられなくなったらどうしますか〉
伊藤理佐 女のはしょり道
伊藤理佐 また! 女のはしょり道
伊藤理佐 みたび! 女のはしょり道
石黒正数 外《げ》天《てん》楼《ろう》
伊与原 新 ルカの方《はこ》舟《ぶね》

伊与原 新 コンタミ 科学汚染
稲葉圭昭《よしあき》 恥さらし〈北海道警 悪徳刑事の告白〉
稲葉博一《ひろいち》 忍者烈伝
稲葉博一 忍者烈伝ノ続
稲葉博一 忍者烈伝ノ乱〈天之巻〉〈地之巻〉
伊岡 瞬 桜の花が散る前に
石川智健 エウレカの確率〈経済学捜査と殺人の効用〉
石川智健 60《ロクジュウ》〈誤判対策室〉
石川智健 20《ニジュウ》〈誤判対策室〉
石川智健 第三者隠蔽機関
石川智健 いたずらにモテる刑事の捜査報告書
石川智健 ゾンビ3.0
井上真偽《まぎ》 その可能性はすでに考えた
井上真偽 聖女の毒杯〈その可能性はすでに考えた〉
井上真偽 恋と禁忌の述語論理《プレディケット》
泉 ゆたか お師匠さま、整いました！
泉 ゆたか お江戸けもの医 毛玉堂
泉 ゆたか 玉《たま》の輿《こし》猫〈お江戸けもの医 毛玉堂〉
伊兼源太郎 地検のS

伊兼源太郎 Sが泣いた日〈地検のS〉
伊兼源太郎 Sの幕引き〈地検のS〉
伊兼源太郎 巨悪
伊兼源太郎 金庫番の娘
逸木 裕 電気じかけのクジラは歌う
今村翔吾 イクサガミ 天
今村翔吾 イクサガミ 地
今村翔吾 イクサガミ 人
今村翔吾 じんかん
入月英一 信長と征《ゆ》く 1・2〈転生商人の天下取り〉
磯田道史 歴史とは靴である
石原慎太郎 湘南夫人
井戸川射子 ここはとても速い川
井戸川射子 この世の喜びよ
五十嵐律人 法廷遊戯
五十嵐律人 不可逆少年
五十嵐律人 原因において自由な物語
一色さゆり 光をえがく人
石沢麻依 貝に続く場所にて

一穂ミチ スモールワールズ
一穂ミチ うたかたモザイク
伊藤穰一 〈増補版〉教養としてのテクノロジー〈AI、仮想通貨、ブロックチェーン〉
市川憂人 揺籠《ゆりかご》のアディポクル
五十嵐貴久 コンクールシェフ！
稲川淳二 稲川怪談〈昭和・平成傑作選〉
稲川淳二 稲川怪談〈昭和・平成・令和 長編集〉
石井ゆかり 星占い的思考
石田夏穂 ケチる貴方
内田康夫 シーラカンス殺人事件
内田康夫 パソコン探偵の名推理
内田康夫 「横山大観」殺人事件
内田康夫 江田島殺人事件
内田康夫 琵琶湖周航殺人歌
内田康夫 夏泊殺人岬
内田康夫 「信濃の国」殺人事件
内田康夫 風葬の城
内田康夫 透明な遺書
内田康夫 鞆《とも》の浦《うら》殺人事件

内田康夫　終幕《フィナーレ》のない殺人
内田康夫　御堂筋殺人事件
内田康夫　記憶の中の殺人
内田康夫　北国街道殺人事件
内田康夫　「紅藍《くれない》の女《ひと》」殺人事件
内田康夫　「紫《むらさき》の女《ひと》」殺人事件
内田康夫　藍色回廊殺人事件
内田康夫　明日香の皇子
内田康夫　華の下にて
内田康夫　黄金の石橋
内田康夫　靖国への帰還
内田康夫　不等辺三角形
内田康夫　ぼくが探偵だった夏
内田康夫　逃げろ光彦〈内田康夫と5人の女たち〉
内田康夫　悪魔の種子
内田康夫　戸隠伝説殺人事件
内田康夫　新装版 死者の木霊
内田康夫　新装版 漂泊の楽人
内田康夫　新装版 平城山《ならやま》を越えた女

内田康夫　秋田殺人事件
内田康夫　孤道
和久井清水　孤道　完結編
内田康夫　イーハトーブの幽霊〈金色の眠り〉
歌野晶午　死体を買う男
歌野晶午　安達ヶ原の鬼密室
歌野晶午　新装版 長い家の殺人
歌野晶午　新装版 白い家の殺人
歌野晶午　新装版 動く家の殺人
歌野晶午　密室殺人ゲーム王手飛車取り
歌野晶午　新装版 ROMMY 越境者の夢
歌野晶午　増補版 放浪探偵と七つの殺人
歌野晶午　新装版 正月十一日、鏡殺し
歌野晶午　密室殺人ゲーム2.0
歌野晶午　密室殺人ゲーム・マニアックス
歌野晶午　魔王城殺人事件
内館牧子　終わった人
内館牧子　別れてよかった〈新装版〉
内館牧子　すぐ死ぬんだから

内館牧子　今度生まれたら
内田洋子　皿の中に、イタリア
宇江佐真理　泣きの銀次
宇江佐真理　晩鐘〈続・泣きの銀次〉
宇江佐真理　虚ろ舟〈泣きの銀次参之章〉
宇江佐真理　室の梅〈おろく医者覚え帖〉
宇江佐真理　涙堂〈琴女癸酉日記《ことじょきゆうにっき》〉
宇江佐真理　あやめ横丁の人々
宇江佐真理　卵のふわふわ 八丁堀喰い物草紙・江戸前でもなし
宇江佐真理　日本橋本石町やさぐれ長屋
浦賀和宏　眠りの牢獄
上野哲也　五五五文字の巡礼〈魏志倭人伝トーク 地理篇〉
魚住 昭　渡邉恒雄 メディアと権力
魚住 昭　野中広務 差別と権力
魚住直子　非・バランス
魚住直子　未・フレンズ
魚住直子　ピンクの神様
上田秀人　密封〈奥右筆秘帳〉
上田秀人　国禁〈奥右筆秘帳〉

講談社文庫　目録

遠藤周作　さらば、夏の光よ
遠藤周作　最後の殉教者
遠藤周作　反　逆(上)(下)
遠藤周作　ひとりを愛し続ける本
遠藤周作　周　作　塾〈読んでもタメにならないエッセイ〉
遠藤周作　新装版　海と毒薬
遠藤周作　新装版　わたしが・棄てた・女
遠藤周作　深い河《ディープ・リバー》〈新装版〉
江波戸哲夫　新装版　銀行支店長
江波戸哲夫　集　団　左　遷
江波戸哲夫　新装版　ジャパン・プライド
江波戸哲夫　起　業　の　星
江波戸哲夫　ビジネスウォーズ〈カリスマと戦犯〉
江波戸哲夫　リ　ス　ト　ラ　事　変〈ビジネスウォーズ2〉
江上　剛　頭　取　無　惨
江上　剛　企　業　戦　士
江上　剛　リベンジ・ホテル
江上　剛　起　死　回　生
江上　剛　瓦礫の中のレストラン
江上　剛　非　情　銀　行
江上　剛　東京タワーが見えますか。
江上　剛　慟　哭　の　家
江上　剛　家　電　の　神　様
江上　剛　ラストチャンス　再生請負人
江上　剛　ラストチャンス　参謀のホテル
江上　剛　一緒にお墓に入ろう
江國香織　真昼なのに昏《くら》い部屋
江國香織他　100万分の1回のねこ
円城　塔　道　化　師　の　蝶
江原啓之　スピリチュアルな人生に目覚めるために〈心に「人生の地図」を持つ〉
江原啓之　ト　ラ　ウ　マ　あなたが生まれてきた理由
円堂豆子　杜《もり》ノ国の神隠し
円堂豆子　杜ノ国の囁《ささや》く神
円堂豆子　杜ノ国の滴《したた》る神
円堂豆子　杜ノ国の光ル森
NHKメルトダウン取材班　福島第一原発事故の「真実」〈ドキュメント編〉
NHKメルトダウン取材班　福島第一原発事故の「真実」〈検証編〉
大江健三郎　新しい人よ眼ざめよ
大江健三郎　取り替え子《チェンジリング》
大江健三郎　晩年様式集《イン・レイト・スタイル》
小田　実　何でも見てやろう
沖　守弘　マザー・テレサ〈あふれる愛〉
岡嶋二人　解決まではあと6人〈5W1H殺人事件〉
岡嶋二人　99　%　の　誘　拐
岡嶋二人　クラインの壺
岡嶋二人　ダブル・プロット
岡嶋二人　新装版　焦茶色のパステル
岡嶋二人　チョコレートゲーム　新装版
岡嶋二人　そして扉が閉ざされた〈新装版〉
太田蘭三　殺《さつ》・風《ふう》・景《けい》〈警視庁北多摩署特捜本部〉
大前研一　企　業　参　謀　正・続
大前研一　やりたいことは全部やれ！
大前研一　考　え　る　技　術
大沢在昌　野　獣　駆　け　ろ
大沢在昌　相続人TOMOKO
大沢在昌　ウォームハート　コールドボディ
大沢在昌　アルバイト探偵《アイ》

2024年12月13日現在

池波正太郎記念文庫のご案内

上野・浅草を故郷とし、江戸の下町を舞台にした多くの作品を執筆した池波正太郎。その世界を広く紹介するため、池波正太郎記念文庫は、東京都台東区の下町にある区立中央図書館に併設した文学館として2001年9月に開館しました。池波家から寄贈された全著作、蔵書、原稿、絵画、資料などおよそ25000点を所蔵。その一部を常時展示し、書斎を復元したコーナーもあります。また、池波作品以外の時代・歴史小説、歴代の名作10000冊を収集した時代小説コーナーも設け、閲覧も可能です。原稿展、絵画展などの企画展、講演・講座なども定期的に開催され、池波正太郎のエッセンスが詰まったスペースです。

https://library.city.taito.lg.jp/ikenami/

池波正太郎記念文庫〒111-8621 東京都台東区西浅草3-25-16
台東区生涯学習センター・台東区立中央図書館内 TEL03-5246-5915

開館時間＝月曜～土曜（午前9時～午後8時）、日曜・祝日（午前9時～午後5時）**休館日**＝毎月第3木曜日（館内整理日・祝日に当たる場合は翌日）、年末年始、特別整理期間　●**入館無料**

交通＝つくばエクスプレス〔浅草駅〕A2番出口から徒歩8分、東京メトロ日比谷線〔入谷駅〕から徒歩8分、銀座線〔田原町駅〕から徒歩12分、都バス・足立梅田町－浅草寿町 亀戸駅前－上野公園2ルートの〔入谷2丁目〕下車徒歩3分、台東区循環バス南・北めぐりん〔生涯学習センター北〕下車徒歩3分

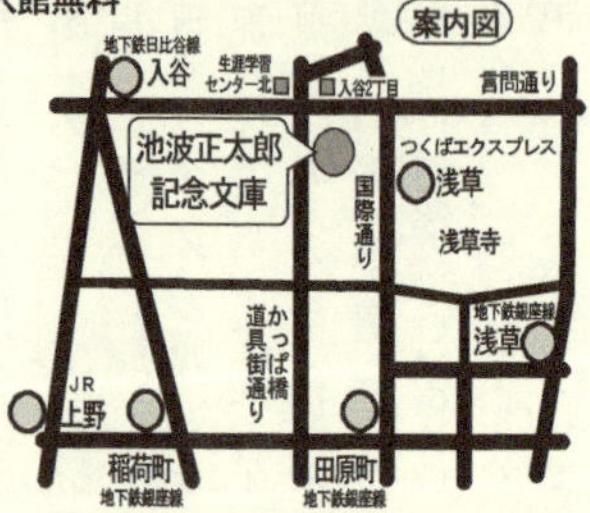